가족 2

가족 2

초판1쇄 발행 | 2016년 11월 10일
초판1쇄 발행 | 2016년 11월 20일

지은이 | 이원호
펴낸이 | 박연
펴낸곳 | 한결미디어

등록일자 | 2006년 7월 24일
등록번호 | 제313-2006-000152호
주소 | 서울시 마포구 모래내로 83 한올빌딩 6층
전화번호 | 02 · 704 · 3331
팩스번호 | 02 · 704 · 3330

ISBN 979-11-5916-028-8 979-11-5916-026-4(set) 04810

가족

이원호 지음

② 운명

한결미디어

목차

5장 산다는 것

"응, 태수냐?"

김선호가 반갑게 김태수의 전화를 받는다. 은근히 기다리고 있었기 때문이다. 오후 4시 반, 윤수정은 오연숙하고 이창수의 처 안순미까지 데리고 전주에 갔다. 바람 쐬러 간 것이다. 오늘 노는 경비는 윤수정이 쓰는 것처럼 했지만 돈은 조길만한테서 나왔다. 조길만이 김선호한테 5만 원짜리 두 장을 주었고 그것이 윤수정한테 전해진 것이다. 오연숙을 잡아준 사례금이다. 우두커니 쳐다보는 철수의 시선을 받으면서 마루에 앉은 김선호가 바로 물었다.

"그래, 무슨 일이냐?"

"아버지, 집에 계세요?"

"응, 네 어머니는 전주 놀러갔고 희선이는 미경이 데리러 갔다"

"아, 예."

한 호흡 말을 멈췄던 김태수가 다시 물었다.

"아버지, 동수네 이야기 아시죠?"

"아, 그럼, 오바마도 알고 있는데."

"아버지도 참."

"그래, 그 일로 동수가 전화하더냐?"

"예, 본래 처음부터 그 일을 저하고 상의했거든요."

"네 어머니가 가서 해결했다."

"아버지가 어머니 보내셨다면서요?"

"누가 그러데?"

"동수가요."

"네 어머니가 해결사다."

"아버지도 참, 오늘 기분이 좋으시네요."

"응, 그럴 일이 있다."

"무슨 일인데요?"

"이것도 네 어머니가 해결사 노릇을 한 셈이구먼."

"무슨 일인데요?"

"그건 네가 몰라도 된다."

"아, 예."

"동수 일로 전화한 거냐?"

"아, 예."

말이 옆으로 흘렀는지 김태수 목소리가 차분해졌다.

"아버지 올 여름방학 때는 가족 여행을 했으면 좋겠는데요, 아버지 생각은 어떠세요?"

"가족 여행?"

"예, 아버지 어머니 모시고, 우리 형제들이 모두 식구 데리고요."

"…."

"그래도 몇 명 안 돼요, 모두 열셋입니다."

"그런가?"

"어른이 대근이까지 여덟, 고등학생 하나, 중학생이 셋이요."

"아이구, 그러네."

어느덧 김선호도 분위기에 빨려들었다. 가족 전체의 여행이면 처음 있는 일이다. 그때 김태수가 말을 이었다.

"아버지, 이번 기회에 외국 여행을 가려고요. 여름방학이 한 달밖에 안 남았는데 서둘러야 될 것 같습니다. 비행기 예약을 해야 되니까요."

"어, 어디로 가려고?"

"그건 가까운 동남아 쪽으로 가는 것이 낫겠습니다. 오늘 아침에 동수하고 상의를 했습니다."

"동수하고 말이지?"

"예, 제가 가자고 했습니다. 동수 내외 분위기가 서먹하겠지만 이 기회에 다시 한 번 어떤 계기도 될 것 같아서요."

"동수는 뭐라더냐?"

"종근이한테 약속한 일도 있다고 하더군요, 간다고 했습니다."

"그, 동수 처한테는 물어봤대?"

"그건 신경 쓰지 말라고 하던데요."

"아."

"제 처도 환영합니다."

"응, 대근이 에미야…"

"아버지, 괜찮으시죠?"

"아, 그럼."

"그럼 어머니한테 말씀해주시구요, 그리고 참…"

김태수가 잊었다는 듯이 말을 잇는다.

"희선이한테는 경비 걱정할 필요 없다고 전해주세요, 저하고 동수가 다 준비할 테니까요."

통화가 끝났을 때 김선호는 심호흡부터 했다. 왠지 가슴이 뿌듯했기 때문이다. 집에서 6년을 키운 놈이라 엎드려 있던 철수가 김선호의 눈치를 보더니 일어나 꼬리를 흔들었다.

"이놈아, 너 좋은 일은 아녀."

김선호가 나무라자 철수가 꼬리를 더 세게 흔들었다.

"그나저나 걔 얼굴을 어떻게 볼 것인가 걱정이 되는구먼."

혼잣소리처럼 말했던 김선호는 문득 정영아는 어떤 심정이 될까 고려하지 않고 있다는 것을 깨달았다. 그것은 자업자득이니 한 번 당해야 될 것이다. 인과응보다.

"주현아, 미안해."

정영아가 말했지만 주현은 책상에 앉아 머리도 돌리지 않았다. 오후 10시 반, 학원에서 돌아온 주현이 응접실에 앉아 있는 정영아를 보더니 놀란 듯 주춤했다가 제 방으로 들어가 버린 것이다. 그래서 정영아가 따라 들어와 뒤에 서 있다. 집 안은 조용하다. 가정부 아줌마도 방에서 숨을 죽이고 있을 것이다. 김동수도 서재에 있다. 아직 중3이 된 종근이만 돌아오지 않았다. 바짝 다가선 정영아가 주현의 뒤에 서서 말을 잇는다.

"주현아, 엄마가 잘못했어, 어린 너한테 너무 상처를 줬어, 엄마가 죽을 때까지 너한테 사죄할 거야."

마침내 정영아의 눈에서 눈물이 흘러내렸다. 눈물을 닦을 생각도 못

한 채 정영아가 주현의 뒷머리를 보았다.

"주현아, 너희들 생각을 엄마가 왜 안 했겠어? 힘들었어, 정말 힘들었단다."

마침내 두 손으로 얼굴을 가린 정영아가 흐느껴 울었다.

"그래, 주현아, 엄마 용서하지 마, 그래야 돼. 엄마가 두고두고, 오래오래 너한테 벌을 받게 해줘, 그렇게 시간이 지나고 나서 네가 조금씩 마음을 열어주기를 기다릴게."

주현이 두 손으로 턱을 고인 채 앞쪽 서가를 바라보고 있다. 정영아가 두 손으로 주현의 어깨를 안으려는 듯이 들어 올렸다가 움츠렸다.

"주현아, 내 딸."

정영아가 다시 흐느껴 울었다.

"앞으로 네 옆에서 떨어지지 않을게, 엄마가 죽기 전까지."

손바닥으로 얼굴을 닦은 정영아가 몸을 돌리려는 순간이다. 주현이 제 책상에 놓여 있던 휴지 박스를 집어 내밀었다. 머리는 돌리지 않은 채 팔만 뻗은 것이다. 숨을 들이켠 정영아가 휴지 박스를 받아들고 짧게 흐느꼈다. 얼굴을 닦은 정영아가 주현의 방에서 나왔을 때 응접실의 소파로 나와 있던 김동수가 힐끗 시선을 주었다. 그러더니 리모컨을 들어 TV의 볼륨을 조금 높였다.

"방학이 한 달 남았는데 아버지 어머니 모시고 전 가족이 해외여행을 다녀오려고 해."

아직 서 있는 정영아를 향해 김동수가 말을 이었다.

"형 제의야, 희선이 식구까지 모두 열셋인데 지난번에 종근이하고 약속했다가 못 간 곰으로 가자고 했어."

"…"

"5박6일 정도가 적당하겠지."

김동수가 시선을 주었고 정영아는 외면했다. 정영아의 옆얼굴에 대고 김동수가 말을 이었다.

"당신 일, 모두 알아, 아이들이야 모르겠지만 희선이까지 모두."

"…"

"대놓고 뭐라고 하지는 않겠지만 당신 성격에 견디기 힘들겠지."

"…"

"어때?"

"가야지."

이제는 정영아가 똑바로 김동수를 보았다.

"그 기회를 만들어 준 큰아빠한테 고맙다고 말씀드려야지."

정영아의 얼굴이 상기되었고 아직 물기가 마르지 않은 두 눈이 번들거렸다.

"다만 애들이 나하고 같이 가는 것을 싫어할까, 나는 그것이 걱정이야."

"애들은 내가 설득할 테니까."

"부탁해."

그때 김동수가 벽시계를 보았으므로 정영아가 앞쪽에 앉았다.

"나, 당분간 의상실도 미스 오한테 맡기고 오전에 3시간만 일할 거야."

"…"

"어머니한테 고마워, 다 고마워."

정영아의 목소리가 떨렸고 얼굴은 상기되었다. 그때 김동수가 말했다.

"같은 집에 산다고 같이 사는 게 아니지, 사는 것으로 말하면 바퀴벌레나 나무벌레도 같이 살고 있는 거지."

정영아는 숨을 들이켰고 김동수의 말이 이어졌다.

"가족이 사는 것이 참 힘들다는 생각을 했어."

"…."

"가족의 소중함도 이번 기회에 느꼈고 말이야."

"…."

"내 자신에 대해서도 알게 되었어."

"잘못했어."

"아냐."

김동수가 머리를 젓더니 자리에서 일어서며 말했다.

"인간으로 산다는 것도 참 힘든 일이더라."

"너, 왜 혼자 왔냐?"

이영복이 마루방에 들어와 주춤거리며 앉았을 때 마침내 이창수가 물었다. 안순미도 굳은 얼굴로 이창수 옆에 서 있다. 그때 이영복이 외면한 채 대답했다.

"베트남에 두고 왔어요."

"두고 와?"

이창수와 안순미가 거의 동시에 되물었다. 안순미는 눈을 치켜뜨기까지 했다. 숨을 들이켠 이창수가 다시 물었다.

"그게 먼 말이여? 두고 오다니? 응?"

"거기서 살라구요."

"살아?"

이번에는 안순미가 재빠르게 말을 가로챘다. 한 걸음 다가선 안순미가 날카로운 목소리로 물었다.

"그럼 안 간다고 해서 너만 왔단 말이냐? 응?"

이런 파국도 있었던가? 외국인과의 결혼에서 혼인 신고를 하고 도망가는 경우, 합의 이혼, 사기 결혼 등 나쁜 결과가 수없이 많지만 같이 친정에 갔다가 남편이 쫓겨나듯이 혼자 오는 경우가 되었는가? 그때 머리를 든 이영복이 제각기 굳어 있는 부모를 보았다.

"아니라구요."

"그럼 네가 놓고 왔냐?"

이창수가 마침내 소리쳤다.

"어떻게 된 일이여? 이 자식아!"

이영복이 달랑 손가방 하나만 들고 마당에 들어섰을 때부터 부부는 가슴이 서늘해져서 입도 떼지 못했던 것이다. 이영복은 처자식 데리고 베트남에 간 지 열흘 만에 돌아왔는데 온다는 날에 오기는 했다. 그래서 둘은 자꾸 대문 쪽만 보다가 마루방으로 따라온 것이다. 그때 시선을 받은 이영복이 대답했다.

"제가 베트남에서 살라구요, 그래서 다옥이하고 성수를 두고 왔습니다."

"뭐?"

이창수가 숨만 들이켰지만 안순미가 다시 소리쳤다.

"니가 베트남에서 산다고? 뭘 하고? 세차할래? 여기서 돈 천만 원도 더 까먹고 칠면조 키운다면서 고추밭 다 망쳐 놓은 건 어떻게 하고?"

"어머니, 그게…"

"니가 뭘로 먹고 살아? 이놈아!"

"저기, 집하고 고추밭 팔아서…"

"그게 니 집이고 니 고추밭이냐?"

"아니, 그것이…"

그때 아무 말 않고 듣기만 하던 이창수가 자리에서 일어섰다. 얼굴이 굳어졌고 눈동자에는 초점이 없다.

"너, 나가."

"예?"

놀란 듯 눈을 크게 뜬 이영복에게 이창수가 손으로 대문을 가리켰다.

"나가, 이 후레자식아."

"아버지."

"지금부터 난 니 애비 아니다."

"아버지, 그래도…"

"니 앞으로 떼어줄 건 다 떼어줬다. 이젠 아무것도 없다."

"아버지."

"동네 사람들 부르기 전에 나가."

"아버지."

그때 이창수가 핸드폰을 꺼내더니 단축 번호 중에서 조길만의 번호를 눌렀다. 조길만이 제일 깐깐한 축이다. 신호음 두 번에 조길만의 목소리가 마루방에 퍼졌다. 노인들은 목소리가 크다.

"응, 웬일이여?"

"형님, 빨리 좀 와주세요, 제 아들놈이 애비를 죽이려고 합니다."

"어? 영복이가 왔어?"

"그놈이 지금 부모 죽이려고 합니다!"

"아버지!"

놀란 이영복이 소리쳤을 때 이창수가 핸드폰 전원을 끄고는 발을 떼었다.

"이놈, 어디 니 뜻대로 되는가 보자, 내 눈앞에서 어른거렸다가는 살인미수, 공갈, 모든 것을 다 걸고 니놈을 교도소에 넣을 테니까."

놀란 안순미가 숨을 계속해서 들이켰고 불안해진 이영복이 허둥지둥 일어섰다.

"아버지, 정말 너무 하십니다."

"이놈, 이 후레아들놈."

서둘러 신발을 신는 이영복의 등에 대고 이창수가 소리를 질렀다.

"저놈이 이제는 고추밭허고 이 집까지 팔아 먹으려고 지 애비까지 목 졸라 죽일 놈이여!"

"누, 누가…"

신발 뒤축도 우그린 채 이영복이 이제는 마당을 뛰듯이 건너 대문을 나갔다. 우두커니 서 있던 안순미가 왈칵 눈물을 쏟더니 손바닥으로 얼굴을 쓸었다.

"아이구, 이걸 어쩐대야."

이영복네 식구를 베트남에 보내준 것이 안순미다.

"그놈이 도망갔다."

조길만이 노인정 앞 평상에 앉으면서 말했다. 평상에는 김선호가 기다리고 있었는데 주위는 조용하다. 오후 3시 반, 한여름이지만 노는 노인은 없다. 김선호도 고추밭에 갔다가 이곳에서 조길만을 기다리고 있었던 것이다.

"하긴 집에 가도 누가 밥 해줄 사람도 없으니까."

입맛을 다신 김선호가 조길만을 보았다.

"창수 안사람이 결국 돈 만들어서 보내지 않을까?"

"이번에는 그렇게 안 할 것 같다."

조길만이 머리를 저었다. 이창수 전화를 받고 바로 집에 가서 긴 이야기를 다 듣고 나서 이영복의 집까지 찾아가 본 다음에 다시 이창수 집에 들렀다가 오는 길이다. 문촌 마을 조사반장 겸 해결사 노릇을 단단히 하고 있다.

"하지만 어쨌든 그놈은 다시 이곳으로 기어들어 온다. 지금까지 쭉 그래 왔거든."

"영복이가 몇 살이야?"

"올해 서른여덟 되었을걸, 서른다섯 때 다옥이하고 결혼했으니까."

"늦었군."

"다옥이 아니면 그런 놈하고 살 여자가 없었지, 그때까지 제대로 된 직장을 다니지도 못했으니까."

조길만의 목소리에 열기가 띠어졌다.

"그놈이 세차장 한다고 가져간 돈이 2천쯤 된다. 결혼할 때 베트남을 두 번이나 왔다 갔다 했고 다옥이 데려오느라고 3천쯤 들었어."

"어이구."

"또 세차장 하기 전에는 포장마차 한다고 천만 원인가 가져갔지, 그 전에는 트럭으로 물건 배달한다고 반년 만에 사고를 냈고."

"그거, 나도 알아."

"그놈은 자식이 아니라 웬수다."

"외아들이라 그런가?"

"자식 교육 잘못 시킨 거여, 창수 처가 말이다. 창수 모르게 다 해줬다고 하니까, 그런데 이번에는 아주 변했네."

조길만이 고개를 절레절레 흔들었다.

"그놈 아주 안 본다면서 눈에 핏발을 세우는군."

"끝까지 갈까?"

"창수도 넋을 놓고 앉아 있는 것이 안됐더라, 자식 하나 있는 것이 제 부모는 팽개치고 땅 있는 거 다 팔아서 베트남으로 간다니 말이여."

"창수 처가 다옥이허고 특히 손자를 이뻐했지?"

"그렇지."

둘이 말을 멈추자 노인정 주위에서 매미 소리만 들려 왔다.

"요즘 매미는 극성스러워, 옛날 매미는 점잖았는데."

김선호가 입맛을 다시면서 말했다.

"곤충들도 시대에 맞춰서 사는 갑다."

"그래야지, 그동안 농약이네 온갖 새로 생긴 병에 단련이 되었을 테니께."

"창수네가 안됐다."

"무자식이 상팔자인 갑다."

힐끗 김선호에게 시선을 준 조길만이 길게 숨을 뱉었다.

"나도 인자 마누라 보고 살란다."

"언제는 안 보고 살았냐?"

그렇게 되물었지만 김선호가 슬쩍 조길만을 보았다. 지난번 싸움을 하고 나서 조길만이 조금 달라진 것 같기는 했다. 서동리까지 가서 참외를 사들고 오는 것을 김선호한테 들킨 적도 있다. 제가 먹을 것이 아니고 오연숙에게 주려는 것이다. 조길만은 참외는커녕 어디 가서 뭘 사들고 오는 성격이 아니다. 정(情)이 없다기보다 버릇이 그렇게 들었기 때문이다. 그때 다시 조길만이 말했다.

"창수 처가 이번에 펄쩍 뛰면서 세게 나오는 건 이제 두 번 다시 영복이허고 손자를 볼 수 없다고 생각했기 때문여."

"옳지."

눈을 가늘게 뜬 김선호가 머리를 끄덕이며 감탄했다.

"내가 그 생각을 못 했구나, 과연 조사반장답다."

"다 팔아 베트남으로 가면 그놈이 언제 올 수나 있겠냐? 손자 놈은 완전히 베트남 아이가 될 것이고."

"그렇지."

"배신감을 느낀 거여, 부모 버리고 떠난다고 말이여, 한국에 있을 때는 이것저것 다 들어 먹었어도 지 자식이었지, 안 그러냐?"

"맞다."

김선호의 입에서 긴 숨이 뱉어졌다.

"제기, 산다는 게 뭔지, 다 버리고 가는 건데 자식이 뭐란 말인가?"

조길만이 다시 입을 다물었고 매미가 극성스럽게 울었다.

"엄마, 뭘 그렇게 봐?"

머리를 든 김희선이 윤수정에게 물었다.

"응? 아니, 내가 뭘 본다고."

조금 당황한 윤수정의 얼굴에 곧 쓴웃음이 번졌다. 마루에서 파를 다듬고 있던 중이다. 오전 11시 반, 김희선은 요즘에는 미경이 또래 중학생 둘까지 셋을 아침마다 전주에 실어다 준다. 올 때는 저희들끼리 같이 올 때도 있고 데리고 올 때도 있다. 김희선의 얼굴에도 웃음이 떠올랐다.

"날 보면서 무슨 생각했지?"

"얘 좀 봐, 무슨 생각을 했다는 거냐?"

"저것, 언제 재혼시키나 하고."

"시집가고는 싫은가 보다."

"혼자 이렇게 사는 게 불쌍해?"

"이년이 정말."

"난 돈을 못 버는 것이 미안하지만 지금이 가장 편안해."

"그럼 됐다."

"여름방학 끝나고 전주에서 일자리 잡을 거야, 그래서 미경이 학비는 내가 벌어야지."

"그 걱정은 안 해도 된다니까."

"내가 불편해서 그래, 언제까지 이러고 있을 수는 없지 않겠어?"

윤수정의 시선을 받은 김희선이 길게 숨을 뱉었다.

"엄마, 미경이 데리고 재혼은 못 해, 미경이가 새아빠 눈치 보는 거 생각하면 눈물부터 나와."

"착한 남자도 있어."

"누구라도."

그때 마당 구석 그늘에 엎드려 있던 철수가 일어나 꼬리를 쳤다. 식구들이 들어오면 그런다. 동네 사람들이 오면 대문 앞까지 나가서 꼬리를 치는 것으로 구분이 된다. 나름대로 경계를 하는 셈이다.

"에, 덥다."

손등으로 이마의 땀을 닦으며 김선호가 들어섰는데 손에 수박을 쥐었다.

"어, 박복수가 서동리 갔다가 경운기로 싣고 온 거여."

마당의 수돗물을 받아놓은 함지박 속에 수박을 넣으면서 김선호가 말했다.

"박복수가 요즘 가장 재미나게 사는구면, 연신 싱글벙글혀."

"아이고, 쓸데없는 소리 마시오."

마루에서 일어선 윤수정이 핀잔을 주었다.

"누가 들을까 무섭소, 사돈하고 신혼살림 한다고 하겠소."

그때 김희선이 나섰다.

"유진이도 밝아졌어요."

박복수의 큰손녀가 유진이다. 미경이하고 같은 학년에다 같은 학교로 전학해서 이제 단짝이 되었다. 김희선이 매일 같이 차에 태워 학교에 데려다 주는 것이다.

"외할머니하고 이모까지 같이 살게 되었으니까요."

"입이 여러 개가 되었으니 이제 먹고 살 방도가 급하게 되었다."

수돗가에서 손을 씻으면서 김선호가 말했다. 다가온 윤수정이 수박을 내려다보면서 물었다.

"얼마 주고 가져 왔소?"

"박복수가 그냥 주던데? 서동리 유천수한테서 여섯 통 얻어 왔대."

"잘 익었네."

수박을 두들겨본 윤수정이 들고 가면서 물었다.

"가겟집 아들은 찾았어요?"

"찾기는 누가 찾아."

손을 털면서 마루로 다가온 김선호가 말을 이었다.

"그놈이 돈 없으면 오겠지, 손 벌릴 데는 불쌍한 부모뿐이니까."

"어이구, ㄱ 집도 안됐어."

부엌에서 식칼을 가져온 윤수정이 마루에 놓은 수박을 쪼갰다. 안이 빨갛게 잘 익은 수박이다.

"이리 와라."

아직도 파를 다듬는 김희선을 불러 마루 끝에 둘러앉았다. 수박을 집으면서 김선호가 말했다.

"태수한테서 전화가 왔어, 날짜는 8월 1일로 정했다는군."

가족 여행이다. 이미 8월 초는 일정을 다 비워놓고 기다리는 터라 윤수정과 김희선은 듣기만 했다.

"8월 1일부터 8일까지 7박8일이야."

"아이구, 난 닷새쯤으로 생각했는데."

윤수정이 말했지만 밝은 표정이다.

"우리 철수를 누구한테 맡기지?"

"길만이가 봐주기로 했어, 고추밭은 복수한테 놉을 주기로 했고."

"그건 잘됐네요."

이제는 김희선이 거들었다.

"그 집은 일손이 셋이나 되잖아요?"

철수가 집안 분위기가 밝은 때문인지 계속해서 꼬리를 치고 있다.

"아빠, 지금 학교 앞에 왔는데."

김종근의 목소리가 수화구를 울렸다.

"주현이하고 같이 있어."

"거기, 정문 건너편에 일식당이 있어, 동경이라고, 보이냐?"

김동수가 묻자 곧 김종근이 대답했다.

"보여."

"거기 예약해놨으니까 들어가서 내 이름 대면 돼, 아빠가 10분 안에 갈게."

"알았어."

자리에서 일어선 김동수가 연구실을 나왔다. 일식당 동경 안으로 들어섰을 때는 정확히 8분 후다. 방문 앞에 놓인 두 켤레의 운동화를 본 순간 김동수의 가슴이 뭉클했고 목이 메었다. 아침에 종근과 주현에게 문자를 보내 오후 2시에 학교 앞에서 만나자고 한 것이다. 집에서 만날 약속을 안 한 것은 당연히 정영아 모르게 만나려고 했기 때문이다.

"아빠."

방으로 들어선 김동수를 주현이 웃으면서 맞았다. 종근은 잠자코 시선만 준다. 종근은 중3, 주현이 중1이다. 둘 다 초밥을 시켰으므로 초밥 셋을 주문한 김동수가 웃음 띤 얼굴로 입을 열었다.

"너희들도 다 컸으니까 아빠가 왜 불렀는지 짐작하고 있을 거야."

주현은 시선만 주었고 종근이 어깨를 부풀리더니 물 잔을 쥐었다. 할 말을 참는 것 같다. 김동수가 말을 이었다.

"네 엄마가 돌아온 지 일주일 되었냐?"

"아빠."

종근이 김동수의 말을 잘랐다. 종근은 이제 키가 180 가깝게 된다. 얼굴은 아직 소년이지만 몸은 다 컸다. 1년쯤 전만 해도 내성적인 것 같더니 지금은 달라졌다. 가슴이 아픈 것이 정영아가 나간 후 6개월 동안에 변화가 일어난 것이다. 종근이 똑바로 김동수를 보았다.

"아빠, 바보야?"

"누가? 내가?"

김동수가 눈을 가늘게 떴다.

"왜?"

"엄마 없는 게 나았어, 불편해."

"나도."

주현이 덩달아 말했으므로 김동수가 피식 웃었다.

"이것들이 그냥."

"아빠는 왜 그래?"

종근이 대들었다.

"자존심도 없어?"

"얀마, 내가 왜 없어? 너, 아빠 몰라?"

"그런데 이게 뭐야?"

"정말."

주현이 또 맞장구를 쳤으므로 김동수가 다시 웃었다.

"이놈들이 다 컸네."

"아, 짱나."

이제 주현이 종알대었고 김동수가 입맛을 다셨다.

"8월 1일이야, 괌 여행, 오후 12시 반 비행기니까 아침에 6시에는 일어나야 돼."

"아빠."

다시 종근이 불렀을 때 종업원이 초밥을 가져왔다. 초밥이 놓였고 다시 문이 닫혔을 때 김동수가 선수를 쳤다.

"너희들이 다 커서 아빠가 말하기가 좀 쉽구나."

주현 앞에 젓가락을 놓아주면서 김동수가 말을 이었다.

"그래, 엄마가 너희들한테 소홀했어, 그건 엄마도 너희들한테 잘못했다고 했을 거다. 네 엄마는 책임을 피하는 사람은 아냐."

"아, 싫어."

종근이 외면한 채 말했을 때 김동수의 목소리가 가라앉았다.

"우린 가족이야, 엄마는 너희들을 낳아준 사람이고, 받아들여라."

"아, 짱나."

주현이 다시 말했지만 김동수의 말이 이어졌다.

"우리, 엄마 한 번만 봐주자, 너희들이 이해해주면 아빠는 만족할 거야."

"아빠는…"

종근이 뒷말을 삼켰을 때 김동수가 어깨를 부풀리며 둘을 번갈아 보았다. 두 눈이 부릅떠져 있다. 무서운 얼굴이다.

"봐라, 아빠를. 아빠가 얼마나 상처를 입었는지 너희들도 다 알 거다. 그 아빠가 엄마를 받아들인 이유는 하나야, 너희들을 위해서야."

젓가락을 쥔 김동수가 길게 숨을 뱉었다.

"엄마 한 번만 용서해주자, 응? 실수를 봐준 너희들에게 엄마가 얼마나 고마워하겠냐? 오늘 아빠가 그 말 하려고 불렀어."

계속해야 된다. 단숨에 되는 일이 아니다. 김동수의 가슴이 다시 미어졌다.

가족 여행은 들뜨기 마련이다. 모두 비행기를 타 본 경험이 있는데도 공항에서부터 떠들썩한 분위기다. 가족이 13명이었지만 여행사를 통하지 않고 김태수 형제가 호텔 예약에서 자동차 렌트까지 다 해놓았다. 자유 여행이다. 안내원한테 끌려 다닐 필요가 없다. 김태수, 김동수가 영어 회화에 능숙해서 통역도 필요 없다. 괌에 도착했을 때는 오후 5시 무렵, 바닷가 콘도에 여장을 풀었을 때는 6시가 되었다. 콘도는 주택식으로 2층 구조에 방이 6개, 풀장까지 딸려 있고 계단만 내려가면 백사장이다.

"아유, 비싸겠다."

윤수정이 황홀한 표정으로 콘도의 풀장 가에 서서 그렇게 말했다. 수평선에 붉은 석양이 덮이고 있다. 바다 색깔은 진청색이 되었지만 잔잔하다. 아직도 바다에는 드문드문 사람들이 서 있었는데 해변에서 3,4백 미터나 떨어진 바다인데도 깊이는 배꼽밖에 되지 않는다.

"와! 나가자!"

어느새 수영복 차림이 된 김대근과 영근, 종근 셋이 계단을 뛰어 내려갔다. 중1짜리 서현, 주현, 미경이 셋은 사춘기가 시작되는 때라서 옷 갈아입는 데 시간이 걸렸다. 아직 보이지 않는다.

"아버지, 오늘 저녁 식사는 저기 위쪽의 한식당으로 가시죠."

김태수가 이층 베란다에 서 있는 김선호 옆으로 다가와 말했다. 뒤를 김동수가 반바지에 반팔 셔츠로 갈아입고 따라온다. 이층 베란다에는 남자 어른 셋이 모였고 아래층 풀장 안쪽에 펴진 파라솔 밑에 윤수정을 중심으로 여자 넷이 모였다. 손자 셋은 이미 바닷가로 뛰어나갔으며 손녀 셋은 곧 나갈 것이다. 김동수가 의자에 앉으면서 말했다.

"여기서 3백 미터밖에 안 됩니다. 거기서 삼겹살에 소주 드셔도 됩니다."

요즘은 인터넷만 뒤지면 맛집 메뉴판까지 다 읽을 수가 있는 것이다.

"7시까지 애들 들어오라고 했으니까 8시에 예약해놓았습니다."

아래쪽에서 떠들썩한 여자들 목소리가 들렸다. 그러고 보니 여자 숫자가 성인, 아이 합쳐서 7명이다. 곧, 중1짜리 여자 아이 셋이 계단을 달려 내려갔는데 김선호는 눈이 부시는 느낌을 받고는 외면했다. 다 큰 아이들이다.

"다 컸네요."

딸들의 뒷모습을 보면서 김동수가 말했다.

"딸 키우는 것이 아들보다 어려운 것 같아요."

"그런가?"

건성으로 대답한 김태수가 힐끗 아래쪽을 보았다. 아래쪽에서 최혜영의 목소리만 울렸지 모습은 보이지 않는다. 그리고 보니 최혜영이 분위기를 이끌고 있다. 공항에서 나올 때도 맨 앞장을 섰고 택시를 잡을 때도 뒷사람하고 말다툼을 하면서 차 3대를 빌렸다. 콘도 앞에 내려서 일행을 엉뚱한 곳으로 1백 미터나 끌고 가기도 했지만 리더 역할은 잘했다. 그것을 김선호, 윤수정이 흐뭇한 표정으로 따른 터라 다른 사람들도 군말하지 않는다.

"너희들은 바다에 안 가냐?"

김선호가 묻자 김태수와 김동수가 서로의 얼굴을 보았다.

"아이구, 저는 좀 쉴래요."

김동수가 말했으므로 김선호가 혀를 찼다.

"젊은 놈이."

"아버지, 저, 마흔일곱입니다. 내일모레 오십입니다."

"잘났다, 이 자식아, 난 낼모레 팔십이다."

"아버지, 바다에 들어가시지요."

김태수가 일어서며 말했다.

"한 30분만 물속에 들어가 보시지요."

"저기, 니 처들은 안 간다냐?"

"내가 집 지킨다고 다 가라고 해, 형."

김동수가 김선호의 말에 대신 대답했다. 김선호와 김태수가 수영복에 헐렁한 셔츠 차림으로 내려왔을 때 커다란 파라솔 밑에는 윤수정과 정영아 둘이 앉아 있었다.

"어? 둘은 어디 갔어?"

김선호가 묻자 윤수정이 대답했다.

"바다에 간다고 지금 옷 갈아입소."

"너는 왜 안 가고?"

김선호가 정영아게게 물었다.

"예, 저는 좀 쉬려고요."

"옷 갈아입고 나와라."

옆을 지나면서 김선호가 말을 이었다.

"종근 애비도 남았는데 그럼 안 되지, 여기서부터 노력을 해야지."

"예, 아버님."

고분고분 대답한 정영아가 일어섰으므로 윤수정도 따라 일어났다.

"아이구, 그럼 나도 가야겠다."

김태수는 아무 말도 하지 않았다.

잠자리 배치는 김태수가 했다. 이층 안방은 김선호, 윤수정 부부, 그 옆방이 김태수, 김동수 형제, 이층 계단 옆방은 비워두고 아래층 문간 방에 김대근, 영근, 종근 세 놈, 안방에 최혜영, 정영아, 김희선, 그리고 옆방에 서현, 주현, 미경이다. 방이 6개나 되어서 하나가 남았다.

"태수가 신경을 썼구먼."

밤 11시 반이 되어서 김태수, 동수의 방에 있다가 돌아온 김선호가 술 냄새를 풍기면서 말했다.

"동수허고 동수 처가 한 방 쓰는 것이 불편할 테니까 말이여."

"그런가요?"

윤수정이 다리를 뻗다가 앓는 소리를 내면서 말했다.

"이렇게 나누는 것이 더 좋잖소? 오랜만에 형제, 동서들끼리 모여 자는 것이."

"아까 바다에서 동수 처하고 무슨 말을 했어? 넷이 한참 얘기하던데."

바다 가운데서 여편네들 넷이 모여 수군대고 있는 것을 본 모양이다.

"아, 그거, 별것 아뇨."

"근데 뭔 얘기가 그렇게 길어?"

"길었나?"

다시 다리를 뻗던 윤수정이 앓는 소리를 했다.

"관절이 아퍼?"

"아니, 그냥 다리가 저려서."

더블베드여서 침대는 컸지만 방에 요를 깔고 자는 것에 익숙한 둘은 출렁거리는 침대가 불편하다. 겨우 몸을 뻗고 누운 윤수정이 입을 열었다.

"가슴이 짠합디다."

"뭐가?"

"종근 에미가 갑자기 나하고 대근 에미한테 죄송하다고 하지 않겠소?"

"…"

"희선이랑 있는 데서 말이요, 정말 죄송하다면서 우는데 달래느라고 혼났소."

윤수정이 길게 숨을 뱉었다.

"얼굴이 눈물범벅이 되는데 바닷물로 자꾸 세수를 하더만, 안쓰러웠소."

"뭐가 안쓰러."

"희선이가 따라서 울데, 그 기집애는 어린애 같아."

김선호도 길게 숨을 뱉었고 윤수정의 말이 이어졌다.

"대근 에미가 차근차근 말해주더구먼, 서둘지 말고 애쓰면 자식들은 따르게 된다고 말이요, 걔가 야무져."

"애가 승질이 좀 있지."

"그래도 맏며느리 노릇은 잘합디다."

"콘도를 잘못 찾아서 언덕길을 2백 미터나 다시 올라왔어."

"무신 2백 미터? 그 반도 안 될 거요."

"그래서 당신 다리가 아픈 거여."

"쓸데없는 소리 좀 마시오."

그때 김선호가 상반신을 일으켰다.

"내가 술을 설 먹었나 보다."

"왜 그러시오?"

"동수가 주는 양주를 두 잔만 먹고 왔는디, 석 잔만 더 마시고 와야 겠다."

"아니, 삼겹살에 소주도 마시고는."

"소주도 석 잔밖에 안 먹었어."

"지금 몇 시요?"

"12시 다 되었네."

"집에 있을 때는 벌써 자고 있겠구먼."

"이 사람아, 여긴 괌이여, 괌."

이제 윤수정도 따라서 상반신을 일으켰다.

"나도 아래층에 내려가 볼까?"

"아래층 애들은 다 안 잘 거여, 대근이란 놈은 밤에 바다에 간다고

30

하던데."

"아이구머니, 못 가게 해야지."

"여긴 괜찮아."

침대에서 일어난 김선호가 문으로 다가가다가 머리를 돌려 윤수정을 보았다.

"아들놈들 방에 안 갈 거여?"

"아이구, 내가 왜?"

"이 사람 좀 봐, 아들놈들 허고 내외허네."

김선호의 얼굴에 웃음이 떠올랐다.

"다 젖 멕이고 키운 놈들 아녀? 고추 만지고, 기저구 갈고."

"아이구, 이젠 징그럽소."

"거기 전화를 혀봐, 애들 방 번호가 있을 거여, 3번인가 4번인가."

문을 열고 밖으로 나간 김선호는 먼저 베란다로 다가가 섰다. 난간 앞에 붙어 서자 서늘한 바람이 불어왔고 비린 바다 냄새가 맡아졌다.

"아, 좋다."

심호흡을 한 김선호가 바다를 내려다보면서 말했다. 밤이었지만 흰 백사장과 드문드문 바다에 들어가 있는 사람들이 보였다. 파도는 저 위쪽 5백여 미터 앞쪽 산호초 부근에서만 친다. 그곳부터 이곳까지는 얕은 바닷물이다. 그때 뒤에서 인기척이 나더니 곧 김동수가 다가왔다. 김동수 뒤를 김태수가 따라 나온다.

"아버지, 여기 계세요?"

"주현이 수영복이 제일 예쁘네."

최혜영이 창가에 서서 말했다. 한 손에 맥주병을 쥔 최혜영은 반바지에 소매 없는 셔츠 차림이다.

"역시 엄마가 디자이너라 센스가 있어."

"참, 내 정신 좀 봐."

번쩍 머리를 든 정영아가 서둘러 벽장으로 가더니 가방을 꺼내왔다. 밤 12시 10분, 방 안에서 세 여자가 술을 마시고 있다. 아래층 안방이어서 침대를 3개 나란히 놓아도 여유가 있다. 열린 창을 통해 시원한 바람이 몰려왔다. 가방을 연 정영아가 수영복 2개를 꺼내 최혜영과 김희선에게 나눠주었다.

"여기, 서현이하고 미경이 수영복 가져왔어요, 깜박 잊었네."

"어마나."

수영복을 받아든 김희선이 활짝 웃었다.

"이뻐라, 내일 당장 미경이 입혀야지."

"어쩌면."

최혜영도 수영복을 펼쳐 보면서 감탄했다.

"이거 산 거야?"

"아뇨, 아는 디자이너한테 얻었어요."

"아유, 옷감도 좋고 무늬도 이쁘다. 나 이런 거 처음 보네."

"공장에서 대량 생산하는 게 아니니까요."

"비싸겠다."

그때 정영아가 가방에서 다시 수영복 2개를 꺼내 최혜영과 김희선 앞에 놓았다.

"얻은 김에 어른 것도 가져왔어요."

"어마나."

김희선의 얼굴이 더 밝아졌다.

"아유, 이걸 입어도 어디 보여줄 사람이 있어야지."

엉겁결에 그렇게 말했던 김희선이 아차, 하는 표정을 지었을 때 최혜영이 쓴웃음을 지었다.

"거봐, 재혼 안 한다더만 무의식중에 속이 드러난다니까."

"아유, 언니들."

"정말 이쁘다. 나한테 맞을까?"

최혜영이 수영복을 펼치면서 말했으므로 김희선은 더 이상 변명하지 않아도 되었다. 정영아가 가늘게 숨을 뱉었다. 그렇다. 가족 모두가 자신을 배려해주고 있다. 방 배치도, 최혜영이 유달리 앞장을 서서 끌고 다니는 것도 그렇다. 예전에는 좀 떠들었지만 이렇게 적극적으로 나대지는 않았다. 그것이 가족들을 정신없이 만들어서 자신에 대한 어색함을 가려주는 역할을 했다. 수영복을 어깨에 걸친 최혜영이 베란다로 나가 밤바다를 내려다보면서 말했다. 이쪽은 바다 왼쪽이 보인다.

"다 잊고 즐긴다는 말, 거짓말이야, 소설이나 영화에서 쓰는 말이라고."

"뭐가요?"

아직도 수영복을 이리 보고 저리 보던 김희선이 물었다. 한 모금 맥주를 삼킨 최혜영이 말을 이었다.

"다 잊을 수가 없어, 바다에 들어가 맑은 바다를 보고 있어도 일주일 후의 관리비 낼 생각, 그 다음 날의 대출이자 낼 생각이 떠오르는 거야."

"대출이자요?"

"응, 월 150씩 내야 돼."

"무슨 대출인데요?"

"아유, 그만."

손을 들어 보인 최혜영의 시선이 정영아에게로 옮겨졌다.

"우리 가족들 참 착해, 그렇지?"

정영아가 머리만 끄덕이자 최혜영이 냉장고로 다가가 맥주병 하나를 다시 꺼내 쥐었다.

"특히 우리 시어머니가."

"그래요."

마침내 정영아가 입을 열었다.

"어머니가 다 이끌고 계시는 느낌이 들어요."

"그래요, 아버지는 대장 같지만 허당이라고요."

김희선이 나서자 정영아까지 풀썩 웃었다.

"허당이라니?"

최혜영이 묻자 김희선이 정색했다.

"아버지는 강경한 것 같지만 뒤가 없어요, 어머니는 아버지 그늘에 가려 있는 것 같지만 실제로는 어머니가 중심이 되어서 집안이 움직여요."

"과연."

최혜영이 감탄했다.

"출판사 기획자의 눈이 예리해, 잘 짚어 말했어."

"과연."

정영아가 말하고는 입을 다물었으므로 최혜영과 김희선까지 시선을 주었다.

"과연 뭐야? 무슨 말 하려고 했어?"

최혜영이 묻자 정영아의 얼굴에 웃음이 떠올랐다. 웃음이 밝다.

"그 어머니에 그 딸이라고요."

"엄마, 할머니가 오래."

주현이 말한 순간 정영아의 눈에서 왈칵 눈물이 쏟아졌다. '엄마' 소리를 처음 듣는 것이다. 괌에 온 지 사흘째 되는 날 저녁, 정영아는 세탁실에서 주현의 수영복을 빨고 있던 참이다.

"응, 그래."

앞쪽을 향한 채 대답했을 때 주현이 쿵쾅거리며 뛰어나갔다. 손등으로 눈물을 닦은 정영아가 일어섰다. 다 알고 있다. 시어머니는 아무것도 아닌 일로 주현이에게 심부름을 시켰을 것이다.

"네 엄마 오라고 해라."

"네 엄마한테 가서 뭐뭐 하라고 해라."

"네 엄마한테 뭐뭐 어디 있느냐고 물어봐라."

윤수정은 계속해서 그런 심부름을 시키고 있다. 처음에는 몰랐는데 이틀째 되는 날부터 서현이나 미경이한테는 거의 심부름을 시키지 않는 대신 주현이만 부른다는 것을 깨달았다. 그러자 그 후부터 최혜영과 김희선까지 주현이를 시켰다. 그러나 주현이는 심부름을 하면서도 '엄마'를 부르지 않았다. 그냥 툭 말만 던지고 돌아가더니 오늘 저녁, 마침내 '엄마'를 부른 것이다. 풀장 옆 빨래 건조대에다 빨래를 널고 있던 윤수정에게 다가간 정영아가 물었다.

"어머니, 부르셨어요?"

"응, 내일 아침에 애들이 라면 먹는다는데."

윤수정이 밝은 얼굴로 정영아를 보았다.

"낮에 동수가 사 온 라면이 여러 가지야, 애들 좋아하는 거 물어 봐서 끓여야겠다."

"예, 그럴게요."

머리를 끄덕인 윤수정이 몸을 돌렸을 때 정영아가 심호흡을 했다. 그때 윤수정이 머리를 돌려 정영아를 보았다.

"왜?"

"아뇨, 어머니."

몸을 돌렸던 정영아가 다시 윤수정에게 돌아섰다.

"어머니."

윤수정의 시선을 받은 정영아가 어깨를 부풀렸다가 내리면서 말했다.

"고맙습니다."

"뭐가?"

"저, 이제 주현이한테 심부름 자주 안 시켜도 될 것 같아요."

"왜?"

윤수정이 웃음 띤 얼굴로 물었으므로 정영아가 따라 웃었다.

"주현이가 조금 전에 저한테 '엄마'라고 불렀어요."

눈만 깜박이는 윤수정을 향해 정영아가 말을 이었다.

"제가 집으로 돌아온 후에 한 번도 저한테 엄마라고 부르지 않았거든요."

갑자기 숨을 들이켰던 정영아의 눈에서 주르르 눈물이 흘러내렸다. 서둘러 손등으로 눈물을 닦은 정영아가 밝게 웃었다.

"이제 됐어요, 어머니, 너무 자주 심부름시키면 표시가 나요."

"그렇구나."

"형님하고 미경 엄마한테도 이야기 좀 해주세요."

"그래야겠다."

"라면 아무거나 끓여도 되죠?"

"그럼, 애들은 다 잘 먹는데."

시선을 마주친 둘이 웃었을 때 김동수가 옆쪽 대문으로 들어섰다. 양손에 오늘밤에 마실 술과 안주가 잔뜩 들려 있다.

"뭐, 좋은 일 있어요?"

김동수가 윤수정에게만 시선을 준 채 물었어도 시야 안에 정영아가 들어 있을 것이다.

"응, 네 처가 나한테 심부름 좀 그만 시키라고 하는구나."

"그래요?"

쓴웃음을 지은 김동수가 지나갈 때 정영아가 비닐봉지 하나를 받아 들었다. 김동수가 주춤하더니 봉지를 넘겨주고는 앞장서서 안으로 들어섰다. 대근이를 선두로 남자 아이들이 수영복 차림으로 뛰어나왔으므로 풀장이 떠들썩해졌다. 저녁 무렵이면 풀장에서 노는 것이다.

"빨래에다 물 튀기지 마라."

손자들한테 소리쳐 잔소리를 한 윤수정이 저택 안으로 들어서면서 문득 이것이 가족의 행복이라는 생각을 한다. 흠 없는 사람이 있는가? 다 온갖 상처를 품고 하루하루를 지내는 인생들이다. 그러다가 시간이 지나면 아침에 눈을 떴을 때 내가 오늘은 왜 사는가? 하는 때가 온다. 몸에 기운이 떨어지고 주변은 삭막하며 생활고에 쫓기기까지 하면서도 산다. 그러니 범사에 감사하라는 말이 나오는가? 사소한 일에도 행복을 느끼는 인생을 살아야 한다. 욕심을 크게 갖지 말아야 한다. 그것이 잘 사는 방법이다.

"아이구, 얘가 반기는 것 좀 봐."

윤수정이 활짝 웃으면서 철수의 머리를 두 손으로 쓰다듬었다. 7박

8일의 꽝 여행을 마치고 집에 돌아온 것이다. 철수가 길길이 뛰면서 윤수정에게 달려들었는데 원체 큰놈이라 앞발로 밀면 넘어질 것 같다.

"아니, 길만이가 개 줄도 풀어놓았네."

뒤에서 김선호가 말했다. 철수를 조길만한테 부탁하고 간 것이다. 중요한 것은 다 치우고 맡겼지만 대문도 열어놓고 여행을 다녀왔다. 이곳은 외지 사람이 들어오지 않는 골짜기인 것이다. 뛰면서 반기는 철수를 겨우 떼어놓고 둘은 분주하게 집안 정돈을 했다. 우선 문부터 열어놓았을 때 김희선과 미경이가 들어와 다시 철수하고 한바탕 소동이 일어났다. 둘은 동네 사람들을 만나 이야기하는 바람에 조금 늦었다. 미경이는 집 안에 들어오지도 않고 마당에서 철수하고 논다.

"너희들이 없었다면 기운이 떨어져서 걸어 다니지도 못 했을 것 같다."

윤수정이 냉장고를 열어보면서 김희선에게 말했다.

"응? 무슨 말이야?"

제 방에서 가방을 풀던 김희선이 물었다.

"왜 기운이 떨어져?"

"아, 글쎄, 니 아부지하고 둘이 빈집에 들어오니까 그런다."

"왜?"

"철수가 뛰면서 반기기는 하지만 빈집을 보니까 가슴이 철렁 내려앉더구나."

"나아 참."

"너희들이 없었을 때는 어떻게 살았을꼬."

그때 마루 끝에 걸터앉아 있던 김선호가 혀를 찼다.

"앗따, 7박8일 여행은 처음이라 그려."

"어쨌든 빈집이 이렇게 무섭게 느껴지기는 처음이었소."

"엄마는 별걸 다…"

"너, 재혼하라는 말 안 해야겠다."

"참, 내."

"나, 길만이하고 복수네 좀 돌아보고 올게, 길만이 처 선물도 내가 갖고 갈게."

곽에서 산 선물 꾸러미를 챙겨든 김선호가 자리에서 서며 말했다. 어느새 옷을 갈아입은 김선호는 집안 정리는 젖혀두고 나갈 채비를 했다.

"밭도 둘러보고 올 거여."

오후 3시 반이다. 더운 날씨여서 모두 집에 들어앉아 있을 것이다. 그때 미경이가 뛰어나와 김선호를 앞질러 달려갔다. 손에 종이 백을 들고 있다.

"너, 어디 가냐?"

"유진이한테 선물 주려고요."

미경이가 종이 백을 들어 보이며 소리쳤다.

"수진이 선물도 있어요."

박복수의 손녀들이다. 유진이가 미경이하고 중1로 단짝이 되어 있다. 미경이는 밝아졌다. 처음 이곳에 왔을 때는 또랑또랑은 했지만 어두운 그늘이 끼어 있더니 지금은 명랑하다. 교직자로 40여 년을 보낸 김선호다. 저 나이 때는 저렇게 자라는 것이 가장 바람직하다는 것을 안다. 공부 잘하는 것보다 백 배 나은 것이다.

"어, 왔냐?"

조길만이 마루에 앉아 있다가 반겼는데 시선은 김선호가 쥐고 있는 선물용 종이 백으로 가 있다.

"니 선물은 없고 제수씨 선물을 태수 에미가 샀어."

마루에 앉으면서 말했을 때 방에서 오연숙이 나왔다.

"아이구, 잘 갔다 오셨어요?"

낮잠을 자다 깨었는지 두 눈이 부석부석했다. 김선호가 오연숙에게 종이 백을 건네주었다.

"태수 에미가 나더러 갖다 주라고 합디다, 가방이여."

"아이구머니."

서둘러 종이 백 안에서 가방을 꺼낸 오연숙의 얼굴이 활짝 펴졌다.

"아이구, 이쁘다, 이거 비싸겠네."

꼼 시장에서 산 것이지만 독특한 무늬의 가방이다. 윤수정이 50불인가를 주고 산 것이다.

"난 모르겠소, 이따 물어보시오."

김선호가 눈만 멀뚱거리는 조길만에게 주머니에서 라이터를 꺼내 내밀었다.

"엣따."

"응, 그럴 줄 알았지."

그때서야 얼굴을 편 조길만이 라이터를 켜보았다. 조길만은 담배를 피운다.

"우리, 얘기 좀 하자."

라이터를 켜면서 조길만이 자리에서 일어났으므로 오연숙이 김선호에게 말했다.

"내가 태수 엄마한테 전화할게요, 어쨌든 고맙습니다."

오연숙의 목소리도 밝다.

"영복이가 경찰서에 있어."

집 앞 나무 그늘 밑에 놓인 평상에 앉자마자 조길만이 말했다. 바람한 점 불지 않는 날씨다. 옆쪽 고추밭의 잎들도 더위에 늘어져 있다. 김선호의 시선을 받은 조길만이 입맛부터 다셨다.

"이놈이 아는 부동산에다 집하고 고추밭을 내놓았어, 아주 싸게 말이여, 그러고는 계약금 받으려다가 경찰한티 체포된 거다."

"저런, 서류는 어떻게 허고?"

"면사무소 옆 승리부동산 알지? 영복이허고 아는 놈이라 금방 이야기가 되었고 서류도 건성으로 본 모양이여."

"저런 미친놈들."

"그런디 막 계약금 받기 전에 구매자가 서류가 가짜라는 것을 면사무소에 가서 확인을 한 거다."

"저런."

"영복이가 전주에서 서류를 위조 해온 것이지, 근디 요즘 사람들이어디 호락호락허냐? 구매자가 전주 사람인디 변호사까지 데려왔던 거다, 그 변호사가 서류 확인을 하더니 그길로 경찰을 데리고 온 거여."

"외통수구면."

"내일쯤 영복이는 경찰서 유치장에서 구치소로 넘어갈 거다."

"어이구."

"창수 내외는 면회도 안 갔어."

"저런."

"내가 괜히 미안혀서 창수네 가게에 들르지도 못 하겄다. 너 왔으니까 한번 가 볼거나?"

"에이."

다시 입맛을 다신 김선호가 잠깐 망설였다가 자리에서 일어섰다. 박복수한테 들렀다가 밭을 둘러볼 작정이었던 것이다. 이창수 가게 문은 열렸지만 인기척이 없다. 열린 대문으로 마당을 보았더니 마루 끝에 앉아 있는 이창수가 보였다. 이창수가 둘을 보더니 벌떡 일어나 다가왔다.

"형님, 언지 오셨어요?"

김선호를 향해 인사를 한 이창수가 조길만에게 말했다.

"형님이 교장 형님한티 말씀 다 하셨지요?"

"아, 뭐, 그냥."

멋쩍은 표정으로 조길만이 얼버무렸더니 이창수가 대문 옆 평상으로 둘을 안내했다.

항상 술을 먹는 자리다.

"어디 갔는가?"

안채를 눈으로 가리키면서 김선호가 묻자 이창수가 목소리를 낮췄다.

"누워 있구먼요."

"이거 싼 라이터여, 받아."

꽘 시장에서 산 라이터를 꺼내 내밀자 이창수가 얼른 받았다. 라이터를 본 조길만의 두 눈이 번들거렸다. 조길만과 같은 라이터다. 모른 척한 김선호가 이창수에게 물었다.

"어떻게 하려고 그러는가?"

김선호의 시선을 받은 이창수가 어깨를 들었다가 내렸다.

"그냥 둘랍니다."

"교도소로 보내?"

"마누라가 그러자는디요."

"베트남에 간 처자식은?"

"놔두잡니다."

"왜?"

"지 남편 꼬드겨서 베트남으로 옮기려는 그년이 저도 괘씸하구먼요."

"그렇지."

가만있던 조길만이 맞장구를 쳤다.

"갸가 영복이보다 영리허지."

"넌 가만 좀 있어라."

조길만을 말린 김선호가 다시 물었다.

"그럼 며느리, 손자 다시 안 볼 거여?"

"이 기회에 다 끊을 겁니다."

"영복이 교도소 보내고?"

"예."

"뭐, 죽으면 다 그놈한티 갈 것 아닌가?"

"그래두요."

"그렇게 속이 상혔는가?"

"그놈이 이 집허고 가게까지 다 팔어 먹으려고 했단 말입니다."

이창수의 목소리가 떨렸고 얼굴도 상기되었다.

"뭐여?"

놀란 조길만이 눈을 크게 떴다.

"이 집까지? 어제는 느티나무 옆의 고추밭까지 가짜 서류 만들었다고 하더만."

"내 땅, 집 모두 팔어 먹으려고 했단 말입니다."

이창수가 충혈된 눈으로 둘을 보았다.

"부모를 알거지로 맹글고 베트남으로 도망가려고 했던 연놈들입니다."

김선호는 이창수의 말끝에 '년'이 포함되어 있는 것에 가슴이 내려앉았다. 베트남의 따옹도 공모자가 되어 있다.

6장 무자식 상팔자

이영복의 구속 사건으로 마을이 뒤숭숭해졌을 때 액운은 겹친다는 듯이 또 다른 일이 터졌다. 삼순 할머니의 큰딸이 죽었다는 연락이 온 것이다. 그것도 남원경찰서에서 문촌 마을 통장인 이창수한테로 전화가 왔다. 죽은 큰딸이 할머니의 전번을 모르고 문촌 마을에 산다는 것만 들은 적이 있어서 그렇게 된 것이다. 이창수한테서 큰딸 은주가 죽었다는 연락을 받자 삼순 할머니가 말했다.

"내가 장의사냐? 안 간다."

"그려도 그럴 수가 있습니까?"

이창수는 마침 가게에 왔던 조길만하고 같이 삼순 할머니네 집에 간 터라 조길만에게 거들어 달라는 듯이 시선을 주었다. 그러나 조길만이 딴전을 보고 있었으므로 마루에서 무를 써는 삼순 할머니에게 말을 이었다.

"당뇨로 앓다가 죽었답니다. 손녀딸이 경찰서에 할머니 찾아서 연락해 달라고 부탁혀서 전번을 알게 된 겁니다."

45

"그년은 입이 없대? 손꾸락이 없대? 왜 경찰서한티 부탁을 혀?"

"지 엄니한티 어디 사는지도 듣지 못했으니까 그렸겄지요, 손녀딸이 무신 죄가 있습니까?"

"그것도 다 컸을 거여, 아마 서른댓 됐을걸. 썩을 년들."

삼순 할머니는 83세에 혼자 살지만 깔끔했다. 집안도 잘 정돈 해놓았고 마당가에 매어놓은 똥개 메리도 잘 씻겼다. 이름은 메리지만 수놈이다. 마루 구석에 나란히 앉은 조길만이 거들지 않았으므로 이창수가 말을 이었다.

"지가 손녀딸한티 할머니 전번 알려줬는디 전화 안 받으신다면서요?"

"내가 왜 받어?"

"장례는 모레 아침에 화장헌다는디요."

"허라고 혀."

"손녀딸이 울던디요."

"다 큰 년이 울기는."

잠깐 정적이 덮였다. 오후 2시 반, 8월 중순이었지만 가을같이 서늘한 날씨다. 삼순 할머니는 문촌리로 시집온 지 60년이 넘었고 이곳에서 두 딸을 낳았다. 30년쯤 전에 남편이 폐병으로 죽은 후에 어린 두 딸을 데리고 친정이 있는 장흥으로 옮겨가서 산 것이다. 할머니가 딸 둘을 다 출가시키고 나서 전답이 조금 남아 있는 문촌리로 돌아온 것이 20년쯤 되었다. 그런데 그 20년 동안 딸 둘로부터 전화 한 통 오지 않았는데 그 이유는 모른다. 할머니가 말하지 않았기 때문이다. 그때 조길만이 몸을 일으키면서 이창수에게 말했다.

"가세."

"아니, 형님."

"아, 안 간다는데 자네가 무슨 권리로 가자고 말씀드리겠는가?"

조길만이 삼순 할머니 옆얼굴에 대고 물었다.

"안 그려요, 누님?"

"썩을 놈이, 누님은."

"자, 그럼 갑니다."

이창수의 소매를 끌어 일으킨 조길만이 발을 떼면서 말했다.

"무자식 상팔자지요, 문촌 마을에서 자식 걱정 안 허는 놈이 있는가 보시오, 용득 형님도 있고 김선호도 마찬가지여."

둘이 마당으로 내려섰을 때 삼순 할머니가 등에 대고 말했다.

"그년한테 왜 나를 찾느냐고 물어봐."

"예?"

몸을 돌린 이창수가 기가 막힌다는 표정을 지었다.

"아니, 할머니, 어머니가 죽었으니까 할머니한테 연락한 것 아닙니까?"

"아, 글씨, 그렇게 물어보면 알아."

"말도 안 돼."

그러자 조길만이 혀를 차고 이창수를 나무랐다.

"이 사람아, 시킨 대로 혀, 지금 당장 전화로 그렇게 물어봐."

"나아, 참."

그때 조길만이 삼순 할머니한테 말했다.

"누님, 그럼 물어보고 나서 다시 들르지요."

삼순 할머니가 가만있었으므로 둘은 집을 나왔다.

"도대체 무슨 소린지 모르겠네."

이창수가 투덜거렸을 때 걸음을 멈춘 조길만이 말했다.

"그, 손녀딸한티 전화해봐."

조길만의 표정을 살핀 이창수가 길가 나무 그늘 밑으로 가더니 핸드폰 버튼을 눌렀다. 그러자 곧 신호음이 울렸다.

"형님이 물어보쇼."

이창수가 짜증난 얼굴로 핸드폰을 내밀었으므로 조길만이 받아들었다.

"여보세요."

곧 여자 목소리가 울렸고 조길만이 대답했다.

"아, 여기 문촌리 통장인디."

"할머니가 통 소식이 없다가 왜 찾느냐고 물으신다."

그렇게 말하고 난 조길만이 헛기침을 하고 나서 덧붙였다.

"내가 알기로도 20년이 넘도록 연락이 없었거든, 나이가 80이 넘으신 분이 혼자 사시는 게 좀 안됐다, 이해해라."

"어머니가 편지 드리라고 했어요."

손녀딸이 가라앉은 목소리로 말했으므로 조길만이 숨을 들이켰다.

"응? 편지?"

"네, 녹음테이프도 있어요."

"녹음한 거?"

"예."

"그걸 할머니한테 주라고 했어?"

"예, 유언이에요."

"아, 그렇구나."

"할머니 어디 아프세요?"

"어? 그래, 아니?"

옆에 선 이창수가 불안한 표정을 지었으므로 조길만이 헛기침을 했다.

"알았다, 내가 할머니한테 다시 이야기를 해보고 다시 연락하자."

핸드폰을 귀에서 뗀 조길만이 이창수에게 건네주며 말했다.

"염병, 다시 할마씨한테 가세."

"뭐라고 합디까?"

이창수가 다그치듯 묻자 조길만은 통화 내용을 말해주었다. 다 듣고 난 이창수가 먼저 발을 떼며 말했다.

"가십시다. 형님, 할머니가 가시겠구면요."

"자네가 이야기혀."

뒤를 따라가면서 조길만이 말을 이었다.

"난 끌려들기 싫어서 그려."

"왜요?"

삼순 할머니 집 앞에 멈춰선 이창수가 물었다.

"뭘 끌려들어요?"

"아, 나, 할마씨하고 장례식장 가기 싫어서 그려, 남원까지 갔다 오려면 1박2일은 될 것 아닌가?"

다시 집 안으로 들어선 둘은 이제 마당의 수돗가에서 무를 씻는 삼순 할머니 옆에 섰다. 이창수가 입을 열었다.

"할머니, 전화했는데요."

삼순 할머니는 머리도 들지 않았고 이창수의 말이 이어졌다.

"죽은 딸이 할머니한테 유서를 남겼답니다. 녹음한 테이프도 남겼다는디요."

"…"

"그래서 손녀딸이 연락한 거랍니다."

"…"

"무슨 이야긴지는 모르지만 죽기 전에 남긴 것이니께 한번 들어봐야 하지 않겠습니까?"

"듣기는 뭘 들어."

수도꼭지를 잠근 삼순 할머니가 머리를 들고 둘을 번갈아 보았다.

"다 끝난 일인디."

둘은 눈만 껌벅였고 삼순 할머니가 말을 이었다.

"내가 30년 전에 여기서 나가서 친정으로 간 줄 알지만 나주에 있었어."

할머니가 함지박에 담긴 무를 손바닥으로 쓸었다.

"거기서 술집에 나갔지, 술집 작부를 하면서 애들 고등핵교까지 졸업시켰고 시집까지 보냈어."

"…"

"근디 세상이 좁아서 내가 술집에서 몸 파는 여자였다는 소문이 다 났더구먼, 두 년이 어느 날 나한테 더러운 돈으로 지들을 키웠느냐고 묻데, 난 우두커니 앉아서 눈물만 쏟았어."

"…"

"즈그 서방들한테 무슨 소리를 들었는지 모르지만 제 어미더러 더러운 년이라고도 했어."

"저런 때려쥑일."

마침내 조길만이 어깨를 부풀렸다.

"누님, 가지 마쇼."

50

"그래, 난 몸도 팔았어, 먹고살고 딸들 핵교 보내려면 그 짓밖에 할 것이 없었지, 내가 밑천이 있는가? 계산이 빠른가?"

"누님, 누가 뭐래요?"

그때 이창수도 거들었다.

"할머니, 그냥 두시죠, 자식 다 필요 없습니다."

이창수의 얼굴이 갑자기 붉어졌다.

"무자식 상팔자올시다. 자식 없는 것으로 하세요."

목소리를 높였더니 엎드려 있던 메리가 슬그머니 일어나 개집 안으로 들어갔다.

"어이, 가세."

조길만이 이창수를 부르고는 몸을 돌렸다.

"누님, 우리 갑니다."

이창수가 서둘러 조길만의 뒤를 따라 발을 떼었을 때다. 삼순 할머니가 말했다.

"누가 나허고 남원 갈라는가?"

조길만하고 이창수가 따라갔다. 이창수가 마을 사람들한테서 부의를 걷었는데 37만 원이 되어서 박용득 씨, 김선호가 각각 8만 원, 5만 원씩을 더 내어 50만 원을 채웠다. 남원 장례식장에 도착했을 때는 오후 7시경이다. 손님처럼 장례식장에 들어선 삼순 할머니는 영정 사진을 힐끗 보고 나서 상복을 입고 서 있는 상주들에게 다가갔다. 그 뒤를 조길만과 이창수가 잔뜩 긴장한 표정으로 따른다.

"누가 미숙이냐?"

삼순 할머니가 여자 둘한테 물었더니 하나가 나섰다. 그때서야 알아본 듯 눈이 크게 떠졌다

"할머니."

"응, 니가 미숙이구나."

"할머니."

30대쯤의 여자가 삼순 할머니의 소매를 움켜쥐더니 얼굴을 일그러뜨리며 울었다.

"할머니."

"저기, 이쪽으로 오시지요."

옆에 서 있던 젊은 상주가 장례식장 안쪽으로 그들을 안내했다. 죽은 딸 은주는 딸 하나, 아들 하나를 낳았다는데 삼순 할머니는 둘이 열서너 살 때 헤어졌다고 했다. 구석자리에 앉은 삼순 할머니 앞에 남녀 둘이 나란히 서더니 절을 했다. 미숙이란 여자와 사내다.

"할머니, 제가 영규예요."

사내가 절을 마치고 나서 말했다.

"그렇구나, 어릴 적 얼굴이 기억 안 나서 모르겠다."

삼순 할머니가 덤덤한 표정으로 말하더니 주위를 둘러보는 시늉을 했다.

"느그 아버지는 어딨냐?"

"예, 재작년에 암으로 가셨어요."

"저런."

삼순 할머니가 혀를 찼다.

"너희들은 다 결혼했지?"

"예."

먼저 대답한 미숙이가 주위를 둘러보는 시늉을 했다.

"전 딸이 둘이고 지금 일곱 살, 다섯 살이에요, 남편은 출장 가서 오

52

늦밤에나 돌아올 거예요."

"저는 다섯 살짜리 아들 하난데 저기 제 처가 있습니다."

영규가 부르려는 듯이 몸을 일으켰으므로 삼순 할머니가 손을 저어 말렸다.

"됐다, 놔둬라."

옆쪽에 앉은 조길만과 이창수는 조마조마해서 앞에 놓인 술잔도 집지 않았다. 그때 삼순 할머니가 물었다.

"너희들 이모는 안 왔냐?"

죽은 은주의 동생 선주다. 역시 20년간 소식도 없었던 것이다. 그때 미숙이 대답했다.

"캐나다로 이민 간 지 10년이 넘었어요."

"그렇구나."

"엄마한테 연락도 안 하는 사이니까 저희들도 알 수가 없죠."

그때 이창수가 분위기를 바꾸려는 듯이 주머니에서 부의 봉투를 꺼내 미숙에게 내밀었다.

"우리 마을에서 부의 50만 원을 걷었는데 받아요, 둘이 나중에 나누는 것이 나을 거야."

"고맙습니다."

얼굴이 빨개진 미숙이 받았고 영규도 머리를 숙여 절을 했다. 그러자 조길만이 거들었다.

"할머니께서 우리 마을의 좌장이시라 우리가 모시고 왔지만 연로하셔서 쉬시는 것이 낫겠는데."

숨을 고른 조길만이 미숙을 보았다.

"그, 유언장하고 녹음테이프를 할머니께 갖다드릴 수 있지?"

"그럼요."

선선히 대답한 미숙이 자리에서 일어서자 영규도 어색한 듯 꾸물거리다가 손님을 맞는 시늉을 하면서 떠났다.

"그거 받고 집에 가지."

삼순 할머니가 조길만에게 말했다.

"남의 집에 온 것 같어."

"그러시지요."

선선히 대답한 조길만이 소주잔을 쥐면서 말했다.

"계속 불효를 허는구먼, 자식이 부모보다 먼저 죽는 것도 큰 불효라고 합디다."

"무자식이 상팔자라니까요."

자식을 구치소에 넣은 이창수가 한 모금에 소주를 삼키고 나서 말을 이었다.

"즈그들도 부모가 되고 나서 똑같이 당해야 됩니다."

그때 미숙이 노란색 봉투를 들고 다가왔다.

"할머니, 여기 있어요."

봉투를 내민 미숙의 두 눈이 빨개졌다.

"어머니가 돌아가시기 며칠 전에 쓰고 녹음한 거예요."

이창수가 운전하는 봉고차가 국도를 달리고 있다. 오후 9시 반, 실내등을 켠 조길만이 헛기침을 했다. 지금 삼순 할머니의 큰딸 은주가 쓴 유서를 읽으려는 것이다. 삼순 할머니가 읽어달라고 유서를 내밀자 조길만은 질색을 했지만 눈도 안 보인다는데 어쩔 수 없다. 이윽고 조길만이 목청을 높여 유서를 읽는다.

54

"어머니, 내 영정 사진 봤어?"

대뜸 그렇게 읽고 난 조길만이 어리둥절한 표정을 짓고 옆쪽 자리의 삼순 할머니를 보았다. 이창수가 백미러로 뒤쪽을 보았으며 삼순 할머니도 조길만을 보았다. 삼순 할머니가 물었다.

"뭐라고?"

"그렇게 쓰여 있는디."

"그 종이에?"

"아, 글쎄, 유서 맨 위에."

"그년이 미쳤나? 그럼 장례식장에 영정 사진이 없을라고?"

"더 읽어요?"

조길만이 꽥 소리치자 삼순 할머니는 입을 다물었다. 조용해진 차 안에 조길만의 목소리가 울렸다.

"어머니, 그 사진, 5년 전에 찍었어, 근데 그 사진 찍을 때 어머니 생각이 났어, 어머니, 이제 나 곧 죽어."

거기까지 읽고 난 조길만이 숨을 골랐을 때 삼순 할머니가 물었다.

"죽는다고?"

"아, 유서에서."

"그 다음 읽어봐."

"아이구 숨차."

숨을 들이켠 조길만이 다시 소리쳐 읽는다.

"어머니, 죽기 전에 어머니한테 잘못했다고 빌라고, 근데 손에 기운이 없어서 안 써지네, 어머니, 어머니, 잘못했어."

다시 호흡을 고르려고 조길만이 유서에서 시선을 떼었지만 삼순 할머니는 반대쪽 창밖을 내다본 채 아무 말도 안 했다. 다시 조길만이 읽는다.

"어머니, 나, 갈게. 어머니 보고 싶어서 이 유서 미숙이한테 어머니에게 주라고 할 거야, 그리고 어머니한테 내 영정 사진 보러 오라고 할 거야, 그럼 만나는 거지, 어머니, 나 보고가. 나, 갈게."

소리쳐 읽은 조길만이 유서를 내려놓고 긴 숨을 뱉었다. 그러고 나서 생각난 듯이 소리쳤다.

"끝!"

봉고차 안에는 엔진 소리만 울렸다. 이창수도 이젠 백미러를 보지 않는다. 조길만은 의자에 등을 붙인 채 앞쪽만 보았고 삼순 할머니는 창밖을 내다보면서 움직이지 않는다. 봉고는 짙은 어둠 속을 달려가고 있다. 차량 통행이 뜸해서 가끔 지나는 차량 전조등이 차 안을 훑고 지나갔다. 그때 조길만이 머리를 들고 삼순 할머니를 보았다.

"누님, 녹음테이프 들어야지."

삼순 할머니는 가만있었지만 조길만이 봉투 안에서 테이프를 꺼내 이창수에게 내밀었다.

"이거 틀어봐."

테이프는 CD였으므로 이창수가 곧 CD 박스에 넣고 버튼을 눌렀다.

"크게 해."

조길만의 주문을 받은 이창수가 볼륨을 높였다. 그 순간 차안에 여자의 목소리가 울렸다.

"어머니."

그 순간 조길만은 머리칼이 솟는 느낌을 받고는 몸을 굳혔다. 이창수도 마찬가지인 것 같다. 차 속력이 갑자기 줄었고 그래서인지 목소리가 더 커졌다.

"어머니, 보고 싶어. 어머니, 잘못했어. 엄마, 엄마, 나 먼저 가."

"그만!"

갑자기 삼순 할머니가 소리쳤으므로 이창수가 버튼을 눌러 녹음을 껐다. 삼순 할머니가 다시 소리쳤다.

"이 썩을 년이 날 데려가려고 저렇게 부르는구먼."

조길만과 이창수가 숨만 죽였을 때 삼순 할머니가 다시 소리쳤다.

"그 테이프 이리 내!"

이창수가 손을 뻗어 CD를 꺼내 뒤로 건네주었다. 그때 삼순 할머니가 유리창을 열더니 어둠 속에다 CD를 내던졌다. 그것을 본 조길만이 물었다.

"누님, 유서도 드릴까?"

"놔둬."

"이건 계속 읽어보실라고?"

"이리 내."

삼순 할머니가 손을 벌리자 조길만이 유서를 넣은 봉투를 건네주면서 말했다.

"아따, 죽은 사람 목소리 들응께 좀 거시기 하네."

그때 조길만은 숨을 들이켰다. 삼순 할머니 얼굴이 눈물범벅이 되어 있었기 때문이다. 주름살이 많아서 눈물이 잘 안 보였다.

안 보면 가족이라도 남만 못 하게 되는 법이다. 이것이 만고(萬古)의 진리다. 낳자마자 외국으로 입양시킨 자식을 30년 만에 만났을 때 '혈연'이라면서 울부짖는 어미는 '쇼'일 가능성이 100퍼센트다. 아마 울고 나서 10분쯤 후에 남 안 보는 데서 짜장면 곱빼기를 양념까지 다 먹을 성품일 것이다. 그러니까 30년을 지내 왔지 않겠는가? 가슴이 터지는 부모라면 입양시키지 않는다. 제 살을 베어 먹이더라도 같이 산다. 그리고 '내리사랑' 또한 만고의 진리여서 부모 떠난 자식이 뉘우치고 돌아오는 확률은 0퍼센트다. 부모가 자식을 버렸을 경우보다 회개할 가능성이 더 적은 것이다. 뉘우칠 놈이라면 애당초 버리지를 않는다. 더구나 부모 버린 당사자가 부모들로부터 과도한 사랑을 받은 경우가 많다. 그래서 그것이 당연한 줄 알고 받다가 버린 것이다. 그러고 나서 제 자식들로부터 똑같은 경우를 당하게 된다. 다 보고 배운 자식들이라 더 자연스럽게 당한다.

"너무 했소."

삼순 할머니의 사연을 들은 윤수정이 김선호에게 말했다. 점심때 둘이 마루에 앉아 점심을 먹는 중이다. 김희선, 박미경 모녀는 전주로 방학숙제용 과제물을 사러 갔기 때문에 집에는 둘뿐이다.

"뭐가 말이여?"

김선호가 묻자 윤수정이 길게 한숨부터 뱉었다.

"삼순 할머니 말이요, 오늘 화장을 한다는디 그것까지는 보고 왔어야지."

"더운디 따라가서 뭐하게?"

"그래도 손녀들이 있는디."

"이젠 남이나 같어."

수저를 내려놓은 김선호가 윤수정을 보았다.

"갸가 죽기 전에 지 엄니 생각허고 그런 유서를 썼겠지만 죽을 때가 되니께 맘이 약해져서 그랬겠지."

"암튼 진심 아니오?"

"진심은 잠깐 마음에 들어갔다가 나오는 것이 아녀, 오래, 꾸준허게 죽을 때꺼정 백혀 있는 것이 진심이여."

"잠깐 잊어 먹을 수도 있잖소?"

"잠깐 즈그 엄니를 잊어 먹어?"

김선호가 쓴웃음을 지었다.

"당신은 한순간이라도 자식 잊어 먹은 적 있어?"

"아, 놀랐을 때도 그렇고 급할 때…"

"아, 씰데없는 소릴랑 말고."

물그릇을 든 김선호가 물을 마시고 나서 다시 말을 이었다.

"당신이 삼순 할머니한테 한번 가봐, 가서 딸 이야기는 말고 고스톱이나 한번 치고 와."

"나 혼자 가란 말이요?"

"아, 길만네도 같이 가야지."

"영복이네도 데려가야겠구면."

문득 이창수 아들 이름이 뱉어졌으므로 둘은 서로의 얼굴을 보았다. 김선호가 입맛을 다셨다.

"영복이가 내일 재판을 받는대여, 아마 집행유예로 나올 것 같다는 구면."

"집행유예가 뭐요?"

"형 집행을 유예하고 풀어준다는 것이지, 집으로 돌아온다는 거여."

"글먼 석방이요?"

"석방이 아니라 형 집행을 보류한다는 것이지, 몇 년 동안 말이여."

"글먼 몇 년 후에 다시 잡어 넣고?"

"아니, 몇 년 지나면 다 끝나지."

"글면 풀어주는 것이나 같고만."

머리가 아파진 김선호가 대충 머리를 끄덕이고는 자리에서 일어섰다.

"나, 밭에 갔다 올게."

"웬 고스톱을 친대야, 바쁜디."

혼잣말을 하면서도 윤수정도 따라 일어섰다. 삼순 할머니가 어떤 상황인지 궁금하기도 했고 인사도 해야 될 것이었다. 집을 나온 김선호가 밭으로 가다가 위쪽 산비탈에서 내려오는 이창수를 보았다. 이창수는 이영복이 짓다 만 칠면조 농장을 보고 오는 것 같다.

"형님, 밭에 가세요?"

저쪽에서 소리쳐 묻는 바람에 김선호는 멈춰 서서 기다렸다. 8월 말이다. 다음 주면 박미경의 방학도 끝날 것이다. 이제는 오후가 되면 금방 서늘해진다. 다가온 이창수가 김선호를 보았다. 손에 연장 가방을 들고 있다.

"형님, 그놈이 내일 재판 받는다는 거 아시지요?"

"길만이한테 들었어, 집행유예로 나올 것 같다면서?"

"어떻게 할까요?"

불쑥 물었지만 김선호의 어깨가 저절로 내려갔다. 무엇을 물었는지 알기 때문이다. 그놈이 석방되면 갈 곳이 있겠는가?

집으로 돌아오던 김희선이 앞쪽을 보고는 숨을 들이켰다. 서동리를 지나 문촌 마을로 빠지는 외길로 접어든 참이다. 길모퉁이에 세워진 한상호의 차를 보았기 때문이다. 오전에 전화가 왔기에 전주 갔다가 오후 4시쯤 돌아온다고만 했더니 시간 맞춰서 기다리고 있는 것 같다. 옆에

60

앞은 박미경은 잠자코 앞쪽만 본다. 심장 박동이 빨라진 터에 차에서 내리는 한상호가 보였다. 이 길은 차량통행이 없다. 하루에 많아야 대여섯 번 차가 오간다. 이윽고 차를 세웠을 때 박미경이 물었다.

"엄마, 왜?"

박미경의 시선이 앞쪽에 서 있는 한상호와 김희선을 번갈아 스치고 지나갔다.

"응, 잠깐만 차 안에 있어."

"아는 아저씨야?"

"너, 못 봤니? 지난번에 김치냉장고 가져온 아저씬데."

"근데 여기서 왜?"

그때 한상호가 다가왔으므로 김희선이 문을 열면서 말했다. 다급해진 것이다.

"응, 잠깐만 차에서 기다려."

문을 닫고 나온 김희선의 이맛살이 찌푸려졌다. 불편한 상황을 만든 한상호에게 짜증이 났기 때문이다. 그때 다가온 한상호가 차 안을 보더니 웃음 띤 얼굴로 물었다.

"딸하고 같이 계셨군요."

"지금 딸이 절 뭐로 보겠어요?"

대뜸 김희선이 묻자 한상호가 쓴웃음을 지었다.

"어이구, 그렇군요."

"저, 그냥 갈게요."

"이것 참, 어떻게 해명해야지요?"

"됐어요."

김희선이 몸을 돌렸을 때다. 차에서 박미경이 나왔다. 굳어진 얼굴이다.

"엄마, 더 이야기 해."

"미경아, 무슨…"

당황한 김희선이 다가갔을 때 박미경이 발을 떼면서 말했다.

"나 걸어서 갈 테니까 이야기 하고 와."

"미경아."

"아, 글쎄, 난 상관하지 말고!"

빽 소리친 박미경이 당황한 한상호의 옆을 지나 마을을 향해 걷는다.

"애! 미경아!"

김희선이 소리쳐 불렀지만 박미경은 대답하지 않았다. 서둘러 차에 오른 김희선이 차를 후진하다가 한쪽 바퀴가 논두렁에 겨우 걸렸다. 놀란 한상호가 다가왔지만 곧 전진시켜 차를 빼내었다. 그러고는 한상호를 보지도 않고 차를 몰아 박미경의 옆으로 다가가 세웠다.

"차 안 타?"

문을 열고 꽥 소리치자 힐끗 시선을 준 박미경이 뒷자리에 탔다.

"앞자리에 안 타?"

김희선의 목소리가 더 커졌다. 이렇게 소리친 것은 처음이다. 김희선의 얼굴이 붉게 상기되었고 두 눈이 번들거리고 있다. 박미경이 다시 앞쪽으로 옮겨 탔을 때 김희선이 차를 발진시키면서 소리쳐 물었다.

"너, 왜 그래?"

박미경은 입만 꾹 다물었고 김희선의 목소리가 차 안을 울렸다.

"내가 뭘 어쨌다고 그래? 저 아저씨가 나한테 할 이야기가 있다고 기다린 것이 무슨 나쁜 짓 하는 거냐! 이게 무슨 짓이야!"

"…"

"엄마가 개망신을 당했잖아! 왜 그래!"

"…."

"버르장머리 없이 그게 무슨 짓이야!"

"…."

"너, 엄마를 뭐로 보고…"

"저 아저씨하고 문자했지?"

불쑥 박미경이 물었으므로 김희선이 숨을 들이켰다. 그때 박미경이 앞쪽을 응시한 채 말을 이었다.

"나, 엄마 핸폰 문자 봤어, 저 아저씨가 자주 연락하는 거 알아."

이제는 김희선이 입을 다물었고 박미경의 말이 이어졌다.

"엄마가 소리 지르는 것 보니까 더 이상해졌어."

"…."

"내가 미울 거야, 내가 없으면 오늘도 저 아저씨하고 마음 놓고 이야기할 수 있었을 텐데."

숨을 들이켠 김희선이 입을 열었지만 말이 나오지 않았다.

"나 상관하지 말고 만나, 난 할머니 할아버지하고 살면 되니까."

김희선은 눈앞이 보이지 않아서 하마터면 길가에 놓인 농기구를 칠 뻔했다. 어떻게 운전을 하고 있는지도 모른다.

"영복이가 실종되었다구?"

박용득 씨가 묻자 조길만과 김선호가 서로의 얼굴을 보았다. 질문을 받은 당사자인 이창수가 외면한 채 입을 다물었으므로 조길만이 대답했다.

"다 큰 놈이 실종은 무슨, 지 친구한테나 갔겠지요."

하지만 이영복이 변변한 친구가 없다는 것은 조길만도 안다. 오후 5시경, 넷은 이창수 가게 앞 평상에 둘러앉아 막걸리를 마시는 중이다. 오늘은 박용득 씨가 삼순 할머니네 이야기나 듣자면서 조길만을 이곳으로 부른 것이다. 박용득 씨가 조길만하고는 별로 친하지 않은 사이여서 김선호를 끼워 넣었다. 그런데 삼순 할머니 이야기를 꺼내기 전에 인사치레인지 영복이 실종 사건이 나왔다. 이영복이 사흘 전 집행유예를 받고 풀려났는데 사라져버린 것이다. 이창수 부부는 엎어지면 코가 닿을 거리인 이영복의 집에 가 보지도 않았지만 마을 주민 모두 촉각을 곤두세우고 있었던 것이다. 그렇게 사흘이 지났다.

"허, 그놈, 어디 갔을꼬?"

술잔을 쥔 박용득이 혀를 찼다.

"옛말에 애비만 한 자식 없다고 했어, 그것은 애비가 잘났다는 말이 아니여, 애비만큼 자식을 아는 사람이 없다는 말이여."

"그런가요?"

김선호가 어설픈 맞장구를 쳤지만 박용득의 목소리에 열기가 띠어졌다.

"자식 놈들이 부모 위하는 척하지만 지 자식들한티 쏟는 정의 십분의 일만 부모한티 해줘도 효자 소리를 들을 꺼네."

"그렇지요."

이번에는 조길만이 적극적인 맞장구를 치면서 머리까지 끄덕였다. 박용득이 말을 이었다.

"내가 선산허고 밭, 오목리의 임야까정 합쳐서 30억 가까운 부동산을 움켜쥐고 있응께 저놈들이 나한티 잘하는구나, 하는 생각을 버릴 수가 없구면."

"아이구, 형님도 참."

김선호가 입맛을 다셨고 이제는 이창수도 제 자식보다 박용득의 말에 끌려들었다. 박용득이 이런 말을 내놓는 것은 처음이었기 때문이다. 박용득이 힐끗 조길만을 보았다.

"자네, 말 내놓을 거지?"

"예? 무슨 말이요?"

되물었다가 조길만이 와락 이맛살을 찌푸렸다.

"앗따, 형님도, 말 번지는 거 싫다면 안 하시면 될 것 아닙니까?"

"아녀."

쓴웃음을 지은 박용득이 조길만을 보았다.

"자네가 우리 마을에서 꼭 필요한 사람이여, 여그 김선호도, 이창수도, 셋이 다 있구먼, 우리 마을에 가장 필요한 셋이."

"형님, 취허셨소?"

조길만이 묻자 박용득이 머리를 저었다.

"안 취혔어, 어쨌든 난 내가 죽을 때까정 내 땅 안 내놔, 긍게 자네들도 나를 도와줘야 돼."

"글면 성규가 부동산 내놓으라고 헙니까?"

"담보로 잡히게 해 달라고 해서 쓸데없는 소리 말라고 딱 잘랐어."

"아, 잘 허셨구먼요."

조길만이 정색하고 말을 이었다.

"여그 창수처럼 무슨 일이 있을지 모릉께 형님이 서류 단속을 잘 하셔야지요."

"그래야지."

막걸리를 세 병째 마시는 터라 트림을 하고 난 박용득이 한숨까지 뺄고 나서 이창수를 보았다.

"이보게 창수, 영복이는 어떻게 할 건가?"

"인연 끊었습니다."

기다리고 있었다는 듯이 이창수가 말했더니 박용득이 코웃음을 쳤다.

"말도 안 되는 소리랑 마러, 자네가 맹근 새끼인 이상 인연을 끊는다고 끊어지는 게 아녀."

"이 집하고 전답 못 넘겨줍니다. 우리 내외가 죽기 전에 다 처분할랍니다. 그럼 그 놈이 빈손으로 돌아가겠지요."

"그, 다옥이는 그렇다고 치고 손자는 어떻게 할라는가?"

그러자 창수가 허탈하게 웃었다.

"우리 내외가 다 죽고 나서 자식이 무슨 소용이고 손자가 무슨 필요가 있습니까?"

"그런가?"

"가문을 이어가야 한다고 누가 그러지만 내가 이순신 가문입니까? 이승만 가문입니까? 다 필요 없습니다."

셋은 모두 입을 다물었고 이창수의 목소리가 마당으로 번져 나갔다.

"내가 삼순 할머니네 초상집에 다녀오면서도 느꼈습니다. 앞으로 삼순 할머니처럼 할 겁니다. 마누라도 그런다고 했구요."

개학 딱 나흘째가 되는 날이다. 그날 길가에서 한상호를 만난 후부터 나흘째라는 말이다. 그동안 김희선과 박미경은 꼭 필요한 말 외에는 하지 않았다. 밥 먹을 때 시선도 마주치지 않았다. 방도 따로 쓰기 때문에 같이 붙어 있을 필요도 없다. 더구나 할머니, 할아버지하고 한 집에서 사는 터라 오히려 덜 어색했고 눈치 채기가 힘들었다. 그런데 오늘 개학날 둘이 차를 타고 가게 되었다. 항상 같이 차를 타고 갔던 박복수의 손녀 유진이 발을 다쳤기 때문에 오늘은 학교에 안 간다. 그래서 김희선은 박미경을 옆에 태우고 둘이 출발했다. 현 상태를 말할작시면 서로 감정이 상해 있는 입장, 김희선은 박미경에 대해서 어린것이 제 생각만 하고 당돌하다는 입장이었으며, 박미경은 엄마가 저를 빼놓고 남자 만나다가 제 뿔에 성냈다고 생각하고 있다. 차가 서동리를 지나 시내를 향할 때 김희선이 한마디 툭 던졌다.

"너, 고쳐."

"뭘?"

대번에 박미경이 되물었으므로 김희선이 심호흡부터 했다.

"너, 버르장머리 고치지 않으면 가만 안 둬, 알았어?"

"내가 왜?"

머리를 든 박미경의 시선이 칼날처럼 김희선을 스치고 지나갔다. 박미경이 사춘기를 시작한 지 서너 달 되었다. 혼자 있으려 하고 핸드폰을 조몰락거리는 시간이 많아지면서 가끔가다 말을 안 들었지만 모녀 간 다툼은 거의 일어나지 않았다. 그러다가 이번에 크게 부딪치게 되었다. 한상호 때문이다. 김희선은 분이 치밀어 올랐으므로 잠깐 앞을 노려보았다. 그동안 수십 번을 생각했다. 박미경과 타협 내지는 서로 이해를 하는 방법은 두 가지다. 상황 설명과 꾸짖음, 그러나 설명하려니까 왠지 분하다. 이런 것까지 설명하고 이해시켜야 하나? 하고 숨이 가빠지기도 한다. 실제로 잘못한 것도 없기 때문이다. 다 저 때문에 만나는 것도 삼가고 혼자 딸하고 살겠다고 했던 김희선이다. 그랬는데 오히려 그런 추궁 같은 소리를 듣고 보니 분하다. 그게 아니라고 설명해주려니 눈물까지 나오려 한다. 이윽고 김희선이 말했다.

"너, 내가 왜 시골 내려왔겠어?"

박미경이 입을 다물었고 시내로 진입한 차가 신호등에 걸려 멈춰 섰다. 김희선이 앞쪽을 응시한 채 말했다.

"내가 남자 만나서 연애하려고 여기 내려왔냐?"

박미경은 이제 대꾸를 안 할 모양이다. 신호가 풀리자 차를 발진시키면서 김희선이 목소리를 높였다.

"엄마 핸드폰 훔쳐보고 엄마가 남자하고 문자질이나 하는 사람으로 보였냐? 엄마 노릇도 않고? 응?"

"…"

"뭐? 할머니하고 산다고? 그러니까 엄마는 남자 만나라고? 그게 얻다 대고 하는 버릇이야!"

"…"

"지가 다 컸다고? 지 생각만 하는 기집애가 그게 다 큰 거야?"

차 안에 목소리가 울렸고 다시 신호에 걸린 차가 멈춰 섰다. 이제 사거리 하나만 건너면 학교다. 달랬으면 좋겠지만 자식이라도 숙이고 나갈 수만은 없다. 이번에 버릇을 잡아야겠다고 생각한 김희선이 말을 이었다.

"니가 문자 봤으니 말하는데, 나, 그 아저씨 만날 생각 없어, 난 분명히 말했어, 난 혼자 산다고."

갑자기 눈물이 쏟아졌으므로 김희선이 숨을 들이켰다. 그때 뒤에서 경적이 울렸다. 신호가 바뀌어 있었던 것이다. 다시 차를 발진시킨 김희선이 앞쪽을 응시한 채 말했다. 박미경한테 눈물을 보이기 싫었으므로 기를 쓰고 목소리를 평상으로 유지했다.

"엄마는 너한테 떳떳해, 최선을 다하고 있다고! 내 말을 기억해둬라, 그리고 커서도 이날 엄마가 한 말을 생각하고 네 행동을 비교해봐."

김희선의 가슴이 미어졌다. 아까부터 외롭다는 느낌이 덮쳐오고 있었기 때문이다. 학교 앞에 차를 세웠을 때 박미경이 잠자코 문을 열고 밖으로 나갔다. 김희선은 눈물을 보이기 싫어서 외면했고 문 닫는 소리가 났다. 아무 말 없이 차를 출발시키면서 김희선의 눈에 다시 눈물이 고였다. 가엾고 안쓰러운 생각이 들었지만 말이 안 나왔던 것이다.

"내가 아직 수양이 덜 되었어."

차 안에서 소리쳐 말하다가 김희선은 하마터면 앞에 서 있는 택시를 받을 뻔했다.

"엄마, 오지 마. 나 친구 만나고 갈 거야."

이렇게 문자가 온 것은 오후 2시 반, 3시 10분에 학교가 끝나는 터라 김희선은 막 집에서 출발하려는 참이었다. 가끔 있는 일이었지만 문자를 들여다보던 김희선이 이맛살을 찌푸렸다. 언제 오겠다는 말이 없었기 때문이다. 그래서 바로 문자를 보냈다.

"언제 오는데?"

물론 박미경은 비상금 2만 원은 항상 가지고 다닌다. 버스 타고 오면 1시간쯤 걸리지만 요즘은 핸드폰이 있으니 어디서라도 연락이 된다. 마루에 앉아 10분을 기다렸지만 대답이 없다.

"학교 안 갔냐?"

그때 집에 들어선 윤수정이 물었다. 같이 고추밭에서 일하다가 먼저 집에 왔기 때문이다.

"응, 미경이가 친구하고 놀다가 온다고 오지 마래."

"근데 요즘 미경이 무슨 일 있냐?"

수돗가에 앉으면서 윤수정이 물었으므로 김희선이 머리를 들었다.

"왜?"

"어젯밤에 마루에 혼자 앉아 있기에."

"응?"

"밤 12시가 넘었는데 마루 끝에 혼자 앉아 있잖어? 그래서 내가 너 뭐하고 있냐고 물었더니 별 보고 있다고 해."

"……."

"그래서 할머니하고 같이 볼까? 하고 물었더니 갑자기 할머니 건강해야 돼, 하더라니까?"

"……."

"아이구 요것이 어른스럽기도 하지, 하고 머리를 쓰다듬어주고 들어갔는데 왠지 가슴이 짠하더라."

그때 김희선이 자리에서 일어섰다.

"엄마, 나 학교 갔다 올게."

"미경이 친구하고 논담서?"

"가서 기다렸다가 데리고 오려고."

"알았다. 운전 조심혀."

윤수정의 말을 등으로 듣고 김희선이 차에 올랐다. 좁은 마을길로 빠져나가 서동리로 나가는 큰길 입구에서 차를 멈춘 김희선이 핸드폰을 집어 들었다. 아직도 미경이한테서 문자는 오지 않았다. 김희선은 문자를 찍었다.

"엄마 지금 학교 앞으로 갈 테니까 학교 앞에서 만나자."

그러고는 다시 보냈다.

“아마 3시 반쯤 될 거야.”

그러다가 다시 보냈다.

“미경아, 엄마는 너뿐야, 너하고만 살 거야.”

그러고 또 보냈다.

“사랑해, 내 딸.”

갑자기 눈물이 흘러내렸으므로 손등으로 눈을 닦은 김희선이 코 먹은 소리로 말했다.

“내가 나쁜 년이지, 그 어린것이 무슨 생각이 있다고.”

김희선이 소리 내어 울었다.

“내가 이기적이지, 나쁜 년이야! 미경이가 없었으면, 하고 생각했다니까! 미경이가 귀찮게 느껴진 거야! 이 나쁜 년!”

주먹으로 핸들을 내려친 김희선이 곧 호흡을 골랐다. 휴지를 꺼내 얼굴을 꼼꼼하게 닦고 코까지 풀었다. 차 문을 열고 심호흡을 다섯 번이나 하고 나서 차의 시동을 켰다. 그때 경운기 소리가 들리더니 모퉁이를 돌아 조길만 씨가 경운기를 몰고 나타났다. 조길만 씨가 옆으로 비켜 가다가 멈춰 서더니 김희선을 내려다보면서 물었다.

“왜? 차가 고장 났어?”

“아녜요, 아저씨. 전화하느라고요.”

“어, 그랬구나.”

머리를 끄덕인 조길만이 오늘은 바쁜 모양인지 곧 옆을 지나갔다. 그때 핸드폰의 진동음이 울렸으므로 김희선이 들고 보았다. 박미경이 문자를 보냈다.

“엄마 어딨어?”

심호흡을 한 김희선이 통화 버튼을 눌렀다. 그러자 신호음이 두 번

울리고 나서 박미경이 전화를 받는다.

"엄마."

"응, 난, 지금 서동리 앞인데, 너는 지금 어딨냐?"

밝게 물었더니 박미경이 대답했다.

"학교."

"뭐 하는데?"

"놀아."

"누구랑?"

"친구."

틀림없이 혼자 있다고 생각한 김희선이 말했다.

"미경아, 엄만 너뿐야, 엄마는 너만 있으면 돼, 다 필요 없어."

"엄마, 나도."

김희선의 눈에 다시 눈물이 고였다.

"다옥이가 왔어!"

밖에서 소리친 사내는 마을 끝 집에 사는 최복동이다. 가게 물건 정리를 하던 이창수가 정신없이 밖으로 나왔고 마당에서 빨래를 널던 오연숙이 뛰쳐나왔다. 최복동의 경운기에서 다옥이와 성수가 내리고 있다.

"아이구!"

3살이 된 성수를 본 오연숙이 왈칵 눈물을 쏟더니 두 손을 뻗고 달려들었다.

"엄마니."

다옥이가 주춤대며 오연숙을 그렇게 불렀다. 얼굴이 울상이다. 한국

72

말을 제법 아는 터라 보통 엄마라고 불렀다가 분위기가 무거우면 어머니로 바꿀 줄도 아는데 오늘은 '엄마니'다. 당황하고 겁이 나서 그렇게 나온 것 같다. 그때 최복동이 떠들썩하게 말했다. 70세, 문촌 마을에 30년째 살지만 붙임성이 별로 없어서 있는 듯 없는 듯 산다. 이창수는 형이라고 부르는 사이다.

"아, 서동리 갔다 오는디 다옥이가 버스에서 내리지 않겠어? 그래서 태우고 왔어."

"수고했습니다, 형님."

그때 다가온 다옥이 이창수에게 허리를 꺾어 절을 했다.

"아버지, 안녕하십니까?"

"어."

어정쩡하게 대답했을 때 다옥이 오연숙에게로 몸을 돌렸다. 오연숙은 성수를 안고 볼을 비비는 중이다. 성수는 할머니를 잘 따랐는데 오늘도 안긴 채 싱글벙글 웃는다.

"엄마, 늦게 와서 죄송합니다."

"어, 들어가자."

아직도 뒤에서 최복동이 쳐다보고 있었으므로 이창수가 다옥의 가방을 집어 들고 말했다.

"형님, 고맙습니다."

"어, 그려."

경운기를 돌리면서 최복동이 한마디 했다.

"잘되얏고만."

집 안으로 들어선 다옥이 주춤거리며 마루에 앉지도 않는 것이 내막을 다 알고 있는 눈치다. 이창수가 다옥의 가방 두 개를 마루 위에 올려놓고 말했다.

"거그 앉아라."

이창수와 오연숙의 시선이 마주쳤다. 오연숙이 얼른 외면하고 성수를 안더니 안으로 들어간다. 이창수가 마루 끝 쪽에 앉는 다옥에게 물었다.

"왜 왔냐?"

"예?"

다옥의 검은 눈동자가 이창수를 향한 채 흔들리지도 않았다.

"아버지, 저는 몰랐어요."

"뭘 몰라?"

"성수 아버지가 도둑질한 거요."

숨을 들이켠 이창수를 향해 다옥이 또박또박 말했다.

"성수 아버지가 안 오기에 하동리 사는 언니한테 연락해서 알아보라고 했어요. 그랬더니 성수 아버지가 도둑질하다가 경찰에 잡혔다고 했어요."

안쪽에서 오연숙이 이쪽을 보고 있다. 다시 다옥의 말이 이어졌다.

"그때부터 한국 오려고 했는데 돈이 없어서 비행기 표 값 모으려고 시간이 걸렸어요, 미안해서 엄마 아버지한테 전화도 하지 못했어요."

그때 오연숙이 참지 못하고 물었다.

"네가 베트남에서 사업하자고 안 했어?"

"제가요? 사업이요?"

"그래, 사업하자고 성수 애비를 꼬드긴 것 아니냐?"

"안 꼬드겼어요."

"정말이냐?"

"베트남에서 왜 살아요? 난 한국이 좋은데요, 베트남에 있는 어머니하고 여동생도 한국에 오고 싶어 해요."

이창수와 오연숙이 서로의 얼굴만 보았고 다옥의 말이 이어졌다.

"그런데 성수 아버지가 베트남에서 오토바이 가게를 한다고, 아버지도 승낙하실 거라고 자꾸 그랬어요."

"내가?"

"예, 오토바이 가게는 자신 있다면서요."

"빌어먹을 놈."

"베트남에서 성공하면 아버지 어머니 문촌 마을에서 모시고 와야겠다고 했어요."

"지랄허고."

"그런데 아버지 집하고 땅을 도둑질해서 가져가려고 할 줄은 몰랐어요."

"땅을 들고 가냐?"

"그래서 제가 돈 빌려서 와 버렸어요. 제가 성수하고 와버리면 성수 아버지는 어쩔 수가 없지요."

이창수와 오연숙이 다시 얼굴을 보았고 거의 동시에 긴 숨을 뱉었다. 그때 성수가 오연숙을 불렀다.

"할무니."

집으로 찾아온 조길만과 함께 김선호가 옆쪽 산비탈 밑의 바위에 앉았다. 이곳은 평상처럼 쓰이는 바위로 다섯 명이 둘러앉아 밥을 먹을 수도 있다. 오후 6시가 되어가고 있어서 위쪽 골짜기는 이미 그늘에 덮였다. 9월 초, 서늘한 바람이 훑고 내려왔지만 둘은 시원하다는 말은 안

한다. 노인들은 가을이 오면 서늘해지는 기온에 심란해진다. 겁을 내는 사람도 있다. 어김없이 찾아오는 세월을 느끼기 때문이다.

"다옥이 어디 있냐?"

먼저 김선호가 물었다. 다옥이가 온 것은 최복동의 입에서 순식간에 마을로 퍼졌다. 누가 뛰어다닐 것도 없이 핸드폰만 들면 되는 것이다. 문촌 마을의 톱뉴스다. IS가 테러로 수백 명을 죽였다는 것보다 더 큰 뉴스다. 조길만이 헛기침을 했다. 그 일 때문에 김선호를 찾아온 것이다.

"창수네 집에 있어."

다옥이가 온 지 한 시간이 지났다. 지금 조길만은 이창수네 집에 들렀다가 온 것이다.

"다옥이는 영복이가 안 오기에 하동리 사는 베트남 애한테 연락해서 알았다는구나, 다 영복이란 놈이 혼자서 한 일이래여."

조길만이 말을 이었고 김선호는 아래쪽 밭만 보았다.

"내가 다옥이한테 물어보았어, 너, 아버지하고 영복이하고 인연이 끊어졌는데 어떡헐래? 했더니 그냥 여기서 산다고 하는 거야."

"…"

"성수하고 둘이 아버지 어머니하고 넷이 말이여."

"…"

"그 말을 듣더니 창수 처가 눈물을 쏟더구먼, 에이구, 그까짓 한 마디에."

"…"

"다 거짓말일지도 몰라, 영복이란 놈이 뒤에서 조종했을지도 몰라."

"에이, 설마."

"그놈의 자식이 사업은 하나도 못 하면서 그런 머리는 있거든, 사기꾼들은 다 그렇다."

"야, 말조심 혀."

"나쁜 놈 아니냐? 난 영복이 그놈이 다옥이를 시킨 것 같다."

"창수는 어떻대?"

"담배만 피우고 있어."

"어이그."

"내가 너한테 간다고 했더니 글쎄 창수가 너허고 상의 좀 해보라는구나."

"내가 뭘?"

"이걸 어떻게 해야 할지를 말이여."

"내가 뭘 어떻게 한단 말이냐?"

"글쎄 날 문 앞까지 따라 나오더니 '형님, 교장 형님허고 상의 좀 혀주쇼.' 허길래 '아니, 이 사람아, 우리가 뭘?' 했더니…"

"그랬더니?"

"눈만 끔벅거리고 있는 것을 봉께 가슴이 미어질라고 허도만."

"…"

"그래서 너한티 온 거여."

"남의 집 일을 우리가 어떻게 허냐? 나 말 못 헌다."

"내 생각은 창수 부부가 그것들한티 혀줄 것 같다."

조길만이 말하더니 길게 숨을 뱉었다.

"다옥이가 쇼를 했다는 것이 발각이 되었어도 말이여."

"에이, 나쁜 놈들."

김선호가 따라서 길게 숨을 뱉었다.

"무자식 상팔자여."

마침내 김선호의 입에서도 그 말이 나왔다. 조길만도 이제는 아래쪽 밭을 내려다본 채 입을 열지 않는다. 3년쯤 전에 돌아간 칠수 영감님이 떠올랐다. 81세로 떠났는데 군산과 대전에 사는 아들 둘이 혼자 남은 칠수 영감을 제법 잘 자식 노릇을 해서 그럭저럭 살았다. 그런데 그 영감 입버릇이 '아이고 죽겠다'였다. 좋아서도, 놀랐을 때도, 성났을 때도, 슬펐을 때도 '아이고 죽겠다'였다. 누가 전화로라도 안부를 물으면 첫마디에 '아이고 죽겠다'였던 것이다. 그런데 그 영감님이 폐암에 걸리고 나서 그 말이 쏙 들어갔다. 누가 말을 걸면 '아이고 죽겠다' 하던 버릇이 들어서 처음에는 그렇게 하더니 곧 '아이고…' 하면서 얼버무린 것이다. '죽겠다'란 말을 꺼내지 않은 것이다. 폐암으로 곧 죽을 것 같으니까 그 '죽겠다'란 말이 섬뜩하게 생각된 것이리라. 지금 김선호가 무심결에 내놓은 '무자식 상팔자'가 그렇다. 그동안 수없이 그 단어를 머릿속에 떠올렸지만 입 밖에 내놓지 않았던 것은 실제로 그렇게 될까 겁이 났던 것이 아닐까? 머리를 들고 김선호를 본 조길만이 쓴웃음을 짓고 말했다.

"맞다, 무자식 상팔자다."

"휴학을 하고 배낭여행을 간다는 거야?"

김태수가 이맛살을 찌푸리며 물었다. 오후 8시 반, 오늘은 모처럼 김태수가 일찍 퇴근해서 저녁밥을 먹는 중이다. 아이가 셋이었지만 초등학교 시절이 지나면 집에서 같이 밥을 먹는 기회가 드물어진다. 제각기 과외나 학원에 가는 바람에 일찍 퇴근해 와도 헛것이기 때문이다. 오늘이 그런 경우다. 중1, 중3, 대학 1학년짜리 셋이 있지만 저녁 식탁에는 부부 둘이다. 중1 서현과 중3 영근은 학원에 갔고 대1 대근은 동아리 모임이다. 김태수가 앞에 앉은 최혜영을 보았다.

"그래서? 가라고 했어?"

"아버지하고 상의해 보겠다고 했지, 내가 그러라고 했을 것 같아?"

최혜영이 눈을 흘겼다.

"동아리의 세 명하고 넷이 함께 간다는 거야, 다 같이 휴학하고."

"팔자 좋은 놈들이구먼."

수저를 내려놓은 김태수가 길게 숨을 뱉었다.

"딴 집 애들은 알바를 해서 등록금, 생활비까지 보탠다는데 이 자식은."

"그중 한 명은 여행비 모으려고 지금도 알바 한다는데."

"넉 달 동안 경비가 2천 나온다는데 그걸 알바로 모아? 그 자식 쇼하네."

대근이 휴학을 하고 세계일주 배낭여행을 한다는 것이다. 입학하고 세계 여행 동아리에 들더니 이렇게 바람이 들었다.

"어떡해? 두 달 동안이나 계획을 세워놓았다는데."

어깨를 늘어뜨린 최혜영이 김태수를 보았다.

"10월 초에 출발해서 내년 1월 말에 돌아온다는 계획이야."

"취업하고 내 회사에 들어오면 싫어도 세계를 돌아다니게 될 텐데 말이야."

"나도 그 이야기를 했지."

"그랬더니?"

"그건 출장이지 견문과 사고의 폭을 넓히는 여행이 아니라는 거야."

"견문 좋아하네, 팔자 좋은 놈들이."

쓴웃음을 지은 김태수가 물그릇을 들었다. 식욕이 떨어져서 밥을 반도 먹지 않았다.

"그 자식, 정신 못 차렸어, 우리가 잘못 교육시킨 것 같아."

"내가 그랬단 말이야?"

최혜영이 눈을 치켜떴으므로 김태수가 입맛을 다셨다.

"내 책임도 있어, 해 달라는 대로 다 해줬거든."

"차 사 달라고는 하지 않잖아?"

"그 자식, 당신 차 끌고 다니잖아?"

"아래층 수지는 차 사줬더라."

수지는 아래층에 사는 대학 1학년 여자애다. 착하게는 생겼지만 이번에 서울 근교의 지방대에 합격했다. 대근과 서로 맞지 않는지 소와 닭 같은 관계다. 김태수가 쓴웃음을 지었다.

"그걸 비교라고 해?"

수지 아버지는 야식집을 5개나 운영하는 식당 사장이다. 같은 아파트 위아래 층에 10년 가깝게 살았어도 직업을 말하지 않기에 그런가 보다 했더니 최혜영이 경비한테 듣고 왔다. 자리에서 일어선 최혜영이 그릇을 치우면서 말했다.

"이제 머리가 커서 엄마 말도 안 들어, 당신이 말해봐."

"진즉 이야기를 했어야지."

따라서 그릇을 들고 주방으로 다가간 김태수가 말을 이었다.

"계획 세울 때 말이야."

"나도 그 자식이 다 준비 끝내고 나서 들었다니까 그러네."

"돈이나 내라는 것이구먼."

"그래."

주방에 선 최혜영이 길게 숨을 뱉었다.

"크고 나니까 말 안 들어, 옛말에 품안의 자식이라는 말이 그래서 나왔나봐."

"품에 안겼을 때까지란 말인가?"

"서현이도 사춘기야, 이젠 저 혼자 있으려고 해."

"외롭겠군."

"그래서 애들 키워놓고 여자들이 바람이 나는가 봐."

"나지 마."

"나지 말라고 하면 안 나나?"

쓴웃음을 지은 최혜영이 개수대 앞에 나란히 선 김태수를 보았다.

"당신이 달라졌어."

"본래 이래, 기회가 없었을 뿐이지."

"어제도 종근 엄마가 전화했어."

김태수의 시선을 받은 최혜영이 말을 이었다.

"애들이 이젠 예전으로 돌아온 것 같다는 거야, 그래도 조심스럽대."

"그렇겠지."

"난 바람피우는 스타일이 못 돼."

최혜영은 그 말을 하려고 한 것 같다.

"인생에서 넉 달을 투자한다는 거죠."

김대근이 자신 있게 말했다. 오후 11시, 이제 세 자식은 모두 집에 돌아왔고 응접실에 김태수와 최혜영, 김대근 셋이 모여 앉았다. 김대근의 세계일주 여행에 대한 당위성을 들으려는 것이다. 둘은 시선만 주었고 김대근의 말이 이어졌다.

"세계 각 지역의 문화와 민족들을 연구하고 생활을 체험해서 앞으로의 인생에 참고하려는 것입니다."

"훌륭하다."

불쑥 김태수가 말했으므로 최혜영이 돌아보았다. 성격을 아는 터라 웬 소리여? 하는 표정이 되어 있다. 그런데 자식은 속도 모르고 김태수의 칭찬을 듣더니 흥분했다.

"아메리카, 유럽, 아시아, 아프리카 4개 대륙을 돌면서 문화의 연관성도 조사할 예정입니다. 우리 팀에 지리학과, 역사학과 애들이 있거든요."

"넌 경영학과지."

김태수가 머리를 끄덕이며 맞장구를 쳤다.

"세계 경영에 대해서도 연구해라."

"예, 그런데…"

김대근이 숨을 들이켜면서 김태수를 보았다. 눈이 가늘어졌다.

"아버지, 그것은…"

"왜?"

"세계 경영이요."

"경영학과에도 도움이 되겠다는 말이다. 아니냐?"

"예, 그건 그렇지만."

"너, 몇 살이지?"

"왜요?"

"그 나이 때는 그렇게 말하는 게 아녀."

"뭐가요?"

"어른 앞에서 문자 쓰는 것이 아니란 말이다, 이 자식아."

김태수가 정색했으므로 최혜영이 '그러면 그렇지' 하는 표정을 지었지만 소파에 등을 붙였다. 계속하라는 표시다. 이제는 긴장한 김대근에게 김태수가 말을 이었다.

"아버지 어머니한테는 이렇게 말하는 게 나아, 넉 달 동안 구경하고 올게요, 이렇게만 말하면 돼."

"아버지, 그것은."

"뭐? 세계 각국의 문화와 민족 연구? 넉 달 동안? 세계 47개국을 돌아다닌다면서? 1개국에 사흘도 안 되는구면."

김태수가 입맛을 다셨다.

"너희들이 모여서 실제로 그런 계획을 세웠다면 칭찬을 해줘야지."

"…"

"하지만 어른이나 경험자의 조언을 들을 필요가 있어, 지도 교수나 선배들의 조언을 받은 적 있냐?"

"선배들한테 이야기 들었어요."

"어디 여자가 예쁘고 어디 술집이 좋다는 이야기?"

그때 최혜영이 소파에서 등을 떼고 긴장했다. 김대근을 바라보는 눈빛이 강해졌다.

"아뇨, 그런 이야기는…"

당황한 김대근이 최혜영의 눈치를 살폈을 때 김태수가 말했다.

"너, 섹스할 때 꼭 콘돔 끼도록 해."

"아니, 여보."

당황한 최혜영이 눈을 치켜떴고 김대근의 얼굴이 붉어졌다. 그러나 정색한 김태수가 말을 이었다.

"명심해, 문화 탐방도 좋지만 들뜬 분위기로 다니면 꼭 사고가 난다."

"아버지."

"계획을 세웠다니까 가야지."

이 사이로 말한 김태수가 머리를 돌려 최혜영을 보았다.

"보내주지."

이미 둘은 그러기로 합의를 했지만 막상 김태수가 말했더니 최혜영이 대답하지 않았다.

"무슨 말을 해도 머리에 들어가지 않겠지만 콘돔 이야기는 새겨듣겠지."

"아버지, 저는…"

"시끄러, 이 자식아."

눈을 치켜뜬 김태수가 말을 이었다.

"여자 만나지 않는 여행이 여행이냐? 너희들이 수도승으로 수도 여행 가는 거냐?"

그때 최혜영이 나섰다.

"나, 너한테 지금 말하지만, 너, 엄마 깔보지 마."

"엄마는 왜?"

당황한 김대근이 묻자 최혜영의 눈빛이 더 강해졌다.

"엄마는 아빠처럼 말 못 해서 가만 듣고 있었는지 알아? 그냥 네 뜻 받아주고 있으니까 바보 같니?"

"엄마."

"야 이 자식아, 인생에서 반년이 얼마나 귀중하다고 한 학기 휴학을 하고 여행을 다녀? 미친놈들, 실컷 놀다나 와라."

최혜영이 이렇게 쏟은 것은 모두 김태수 덕분이다. 김태수가 바탕을 만들어 주었다.

"난 수학여행을 가본 적 없어."

침대에 누운 김태수가 천장을 바라보며 말했다. 밤 12시 10분, 집 안은 조용하다. 앞쪽 화장대 앞에 앉아 얼굴에 클렌징크림을 바르던 최혜영이 거울로 김태수를 보았다. 김태수가 말을 이었다.

"중3, 고2 때 수학여행을 갔는데 자고 오는 여행이었어, 그런데 집안 형편이 안 좋아서 못 갔지."

"그때도 아버님이 교직에 계셨잖아?"

"초등학교 교사 월급으로 굶지 않고 살 뿐이지, 지금처럼 대우가 좋은가?"

"그래도 수학여행 보낼 돈도 없어?"

"중3 때 어머니가 그러시더군."

이제는 김태수가 팔베개를 하고 누웠다. 편안해진 얼굴이다.

"수학여행 경비 가져오라는 전날 밤이야, 나를 부르더니 동수도 수학여행 가는데 어떻게 하면 좋겠느냐고 묻더군."

"작은아빠?"

"그래, 동수도 그때 중1이 되어서 수학여행을 가게 되었어, 당일치기지만 버스비니 뭐니 경비가 들지."

"그게 얼마나 된다고?"

"글쎄 말이야."

"그래서 어떻게 되었는데?"

"내가 안 가다고 했지, 그랬더니 어머니가 고맙다고 했는데 눈에 눈물이 고여 있더라고."

"아이구, 안쓰러워라."

"난 뭐 괜찮았어."

"아니, 당신 말고 어머니가 안쓰럽다고 한 거야."

티슈로 얼굴의 크림을 닦으면서 최혜영이 말을 이었다.

"얼마나 가슴이 아팠을까?"

"내 생각은 안 하냐?"

"애들이야 금방 잊어."

"이런 젠장."

"그런데 고등학교 때는 왜 못 갔는데?"

"그땐 제주도야, 2박3일이고, 경비가 만만치 않았어, 그리고…"

"뭔데?"

"이번에도 동수가 중3이야, 고등학교 수학여행은 2학년 때 가게 되어서 동수하고 또 겹쳤지."

"정말 작은아빠하고는 악연이네, 그래서 어떻게 되었는데?"

"못 갔어."

"양보했어?"

"돈이 없어서 둘 다 못 갔어."

"왜?"

"그때 희선이가 다리가 부러져서 병원에 입원하고 있었거든."

"어이구."

얼굴을 다 닦은 최혜영이 침대 시트를 들치고 옆에 누웠다.

"자식 셋 키우느라고 어머니 등골이 다 빠졌겠다."

"우리 자식들하고 자주 비교가 돼, 우리 형제도 마침 셋이잖아?"

둘이 나란히 누워 천장을 바라본 채 김태수가 말을 이었다.

"대근이 하는 짓을 보면서 내가 그때 어떻게 했는가를 돌이켜보게 되더구면."

최혜영은 눈만 껌벅였고 김태수가 길게 숨을 뱉었다.

"오늘 대근이 이야기를 들으면서 그만한 때 나를 떠올렸어, 난 방학 때면 노가다를 나갔어, 노가다가 뭔지 알지?"

"건설회사 잡부 아냐?"

"그래, 난 여름방학 때 노가다 해서 번 돈으로 등록금을 냈어, 4년 동안 등록금 부모한테 탄 건 입학했을 때 한 학기뿐이야."

"장하기도 해라."

최혜영이 모로 눕더니 손바닥을 김태수의 가슴에 얹었다. 불을 끄지 않아서 최혜영의 두 눈이 반들거리고 있다.

"그래서 오늘 대근이 이야기를 듣고 감정이 격해졌구나?"

"시대가 변하고 있다는 생각이 들어."

"그래."

"삭막해져."

"애들하고 같이 있는 시간이 줄어드니까 그런가 봐, 우리가 어렸을 때는 그러지 않았는데."

최혜영이 손바닥으로 김태수의 가슴을 부드럽게 쓸었다. 김태수 집안과는 달리 최혜영은 목포 선주의 딸이다. 어려운 시절을 겪지 않고 서울에서 대학 다닐 때도 아현동에 집을 한 채 사서 생활했다. 김태수가 머리를 돌려 최혜영을 보았다.

"우리가 어머니 아버지처럼 해로할 수 있을까?"

"그래야지."

최혜영이 번들거리는 눈으로 김태수를 보았다. 김태수는 숨을 들이 켜고는 최혜영의 잠옷 끈을 풀었다. 최혜영도 김태수의 파자마를 벗긴다.

이영복과 연락이 된 것은 다옥이가 귀국한 지 닷새째가 되는 날이다. 그동안 다옥이 수없이 통화를 했지만 전원이 꺼져 있었는데 무슨 바람이 불었는지 영복이가 전화를 받은 것이다. 이창수의 집이다. 마루방에 앉은 다옥이 옆에 시어머니 안순미가 성수를 업고 빨래를 개고 있다.

"성수 아빠."

다옥이가 부르는 소리에 안순미가 눈을 치켜떴다. 응답하는 영복의 목소리도 들은 것이다. 다옥이가 서둘러 말했다.

"나, 문촌리에 있어, 어머니 집에, 성수랑."

"근데 왜?"

이영복이 무뚝뚝하게 묻는다.

"이리 와, 집으로. 성수 봐야지."

다옥의 목소리가 급해졌다.

"어머니 아버지도 봐야지? 응?"

"미안하다, 너한테."

"빨리 와, 어딨어?"

"나, 당분간 못 가. 너, 못 만나."

"왜?"

"내가 문촌리는 못 간다, 가기도 싫고."

"왜?"

"나도 인연 끊었다."

"인연 끊었어?"

다옥이 되물었을 때 숨을 죽이고 듣고만 있던 안순미가 소리쳤다.

"썩을 놈!"

놀란 다옥이 숨을 죽였고 그 말을 들은 이영복도 말을 멈췄다. 그때 안순미가 소리쳤다.

"앞으로 내 눈앞에 나타나지 말라고 해라! 난 죽을 때까정 그놈 안 본다!"

그러고는 놀란 성수를 안고 일어섰다. 그때 다옥이 핸드폰을 고쳐 쥐었다.

"들었지?"

이영복은 대답하지 않았고 다옥이 말을 이었다.

"그럼 나도 베트남으로 돌아갈 거야, 성수 데리고 갈 테니까 돈 벌면 날 데리러 오든지 말든지 해."

"…"

"어머니가 비행기 표는 끊어 주시겠지, 내가 여기서 밥만 먹고 살 수는 없어."

"…"

"내가 당신하고 짜고 그런 일 벌린 줄 알고 어머니 아버지가 오해하셨는데 이젠 아실 거야."

"…"

"난 당신처럼 부모 배신한 남자는 싫어, 비겁해."

그러고는 다옥이 핸드폰을 귀에서 떼더니 전원을 껐다. 두 눈이 충혈되어 있다. 성수를 안은 채 다옥을 내려다보던 안순미가 말했다.

"다옥아, 그런 놈허고 사는 니가 고생이다. 우리가 위자료 줄 텡기로 그놈허고 이혼혀라."

"예?"

놀란 다옥이 안순미를 올려다보았다.

"엄마, 무슨 말씀이다요?"

다옥이는 사투리부터 배웠다. 다옥의 시선을 받은 안순미가 결심한 듯 말을 이었다.

"니가 성수 데리고 가도 되고 놓고 가도 된다. 니 맘대로 혀라, 글고 너한티 우리가 땅을 팔아서라도 위자료 떼어 주마, 그 돈으로 베트남 가서 살어라."

"엄니, 그럴 수가 있간디요?"

"저런 놈을 어떻게 믿고 산단 말이냐? 내 배로 낳은 자식이지만 저 놈은 평생 처자식 고생시킬 놈이다."

"엄니, 그려도…"

그때 점심 먹으려고 들어온 이창수가 집안 분위기에 눈을 둥그렇게 떴다.

"무슨 일여?"

"금방 그놈허고 다옥이가 통화를 혔소."

성수를 다옥이한테 넘겨준 안순미가 이영복과의 통화 내용을 말해 주었다. 안순미는 한 자도 빼놓지 않고 다 들었던 것이다. 이영복이 다옥이한테 소리쳐 말하는 버릇이 있었기 때문이기도 했다. 다 듣고 난 이창수가 머리를 끄덕이며 말했다.

"그렇게 허지, 다옥이 네가 좋을 대로 혀라."

이제는 울상이 되어 있는 다옥을 향해 이창수가 말을 이었다.

"다옥아, 성수가 내 손자지만 네가 데려가도 된다. 그놈이 여기 오지 않겠다고도 했지만 이제 우리도 같이 살 마음이 없다. 그렇지만 우리가 너하고 내 손자는 책임질 거다."

심호흡을 한 이창수가 상기된 얼굴로 성수를 보았다.

"위자료 떼어줄 테니까 베트남으로 가거라. 성수 데려간다면 양육비까지 만들어 줄 거다."

말을 그친 이창수가 10년 묵은 체증이 떨어진 것 같은 얼굴이 되어서 웃었다.

"여긴 웬일이여?"

고추밭에 있던 김선호가 다가오는 이창수와 조길만을 향해 물었다. 오후 3시 반, 점심을 먹고 나와서 일을 시작한 지 한 시간밖에 되지 않았다.

"아, 창수가 가자고 해서."

조길만이 고추밭을 둘러보며 말했다.

"올해도 고추 농사가 잘되었구먼."

그러나 잘되어도 고추 값이 내려서 걱정이다. 조길만의 말을 귓등으로 넘긴 김선호가 앞장서서 산비탈의 소나무 그늘로 다가가 앉았다. 이곳이 볕 피하고 쉬는 곳이다. 곧 이창수와 조길만이 앞쪽 멍석 위에 앉는다. 9월 초여서 선선한 날씨다. 하늘은 푸르렀고 위쪽 산마루에 조금 붉은 기운이 돋아났다. 그때 이창수가 입을 열었다.

"형님, 길모퉁이의 제 밭을 사시지요."

"아니, 그 좋은 밭을?"

김선호가 놀란 듯 되묻더니 머리를 저었다.

"안 돼, 팔지 마."

"550평이니까 평당 10만 원씩만 쳐 주시지요."

"평당 15만 원에 팔 수도 있어."

"교장 형님한테는 10만 원에 팔겠습니다. 다른 사람한테는 안 팝니다."

"그 돈으로 뭘 하려는가? 또 영복이한테 주려고?"

"다옥이한테 줘서 베트남으로 보내려고 합니다, 교장 형님."

놀란 김선호가 조길만을 보았다. 김선호의 시선을 받은 조길만이 머리를 끄덕였다.

"그려, 맞어."

"그기 무슨 말이여? 다옥이한티 주다니?"

"이혼시킨단다."

"이혼을?"

"그놈 영복이한티 주면 또 다 날릴 테니까 다옥이한티 줘서 성수 데리고 살라고."

"성수를?"

"응, 다옥이가 성수 데리고 간디야, 이혼허고."

김선호와 조길만이 주고받는 동안 이창수는 외면한 채 앉아 있다. 이윽고 김선호가 다시 이창수에게 물었다.

"이보게 창수, 자네가 아들을 이혼시킬 수는 없어, 다옥이 혼자 이혼할 수도 없고, 그렇다고 다옥이가 소송을 걸겠는가? 건다고 해도 사유가 되겠는가?"

"그놈은 이혼 안 할 겁니다."

땅바닥에 시선을 준 이창수가 말을 이었다.

"다옥이가 베트남으로 가면 따라갈 겁니다."

"그런데 왜 이혼을 시킨다고 하는가?"

"다옥이 돈을 못 뺏게 하려구요."

"허어 참."

김선호의 시선이 조길만에게로 옮겨졌다.

"너는 창수한테서 이야기 들었지?"

"조금 전에 들었다."

"그게 말이 되는 소리냐?"

"되지."

머리를 끄덕인 조길만이 똑바로 김선호를 보았다.

"오죽허면 이러겠냐?"

"허어 참."

"제 부모를 거지 맹글고 도망치려던 놈이다. 그런 놈이 교도소에서 며칠 살았다고 제 부모를 원수로 삼았단 말이다. 이런 놈한테 더 이상 어떻게 하란 말이냐?"

조길만의 목소리에 열기가 띠어졌다.

"그럼 부모가 찾아가서 달래? 이놈의 자식이 나이가 40이 된 놈이 아직도 어린양을 부리고 있어?"

이제는 김선호가 입맛만 다셨고 조길만의 말이 이어졌다.

"그놈은 이제 대놓고 칼 들고 덤빌 놈이여, 그러니까 얼른 재산 정리해서 다옥이 보내는 게 낫다."

"아이구."

갑자기 이창수가 비명 같은 신음을 뱉었으므로 조길만은 물론 김선호도 깜짝 놀랐다. 이창수가 주먹으로 땅바닥을 내려쳤다.

"아이구! 이걸 어떻게 한단 말인가!"

이창수의 눈에서 눈물이 쏟아졌다. 얼굴을 일그러뜨린 이창수가 소리쳤다.

"내가 죽어야지, 죽어야 이 꼴을 안 보게 되지!"

"이 사람아 죽다니?"

조길만이 버럭 소리쳤으므로 이창수가 숨을 들이켜면서 입을 다물었다. 옆쪽 나무에서 자지러지게 울어대던 매미 소리도 뚝 그쳤다. 조길만이 눈을 부릅뜨고 말했다.

"누구 좋은 일 시킬라고 죽어! 그럼 그놈이 얼씨구나 하고 달려와서 자네 장례식장에서 부동산 업자들하고 땅 팔아먹을 거네."

"야, 그만."

김선호가 말렸지만 조길만의 목소리가 더 높아졌다.

"그러니까 악착같이 살아야 돼! 살아서 다 정리하고 가야 한단 말이여!"

이제는 김선호도 나서지 않는다.

"삼순 할머니가 못 일어 난다네요."

집으로 들어선 김선호에게 윤수정이 말했다. 조길만, 이창수와 고추밭에서 이야기하고 돌아온 참이다.

"못 일어나?"

연장을 내려놓으며 물었더니 윤수정이 토방으로 내려섰다.

"할머니들이 그 집에 와 있다니 나도 가봐야겠소."

"아니, 그렇게 빨리."

모여 있다면 위중하다는 말이다. 노인들만 사는 마을이어서 어지간한 잔병은 본 척도 안 하지만 심상치 않을 경우에는 금방 눈치를 챈다. 많이 겪어보았기 때문이다. 노인이 아무것도 아닌 것처럼 드러누워 있어도 아는 것이다.

"어허."

토방에 선 김선호가 마당으로 나온 윤수정을 보다가 곧 뒤를 따랐다.

"같이 가보세."

오후 5시 반이 되어 가고 있다. 삼순 할머니가 딸 장례식장에서 그냥 돌아온 지 오늘로 열흘째가 되었다. 장례식장에서 있었던 이야기는 조길만을 통해 동네 사람들이 다 들은 터라 모두 안쓰럽게 생각하고 있었다. 혼자 살면서도 당당했고 83세로 할머니 중 최고령이었지만 허리도 곧은 데다 정신도 총명했던 삼순 할머니다. 다른 할머니는 대부분 아들 이름을 앞에 놓고 '누구 어머니' 또는 고향을 앞에 붙여 '정읍댁', '순천댁' 하든가 같이 사는 영감 안댁이라고도 했지만 삼순 할머니는 왠지 이름을 불러왔다. 할머니 이름이 김삼순인 것이다. 그 삼순 할머니가 딸 장례식장에 다녀온 후부터 경로당에 나오지도 않고 집 안에서만 며칠 꾸물대기에 할머니들이 찾아갔다가 누워 있는 것을 본 것이 닷새 전이다. 놀란 할머니들이 이창수를 시켜 119를 부른 다음에 전주 병원으로 데려갔지만 두 시간쯤 후에 도로 싣고 돌아왔다. 노환이라는 것이다. 늙어서 기운이 없다는 말이나 똑같아서 모두 진이 빠졌다. 많이 들어본 말이었기 때문이다. 병도 없고 '노환'이라면 늙어서 아프다는 말이니 옆에서 놀란 사람들한테 미안해지기까지 하는 것이다. 병원에서 돌아온 후에 삼순 할머니는 경로당에 한 번 다녀왔다고 하더니 다시 집에 박혀 있었다. 할머니들은 이제 눈치를 채고 자주 삼순 할머니 집에 모이는 것이다. 김선호 부부가 삼순 할머니 집에 갔더니 할머니들이 다섯이나 모여 있었다. 조길만의 처 오연숙도 보였다. 방구석에 앉아 있는 박복수가 유일한 남자다.

"어, 왔는가?"

누워 있던 삼순 할머니가 김선호를 보더니 알은체를 했다. 할머니들 사이에 끼어 앉은 김선호가 문안을 했다.

"아이구, 누님, 이제야 문병 왔습니다."

"앗따 문병은? 유식헌 말 쓰지 마."

삼순 할머니의 머리가 베개 속에 푹 박힌 느낌이 들었으므로 김선호가 외면하고 말했다.

"빨리 나으셔야지요, 내년 봄에 내장산이나 놀러 가십시다."

"내장산 좋지."

삼순 할머니가 눈을 가늘게 뜨고 김선호를 보았다.

"거기 가본 지도 꽤 되었네, 한 10년도 넘은 것 같어."

"언니, 그럼 우리 버스 대절혀서 갑시다."

오연숙이 말하자 윤수정도 맞장구를 쳤다.

"도시락 싸 갖고 가는 관광이 제일 낫지요, 점심 사먹는 건 재미가 떨어져요."

"그렇지 아무 곳에나 쉬고."

누가 거들었다.

"우리 마을 사람만 가야 돼."

"할머니들만 가는 게 나아."

"문촌 마을에 할머니가 몇이여?"

이곳저곳에서 말이 나왔지만 떠들썩한 느낌이 없다. 말투에도 흥이 없어서 금방 방 안이 식어진다. 그때 삼순 할머니가 옆에 붙어 앉은 김선호를 물끄러미 보았다.

"태수가 올해 쉰인가?"

"마흔아홉이지요."

"그럼 동수가 마흔일곱, 희선이가 마흔셋이네."

"아이구, 누님 머리도 좋으시오, 나보다 더 잘 아시네."

"희선이 재가 안 시킬 건가?"

"지가 안 갈라고 혀서."

"그럼 놔둬."

삼순 할머니가 눈을 감았으므로 김선호의 심장박동이 빨라졌다. 할머니 이마에 땀이 배어나왔고 검은 얼굴이 붉어진 느낌이 든다. 김선호가 머리를 돌려 둘러앉은 할머니들을 보았다. 모두 가라앉은 표정들이다. 많이 겪어 봐서 아는 것이다.

집에 돌아와 저녁밥을 먹고 난 김선호가 윤수정에게 말했다.

"아무래도 삼순 할머니가 오늘밤을 넘기지 못할 것 같아, 내가 갔다 올게."

"나도 갑시다."

그릇을 씻던 윤수정이 손을 닦으며 말했다.

"나도 봐야겠어."

"뭘 본다는 거여?"

"연습을 해야지."

"이 사람이."

혀를 찼지만 김선호는 말리지 않고 윤수정과 함께 집을 나왔다. 삼순 할머니 집에는 7, 8명의 할머니와 조길만, 박용득 씨까지 10여 명의 동네 노인들이 모여 있었는데 사람이 많아서인지 분위기가 떠들썩했다. 곧 간지 모르는 사람 집에 모인 분위기가 아니다. 할머니들이 삼순 할머니 주위에 빈틈없이 둘러앉아 있었으므로 남자들은 뒤쪽에 모였다.

"호상 치르는 집 장례식장 같구면."

입바른 소리를 잘하는 조길만이 낮게 말했다.

"이만하면 잘 가는 사람이여."

조길만의 말이라면 비틀어놓고 보던 박용득 씨도 잠자코 있었고 이제 이창수가 거들었다.

"그럼요, 먼 가족보다 가까운 이웃이 낫지요."

"내가 그, 유서 이야기 들었는디."

박용득 씨가 눈을 가늘게 뜨고 목소리를 낮췄다.

"삼순 씨가 딸년이 데려가려 한다고 혔다면서?"

"그렇지요."

이창수가 대답하자 박용득 씨가 목소리를 더 낮췄다.

"그런 것 같여, 결국은 말이여."

"에이, 그럴 리가."

입맛을 다신 조길만이 어깨를 늘어뜨렸을 때 할머니 하나가 목소리를 높였다.

"할머니, 할머니, 정신 좀 차리세요."

그러자 남자 노인들이 우르르 일어나 할머니들을 비집고 들어가 삼순 할머니 옆에 앉았다. 이제 사방에서 노인 10여 명이 둘러싸고 앉은 모양새가 되었다. 김선호는 삼순 할머니 왼쪽 머리맡에 끼어 앉았는데 윤수정이 끼워주었기 때문이다. 삼순 할머니는 눈을 감고 가쁜 숨을 뱉는 중이다. 갑자기 눈이 푹 꺼진 것 같았고 표정이 편안해졌다.

"할머니, 할머니."

할머니 하나가 다시 불렀을 때 박용득 씨가 말렸다.

"거, 부르지 마러, 그냥 가시게."

그때 삼순 할머니가 눈을 떴으므로 모두 숨을 죽였다. 그때 삼순 할머니의 눈동자가 좌우로 움직이더니 입이 열렸다.

"많이들 왔네."

"아, 와야지요."

조길만이 소리치듯 말했고 박용득 씨가 거들었다.

"거시기, 편안히 가시오."

그때 삼순 할머니의 시선이 김선호에게 머물렀다.

"내 딸이 보고 싶어."

방 안에 숨을 들이켜는 소리들이 나더니 순식간에 조용해졌다.

"내 딸 말이여, 은주허고 선주."

모두 입을 다물었고 삼순 할머니의 말이 이어졌다.

"은주 그년이 죽기 전에 날 보고 싶다고 혔는디, 내가 왜 그년 보고 싶지 않었어?"

삼순 할머니의 눈에서 물줄기가 흘러 베개 위로 떨어졌다.

"내가 20년 동안 생각 안 헌 날이 없었지, 내 새끼들, 내 배로 낳은 새끼들인디."

"…"

"은주야, 은주야, 내 딸 은주야."

삼순 할머니가 천장을 향해 불렀다.

"아이구, 이년아, 내가 몸 팔아서 너희들을 키웠더니 그런 에미를 똥갈보라고 헌단 말이냐?"

그때 할머니들이 훌쩍거리기 시작했다.

"그려, 내가 잘못혔다. 내가 잘못혔어, 그런디 너두 내 생각을 허고 있었구나, 내 딸 은주야, 은주야."

할머니들의 훌쩍이는 소리가 울음으로 바뀌었다.

"은주야, 나도 간다, 가서 만나자…"

이제 삼순 할머니가 눈을 감더니 기를 쓰듯이 한마디를 더했다.

"선주야, 내 딸 선주야, 어딨냐?"

그러고는 이제 삼순 할머니가 입도 다물었다. 할머니들이 울다가 곧 멈췄다. 노인들은 금방 정신을 차린다. 울지만 눈물도 안 나오는 노인도 많다. 누군가 묻는 소리가 들렸다.

"가셨어?"

버스가 떠났냐고 묻는 소리 같다.

그렇게 삼순 할머니는 세상을 떠났다. 대개 떠난 사람을 두고 한(恨) 많은 인생을 살다가 갔다고들 하지만 김선호는 아랫목에 누워 있는 삼순 할머니를 보면서 다른 생각을 했다. 몸을 팔아 자식들을 키웠지만 결국 버림을 받고 돌아와 20여 년을 살다 간 노인이다. 그러나 김삼순은 문촌 마을 노인 중에서 가장 웃음이 많았고 밝았다. 인생 말년의 노인 대부분은 희로애락의 감정이 둔해진다. 다 겪은 일이기 때문에 주름진 얼굴은 무표정하다. 그러나 김삼순은 밝았다. 떠들썩했다. 그것이 꾸민 것도 천성도 아니었다. 웃고 화내고 울다가 갔다. 잘 살다 간 것이 아닐까? 이창수가 나서서 방 안이 조금 수선스러워졌지만 노인들은 갈 사람은 가고 남을 사람은 남았다. 자주 겪는 일이어서 눈물을 훔치던 할머니 대부분은 돌아갔고 노인 대여섯이 삼순 할머니 옆자리에 앉아 잡담을 했다.

"어이, 창수, 내가 낼 테니까 여기 술상 좀 보게."

박용득 씨가 말하자 이창수가 대답했다.

"제 처가 곧 술상 준비를 할 겁니다. 글고 마을 경조사비가 있응께 형님은 놔두시지요."

"어허, 경조사비는 놔둬, 장례 준비허기 전에 내가 술을 내는 거여."

박용득 씨가 역정을 내자 조길만이 나섰다.

"창수, 그렇게 혀, 형님이 삼순 할머니께 먼저 부조하시는 거네."

"거시기, 지난번 딸 장례식장에서 만났다던 손녀딸한티 연락해야겄지?"

누군가 묻자 방을 나가던 이창수가 대답했다.

"그거사 허긴 혀야겄지요."

"올까?"

다시 누가 물었을 때 방을 나간 이창수 대신 박용득 씨가 대답했다.

"오건 말건 여그서 삼일장 치르면 돼."

삼순 할머니는 생전에 장례 준비를 해놓고 간 것이다. 할머니의 밭 3백 평과 집은 모두 새마을금고에 담보로 잡혔기 때문에 남은 재산은 없다. 노인들은 장례비용 적금을 들어놓은 터라 모두 장례비 걱정할 것도 없다. 할머니 장례비용은 보증인 대표인 이창수가 신청하면 바로 내일 나온다. 세상을 떠난 지 10분도 안 되어서 초상집 손님 맞을 준비가 다 되었다. 소문을 들은 노인들이 밤 10시가 넘었지만 찾아와 삼순 할머니를 굽어다 보고 제각기 인사말을 했고 갔던 할머니들이 음식을 싸들고 오기도 했다. 누가 순서를 정해준 것도 아닌데 부엌에 들어간 할머니들이 그릇을 내놓고 술상을 본다. 할아버지들은 마당에 차일을 치고 돗자리를 깔았는데 벌써 떠들썩했다. 키우던 똥개 백구는 생전에 박복수 씨한테 주기로 했기 때문에 같이 살고 있느 며느리 여동생이 애들을 데려와서 개집까지 들고 갈 준비를 한다.

"어허, 백구가 이제 호강하겠구나."

마당에 앉아 그것을 본 조길만이 말했다. 옆에서 모닥불을 피워놓았기 때문에 불빛에 비친 얼굴이 붉다. 순순히 목줄을 잡힌 채 끌려가던 백구가 멈추더니 물끄러미 삼순 할머니가 누워 있는 안방을 보았다. 수진이가 목줄을 당겼지만 버티면서 물끄러미 안방을 보았다.

"어허."

그것을 본 노인들이 일제히 탄식했다.

"아가, 아가, 백구는 초상 끝날 때까정 여그다 두거라."

박용득 씨가 막걸리 잔을 내려놓고 수진에게 소리쳤다. 수진이가 옆에 선 제 이모를 보았다. 어쩔 줄 모르는 얼굴이다. 그때 박복수의 며느리 여동생이 고분고분 말했다.

"예, 어르신, 여기다 놓고 밥은 저희들이 챙겨주지요."

"그렇지, 그렇지."

박용득 씨가 말했고 다시 백구는 제 자리에 매어졌다.

"어, 저 똥개가 지 주인이 죽은 걸 아는 모양이네."

다시 우두커니 앉아 있는 백구를 보면서 노인들이 이야기를 주고받았다. 그때 김선호 옆으로 조길만이 다가와 앉았다.

"야, 이걸 어떻게 헐거나?"

김선호의 시선을 받은 조길만이 손에 든 핸드폰을 흔들었다.

"내가 삼순 할머니가 죽기 전에 한 말을 다 녹음했단 말이다."

"…."

"딸들한티 헌 말을 다 녹음혔어, 아주 생생혀."

"…."

"이걸 어떻게 허지? 손녀딸이 오면 들려줄까? 미국에 있다는 둘째 딸한티 보내주면 좋겠는디."

조길만이 다시 손에 든 핸드폰을 흔들었다.

"야, 놔둬."

불쑥 말한 김선호가 막걸리 잔을 비우고는 트림을 했다.

"내버려."

"핸드폰을? 미쳤냐?"

"들어서 뭐 허게?"

"아, 그려도…"

김선호는 외면했다. 들을 사람이 오기나 할 것인가? 듣고 나서 뭘 하겠는가? 다 끝났는데, 입맛을 다신 조길만이 핸드폰을 주머니에 넣더니 투덜거렸다.

"허긴 삼순 할머니도 딸내미 녹음테이프를 차 밖으로 내던졌응께."

마을에서 노인 장례식은 차분한 잔치 같다. 울고 짜던 자식들도 금방 동화되어 차분해진다. 어린 손녀, 증손자들이 사람 많은 것이 괜히 좋아서 이쪽저쪽 뛰어다니는 것도 자연스럽다. 누가 떠든다고 말리는 사람은 없다. 다음 날 오전, 김선호가 집에서 자고 장례식장에 나왔더니 이창수가 다가왔다.

"형님, 상주가 없는 장례식장이 되겠네요."

놀랄 일은 아니어서 상조회사 직원이 들락거리는 방을 힐끗거리며 김선호가 물었다.

"연락은 했어?"

"예, 지난번에 제가 만났던 손녀딸한테 했더니 애 때문에 바빠서 못 오다네요."

"할 수 없지."

차일이 쳐진 멍석 위에는 노인 대여섯이 모여 고스톱을 치고 있었는데 경로당에서 이쪽으로 자리를 옮긴 것이다. 구석에 앉은 김선호에게 부엌에서 나온 조길만의 처 오연숙이 물었다.

"태수 아버지, 국수 좀 드릴까요?"

"아, 주시오, 아침을 어설프게 먹었더니 출출하네."

노인 몇 명은 아예 아침부터 초상집에서 밥을 먹고 일을 보는 것 같다. 그때 이창수가 앞쪽에 앉더니 쓴웃음을 지었다.

"손녀딸이 못 온다고 해놓고는 삼순 할머니 유산을 묻더구먼요."

"당연하지."

말은 그렇게 했지만 김선호가 외면했다. 이것도 드문 일이 아니다. 수십 년간 종적을 감췄다가 부모가 죽은 것을 귀신같이 알고 찾아와 유산 조사를 하는 자식이 흔해서 놀라지도 않는다. 만일 부모가 빚만 있다면 바로 다시 사라진다. 이창수가 말을 이었다.

"집은 어떻게 되었느냐? 땅은 있느냐? 물어보다가 다 정리하면 빚이 1천만 원쯤 된다고 했더니 인사도 않고 전화를 끊었습니다."

"당연하지."

"조금 전에 새마을금고에서 연락이 왔는데 이것저것 다 제하고 천이백만 원쯤 남는다고 했습니다."

김선호의 시선을 받은 이창수가 다시 쓴웃음을 지었다.

"저기 화장하고 구봉리 납골당 영구 임대료 내고 나면 8백만 원이 남습니다."

"삼순 할머니가 부자네."

그 소리를 옆에서 듣던 정봉기가 길게 숨부터 뱉고 말했다. 정봉기는 73세, 관절염으로 10년 전부터 거동을 못 하는 안사람과 둘이 살고 있다. 고생을 많이 해서 10살은 더 먹어 보인다.

"보증인이 창수 자네 아닌가? 자네가 마을 경비로 넣어 두게, 그게 할머니가 바라던 일일 거여.”

“맞어, 그렇게 혀, 그 싸가지 없는 것들한테는 1원도 갈 필요가 없어.”

노인 하나가 거들었고 국수 그릇을 들고 오던 오연숙도 매섭게 말했다.

“지 할머니가 살아계신 것을 뻔히 알면서도 지 에미하고 같이 찾아오지도 않은 년여, 여기를 무슨 낯짝으로 와서 돈을 가져간단 말이요?”

“허, 왔다가 몰매 맞겄다.”

누군가 웃음 띤 목소리로 말했다. 국수 그릇을 당긴 김선호가 젓가락을 들었지만 입맛이 달아났다. 어젯밤 조길만의 녹음했다는 말이 자꾸 걸려서 잠도 자지 못했던 것이다. 자손이 뻔히 살아 있는데도 유언을 들려주지도 못 하다니, 삼순 할머니도 제 딸의 목소리를 듣기 싫다고 달리는 차 밖으로 테이프를 내던졌다고 했던가?

“안 보면 남이나 같은 거여.”

국수 그릇을 밀어놓으면서 김선호가 말했다.

“먼 친척보다 가까운 이웃이 낫지.”

그때 이창수가 외면한 채 말했다.

“무자식이 상팔자지요, 다 자식 때문에 일이 벌어지는 겁니다.”

이창수의 요즘 상황은 모두 아는 터라 주위가 조용해졌다. 그때 부엌에서 나오던 이창수의 처 안순미가 말했다.

“자식이 부모를 죽지도 못하게 한당게요, 죽을 때까정 괴롭히려구요.”

7장 남자의 자격

세상사는 뜻대로 되지 않는 법이다. 마음먹은 대로 척척 일이 풀린다면 그것도 이상한 법이다. 가다가 돌아가기도 하고 엎어지기도 해야 세상사는 재미를 느낀다고도 한다. 상주 없이 동네 장례를 치르고 화장을 한 후에 구봉리 납골당에 삼순 할머니를 재웠다. 24인승 버스를 대절해서 서동리에서 타고 내렸는데 평소에 삼순 할머니가 덕을 쌓았는지 서동리에서 노인 여럿이 타서 버스가 꽉 찼다. 장례는 호상이었다. 상주가 없었어도 이창수, 조길만, 박용득 씨까지 상주 역을 맡았고 김선호는 서기로 부조를 받았으며 박복수, 정봉기는 잡일을 도맡았다. 할머니, 아주머니들이 초상집 치다꺼리에 이골이 난 터라 척척 음식, 차례 시중을 들어서 장례대행 업체는 어설픈 짓은 꿈도 꾸지 못했다. 타고 온 버스를 서동리에서 보낸 후에 제각기 문촌 마을 자가용인 경운기 4대를 타고 마을로 돌아왔을 때는 오후 2시 반이다. 마을 복판 경로당 마당에 소형차 한 대가 주차되어 있었는데 외지인 차다. 문촌 마을은 길이 좁아서 박용득 씨도 소형차를 타고 다녔는데 자가용이 모두 4

대다. 그런데 다른 차인 것이다. 경운기 3대는 옆길로 돌아갔고 경로당을 통과하던 경운기에는 이창수와 조길만이 타고 있었는데 이창수가 머리를 기울였다.

"누군가?"

그때 경로당에서 사내 둘이 나왔다. 30대쯤으로 처음 보는 사내들이다. 이맛살을 찌푸린 이창수가 정봉기가 운전하는 경운기를 잠깐 세우고 조길만과 함께 내렸다. 둘이 항상 마을을 대표하는 역할이다. 이창수는 문촌 마을 통장이었으며 조길만은 자천타천 고문 역할을 해오기 때문이다.

"누구시오?"

이창수가 묻자 둘 중 앞장선 사내도 묻는다.

"통장 이창수 선생 오셨습니까?"

"난데요."

이창수의 얼굴이 굳어졌다. 다가선 조길만이 눈을 가늘게 뜨고 목소리를 높였다.

"누구시냐고 물었잖소?"

"아, 예."

사내가 조길만을 힐끗 보았다.

"우리는 군산경찰서에서 왔습니다."

놀란 조길만과 이창수가 동시에 숨을 들이켰다. 이창수는 어지러운지 눈을 감았다가 떴다. 그때 조길만이 시비를 거는 것처럼 물었다.

"아니, 또 이영복이가 사고를 친 거요?"

"아니, 사고라기보다도."

사내의 얼굴에 쓴웃음이 번졌다.

"강도 사건이죠, 이영복이 마트를 털다가 도망을 쳤습니다. 그래서 집이 있는 이곳에 들른 겁니다."

"강, 강도를."

이번에는 조길만이 눈을 감았다가 떴고 이창수가 옆쪽 화단의 바위에 쪼그리고 앉았다. 이창수의 얼굴이 누렇게 굳어져 있다. 조길만이 갈라진 목소리로 물었다.

"어떻게 된 거요?"

"어제 오전 11시쯤 군산 버스터미널 건너편 동명마트에 이창수가 들어가 흉기로 경리를 위협해서 돈 227만 원을 강탈했습니다."

지금까지 가만있던 사내가 머리를 숙여 인사를 했다.

"인사가 늦었습니다. 전 군산경찰서 형사과 강력계 2팀의 임성수 경위입니다."

"아아, 예."

"이영복은 집행유예로 풀려난 지 며칠 안 되었는데 또 일을 저질러서 큰일 났습니다."

이제 조길만도 입을 다물었고 경위가 입맛을 다셨다.

"통장님 댁에 들어가 보았더니 아주머니하고 이영복 씨 부인이 계시더군요, 두 분한테는 이야기 안 했습니다. 통장님 찾아왔다고만 하고 나왔습니다. 그러고는 이곳에서 기다리고 있었지요."

그때 조길만이 쪼그리고 앉아 있는 이창수를 보았다.

"이봐, 창수, 그놈을 어떻게 하지?"

이창수가 딴 곳만 보았으므로 조길만이 임 경위에게 말했다.

"자수를 하면 죄가 좀 가벼워질랑가요?"

"그렇긴 합니다만 집행유예 기간에, 그것도 나온 지 며칠 만에 일을

108

저질러서…"

"아이구, 난 그놈 포기했어요."

이창수가 몸을 일으키며 말했다. 아직 아무하고도 시선을 마주치지 않는다.

"나, 악착같이 살아서 다옥이하고 성수 뒤를 봐줄랍니다. 그놈, 차라리 잘 되었네요, 그놈은 내 자식이 아닙니다, 형님."

형사 둘은 서로의 얼굴을 보았고 이창수가 말을 이었다.

"그리고 남편, 애비 자격도 없는 놈입니다."

"아이고, 이걸 어쩐대야"

김선호로부터 이영복의 사건을 전해들은 윤수정이 탄식했다. 오후 3시, 김선호가 방금 조길만의 전화를 받은 것이다. 납골당까지 갔다가 돌아와서 바로 밭에 나가려다가 연락을 받았다. 마당에 선 김선호에게 윤수정이 말했다.

"내가 영복이 엄니한테 가봐야겠소."

"그놈의 자식, 이름도 부르지 마러."

김선호가 버럭 소리치자 깜짝 놀란 철수가 머리를 들었다. 둘은 같이 집을 나왔다. 김희선은 미경이를 데리러 전주에 갔으므로 집은 비었지만 대문도 열어놓고 문도 잠그지 않았다. 집 앞 모퉁이에서 밭으로 꺾어지던 김선호가 이창수네 집으로 내려가려는 윤수정에게 말했다.

"저기, 다옥이 앞에서 영복이 욕하지는 마러, 그냥 달래기만 혀."

"아이고, 내가 어린애요?"

"창수가 차라리 잘되었다고 혔다는디 부모 맘이 어디 그런가? 누가 맞장구쳐주면 서운헌 법이여."

"맞장구 쳐줄라요."

"저 예펜네가."

몸을 돌리면서 김선호가 혀를 찼지만 심지는 오히려 윤수정이 깊다. 이번 이틀간 밭일을 못 했기 때문에 서둘러 고추밭으로 올라가던 김선호가 마을에 액운이 겹친다는 생각이 들었다. 마음먹기 달렸다고 하지만 액운이 계속 닥칠 때가 있다. 4년쯤 전에도 그랬다. 노인들만 살아서 그런지 그때 넉 달 간격으로 셋이 돌아갔다. 그 일 년 동안 객지에 있던 자식과 손자까지 다섯을 잃었던 것이다. 이번 일은 그때와는 다르지만 은근히 걱정이 된다. 산비탈을 혼자 걸어 올라가면서 김선호가 적막한 주위를 둘러보았다. 9월 중순인데도 산은 벌써 겨울 차비를 하고 있다. 풀잎은 생기를 잃었고 나뭇등걸은 딱딱해졌다. 아래쪽 잎들은 노인 피부처럼 윤기가 가셨으며 산을 훑고 내려온 바람이 서늘하다. 그때 바지 주머니에 넣어 둔 핸드폰이 울렸으므로 김선호는 깜짝 놀랐다. 서둘러 주머니에서 꺼내 보았더니 김태수다. 김선호는 핸드폰을 귀에 붙였다.

"어, 태수냐?"

"아버지, 잘 끝났어요?"

김태수가 대뜸 물었다. 어제 오전에 전화가 왔기에 삼순 할머니 이야기를 해준 것이다.

"응, 잘 치르고 집에 와서 지금 고추밭에 가는 길이다."

윤수정이 이창수 처를 위로하려고 가 있다는 이야기는 안 하기로 마음먹었다. 다른 이야기로 시간을 빼앗기기 싫었기 때문이다. 그때 김태수가 말했다.

"아버지, 대근이가 오늘 저녁에 세계 여행을 떠납니다."

"어, 그래?"

대충 들은 터라 김선호도 건성으로 대답했다. 떨어져 사는 데다 아무래도 제 아비를 거치게 되어서 직접 연락할 기회가 없다. 김태수가 말을 이었다.

"견문을 넓히겠다면서 휴학을 하고 제 친구 셋하고 세계일주를 하는 것이지요, 아버지, 세상이 좋아졌지요?"

고추밭에 도착한 김선호가 연장주머니를 내려놓으면서 대답했다.

"못 가는 애들도 많다. 네가 그렇게 만들어 준 것이 아니냐?"

"예, 그 말씀도 맞습니다."

"세계 여행을 다닌다고 학교 휴학하는 놈이 어디 있어? 반년 손해를 보는 것이 아니냐?"

"제가 그렇게 말했는데도 말을 안 듣네요, 그게 도움이 된답니다."

"내가 널 수학여행을 못 보냈어."

불쑥 말한 김선호가 고추밭 복판에 서서 주위를 둘러보았다. 올해도 고추 농사는 잘되었다. 고추가 익어가기 시작했으니 열흘쯤 후에는 수확해야 된다. 그때 김태수가 가라앉은 목소리로 말했다.

"아버지가 기억하고 계시네요, 40년도 더 지난 옛날인데."

"나이 들면 옛날 일이 더 선명해지는 법이다. 그것이 치매 시초라고도 하더라만."

"정말이요?"

"옛날 일이 자꾸 떠올라, 네가 고2 때 희선이 병원비까지 겹쳐서 너희들 둘 다 수학여행을 못 갔지 않나?"

"…."

"더구나 넌 중3 때도 못 갔지, 동수한테 양보하느라고."

"잘 기억하시네요."

"그때 네 어머니가 울었다. 네가 고맙다고 말이다."

"아버지."

불러놓고 김태수는 가만있었고 김선호도 다시 고추밭을 보았다.

"할아버지한테 인사했냐?"

공항으로 달리는 차 안에서 김태수가 불쑥 물었다. 오후 6시 반, 김
대근의 방콕행 비행기는 9시 반 출발이다.

"아뇨."

창밖을 내다보던 김대근이 김태수를 보았다.

"할아버지도 알아요?"

"뭘?"

"제가 여행 간다는 거요."

"내가 이야기했다."

"뭐라고 하세요?"

"그건 왜 물어?"

"그냥요."

잠깐 차 안에 엔진 음만 울렸다. 30분쯤 전에 집에서 떠날 때 식구가
다 모였다. 영근이 서현이까지 학원에 가지 않고 형, 오빠를 배웅한 것
이다. 넉 달 동안 떠나 있을 터라 대근의 인생에서 식구들과 가장 오래
떨어지게 되는 경우다. 최혜영은 어젯밤 거의 잠도 자지 않았다. 10번
도 넘게 깨어나 응접실에 앉았다가 돌아왔다. 그때 김대근이 말했다.

"아버지를 보면 할아버지 분위기가 풍겨요."

"뭐가?"

"비슷해요, 할아버지는 많이 겪지 않았지만 말이에요."

"자식이니까 그렇겠지."

"아마 내 자식도 절보고 아버지하고 비슷하다고 하겠지요."

"할아버지한테 전화해, 인마. 내가 그런 것까지 시켜야 하냐?"

"다른 애들도 할아버지한테 인사하고 가는지 모르겠네."

혼잣말을 한 김대근이 핸드폰을 꺼내더니 버튼을 눌렀다. 심란해진 김태수가 차의 속력을 높였고 곧 김대근의 목소리가 울렸다.

"할아버지 저예요, 대근이."

"어, 그래, 대근이냐?"

수화구에서 김선호의 목소리가 울려나와 김태수도 들었다.

"할아버지, 저, 지금 여행 가요, 그래서 인사드리려고요."

"어, 그렇구나, 이야기 들었다. 오래 간다면서?"

"예, 넉 달간요."

"몸조심하고 니 아버지 어머니한테 자주 연락해라."

"예, 할아버지."

"지금 어디냐? 공항이냐?"

"아버지하고 공항으로 가는 중이에요."

"그렇구나."

"아버지가 운전 중이시라 바꿔 드리지 못하겠어요."

"안 되지, 바꾸지 마라."

"할아버지 그동안 몸 건강하세요."

"네 할머니 바꿔주마, 잠깐 기다려라."

"예, 할아버지."

"대근이냐?"

윤수정의 목소리가 차 안을 울렸으므로 김태수는 숨을 들이켰다.

"네, 할머니, 저, 다녀올게요."

"친구들하고 같이 간다면서?"

"예, 저까지 넷이요."

"할아버지가 걱정 많이 하셨다, 잘 다녀오너라."

"예, 할머니."

"어쩌면 네 아버지 목소리하고 그렇게 닮았냐? 분간을 못 하겠구나."

"그래요?"

"돈은 넉넉하게 가져 가냐?"

"예, 할머니."

"차 조심하고, 밥 잘 챙겨 먹고."

"예, 할머니도 건강하세요."

통화가 끊겼을 때 김대근이 긴 숨을 뱉고 나서 의자에 등을 붙였다. 김태수는 앞쪽을 향한 채 입을 열지 않았다. 어머니가 돈은 넉넉하게 가져 가냐고 한 말이 가슴에 얹혀서 소화가 안 된 음식처럼 묵직해져 있었기 때문이다. 어머니도 40년 전 그 시절을 생생하게 떠올리고 있는 것 같다. 돈이 없어서 자식들 수학여행을 보내지 못한 부모의 심정은 어땠을까? 손자가 돈이 엄청나게 드는 넉 달간의 세계일주 여행을 떠나는 것을 보면서 돈이 없어서 1박2일 수학여행도 못 보냈던 자식을 생각한다. 김태수는 저도 모르게 긴 숨을 뱉었다.

"아버지, 무슨 걱정이 있으세요?"

옆에 앉은 김대근이 물었으므로 김태수가 숨을 들이켰다.

"아니? 왜?"

"그렇게 보여요."

"뭐가 인마?"

"걱정하지 마세요, 저, 다 컸습니다."

김태수는 쓴웃음을 지었다. 그리고 대근이한테 할아버지께 전화하라고 했던 것을 후회했다. 괜히 마음 상하시게 했다.

"아니, 오라고 혀놓고 늦게 오는 거여?"

오전 9시 반, 이창수 가게의 평상에서 기다리던 조길만이 짜증을 냈다. 10월 초, 오늘은 비가 구질구질 내리는 바람에 고추밭 가는 것을 미루고 있다가 김선호의 만나자는 연락을 받은 것이다. 평상 위에 쳐진 차양이 빗물을 받아 묵직하게 늘어져 있다. 이창수가 맞았다.

"어서 오시지요."

아침이라 막걸리는 먹을 수 없어서 조길만 앞에 백 원짜리 인스턴트 커피가 놓여 있다. 김선호가 평상에 앉았더니 이창수가 커피를 뽑으려고 가려는지 엉덩이를 들었으므로 말렸다.

"아, 됐고, 창수, 거기 앉아보게."

"예, 무슨 일 있으세요?"

다시 귀퉁이에 앉은 이창수의 얼굴이 며칠 동안 여위었다. 이영복이 이틀 전에 경찰서에 자수를 해왔던 것이다. 지금 이영복은 군산경찰서 유치장에 수감되어 있다. 그때 김선호가 입을 열었다.

"내가 조금 전에 동수를 시켜서 군산경찰서에 연락해봤어, 동수 친구가 전주지검에 있어서 말이여."

"아아, 예."

이창수의 흐려 있던 눈빛이 강해졌다. 조길만도 상반신을 기울였다.

"동수 친구가 알아보았더니 검찰로 넘어가는 것이 당연하다는구면, 자수를 했더라도 말이여."

"암먼 당연하지."

조길만이 머리를 끄덕였다.

"동수 친구가 검사먼 잘 되겠다."

"이 인간아, 말도 안 되는 소릴랑 말고."

면박을 준 김선호가 이창수를 보았다.

"변호사를 붙이는 것이 낫겠는디, 창수, 그려야 되지 않겠는가?"

"저는 인연 끝냈습니다."

이창수가 자르듯 말하고는 외면했다.

"그런 놈은 제 자식 아닙니다."

"국선 변호사가 있지만 이번에 변호사를 붙여주도록 하세."

"돈도 없습니다."

"돈도 별로 안 들어."

김선호가 길게 숨을 뱉고 나서 말을 이었다.

"다옥이하고 성수를 생각해서라도 이번만 해주도록 하게."

"맞아, 고집부리지 말고."

조길만이 거들자 이창수는 머리를 숙인 채 입을 열지 않았다. 차양에 물이 고여 늘어졌으므로 조길만이 작대기로 찔러 올려서 물을 쏟았다. 비 오는 소리가 커졌다. 그때 김선호가 말을 이었다.

"어때? 오늘 비도 오고 군산에 가보지 않겠는가? 영복이 면회를 가잔 말이여."

머리를 든 이창수에게 김선호가 말을 이었다.

"남의 일 같지가 않어, 내가 같이 가줄 테니까 나하고 같이 가세."

"나도 가지."

조길만이 정색하고 말했다.

"내가 안 갈 수가 있나? 가야지."

"형님들이 거시기…"

"거시기고 지랄이고 얼른 준비혀."

마음을 정한 조길만이 꽥 소리쳤다. 김선호가 나서자 기운을 얻은 것 같다. 그때 조길만이 안에 대고 소리쳤다.

"거기, 영복이 어머니! 나 좀 봅시다!"

그러자 곧 마당 건너편 청으로 안순미가 나왔다. 오늘도 성수를 포대기로 싸서 업고 있다. 안순미 뒤로 다옥이가 따라 나왔는데 급하게 나왔는지 손에 기저귀를 들었다. 안순미의 시선을 받은 조길만이 다시 소리쳤다.

"우리 셋이 영복이 면회를 갔다가 올 테니까 영복이 아버지 준비 좀 시켜주소."

안순미가 입을 벌린 채 멍하고 서 있을 때 알아들은 다옥이가 다가섰다.

"면회 가시게요?"

"그래, 허지만 넌 집에 있어라."

자리에서 일어서면서 조길만이 소리쳤다.

"우리 셋이 갔다 올란다."

"갑자기 왜?"

하고 안순미가 겨우 물었으므로 이창수가 대답했다.

"갑자기 태수 아버님이 이야기를 꺼내셔서…"

"아, 태수 아버지가 전주지검의 검사한테 연락을 했디야, 검사가 동수 친구라는군."

조길만이 동수가 제 아들인 것처럼 생색을 냈다.

"이때 변호사를 사야지 언지 사겄어?"

김선호가 평상에서 내려 신발을 신으면서 이창수에게 말했다.

"내가 옷 갈아입고 오겄네, 면회가 되도록 동수한티 다시 연락을 해 볼 테니까 자네도 준비를 혀."

그 말을 들은 안순미가 소리쳤다.

"얼른 이리 와서 옷 갈아입으시오!"

면회를 넷이 갔다. 처음에는 이창수한테 옷을 갈아입으라고 하던 안순미가 나중에 저도 가겠다고 고집을 부렸다. 그것을 본 다옥이가 따라간다고 하는 바람에 이창수가 그럼 자기가 안 간다고 화를 내었다. 그래서 결국 이창수 부부와 조길만, 김선호 넷이 떠났다. 비가 와서 땅이 젖었기 때문에 서동리까지 넷이 최복동의 경운기를 타고 간 다음에 버스로 전주까지 갔고 다시 시외버스를 탔다. 그래서 넷이 군산경찰서 유치장 면회실에서 이영복과 마주앉았을 때는 마을에서 출발한 지 세 시간 만인 오후 1시다. 요즘은 도둑놈들이 별로 없는지 유치장은 한산했고 면회실도 그들뿐이다. 담당 경찰관은 끝 쪽 의자에 앉았고 넷은 수갑을 찬 이영복의 앞쪽에 나란히 앉았다. 그런데 이창수 부부는 이영복을 안 보려고 제각기 머리만 돌리고 있는 반면에 김선호와 조길만이 이영복에게 말을 걸고 있다.

"먹는 건 어떠냐?"

"자수는 잘 헌 것이다."

"집 걱정은 마라."

"다옥이 성수도 잘 있다."

둘이 번갈아서 말했고 이영복은 그냥 예, 예, 대답만 하더니 결국 김

118

선호가 이창수를 바라보았다.

"자네가 한마디 혀."

그때 이창수보다 먼저 안순미가 말했다.

"니가 부모 염장 지르려고 강도짓 한 것 안다. 이 못난 놈아."

안순미가 눈을 부릅뜨고 이영복을 보았다. 이제 이영복은 외면했고 안순미의 목소리가 면회실을 울렸다.

"나이가 40이 되어가는 놈이, 지 부모 집까지 팔아먹으려다가 잡히더니 이제는 염장 지르려고 강도짓을 혀?"

김선호와 조길만은 조금 놀랐지만 나설 일이 아니었으므로 입맛만 다셨다. 다시 안순미가 말했다.

"내가 너한티 이 말 혀줄려고 왔다. 다옥이는 지가 원허는 대로 혀줄 거다. 성수 데리고 베트남 간다면 거그서 먹고 살 돈 맹글어서 보낼 거다. 아무래도 여그서 싹수없는 지 서방 기다리는 것보담 베트남서 새 남자 만나서 사는 것이 낫겠지."

이창수가 안순미를 보았지만 입을 열지는 않았다. 서로 상의를 한 것 같다.

"그렇게 너도 맘 놓고 교도소로 들어가서 살아, 이만허면 부모가 헐 일 다 헌 것 아니겠냐?"

조길만이 길게 숨을 뱉으면서 김선호를 보았다. 둘이 시선을 마주쳤지만 곧 외면했다. 그때 이창수가 엉거주춤 자리에서 일어서면서 입회 경찰관한테 말했다.

"면회 다 했는디요."

경찰관이 벌떡 일어서더니 다가왔다.

"아, 빨리 끝내셨네요."

"고맙습니다, 경찰 아저씨."

안순미가 경찰관한테 인사를 했다.

"인자 속이 다 시원하구면요."

"아, 그러세요."

그때 따라 일어서던 김선호가 길게 숨을 뱉으면서 말했다.

"할 수 없지, 이만허면 부모 노릇을 다 헌 것이여."

조길만은 입맛만 다시면서 입을 열지 않는다. 그때였다.

"나한티 뭘 해줬다고 이 유세여?"

버럭 이영복이 소리쳤으므로 넷은 일제히 몸을 돌렸다. 경찰도 눈만 껌벅이고 있다. 눈을 부릅뜬 이영복이 다시 소리쳤다.

"다른 집 아들처럼 아파트를 사줬어? 유학을 보내줬어? 그까짓 땅 몇천만 원짜리 갖고 자식을 고발혀서 유치장을 보내? 그게 부모여?"

이영복의 목소리가 면회실을 울렸다.

"허어."

먼저 탄성을 뱉은 것이 김선호다. 어깨를 부풀렸다가 내린 김선호가 이영복을 노려보았다.

"이놈, 부모한테 그게 무슨 말버릇이냐? 니 부모는 최선을 다했다!"

"그게 무슨 최선이요? 몇천만 원 내놓은 것이 최선이요?"

이제는 이영복이 김선호에게 악을 썼다.

"내가 땅하고 집 팔아먹으려고 한 것도 아뇨! 담보로 잡히려고 했던 거요!"

"에이, 나쁜 놈!"

그때 조길만이 버럭 소리쳤다. 목청이 커서 면회실이 울렸다.

"저놈, 도저히 안 되겠구먼! 아주 나쁜 놈이여! 우리가 잘못 보았어!"

우두커니 이영복을 보던 이창수가 몸을 돌렸다.

"가십시다, 어이, 가세."

이창수가 안순미의 팔을 끌며 웃었다.

"잘 왔구먼요, 만나기 잘했어요."

"동수 처가 온다네요."

윤수정이 말했으므로 김선호가 몸을 돌렸다. 막 밭으로 나가던 참이라 마당에 서 있다.

"언제?"

"오늘 출발한다니까 두 시간쯤 걸리겠네요."

오전 9시였으니 11시면 도착한다는 말이다. 몸을 돌린 김선호가 윤수정을 보았다.

"뭣 때미 온다는 겨?"

"글쎄, 물어봤더니 그냥 인사드리려고 온다네요."

"무슨 인사?"

"아, 인사는 그냥 인사지, 며느리가 시집에 올 때마다 구실 찾소?"

"저 사람이 유식하게 말하네."

"서당개 3년이면 풍월을 읊는다는데 난 선생 마누라 된 지가 50년여."

"저런, 그럼 개가 호랭이가 됐다는 겨?"

"저 양반 말 하는 것 좀 봐, 내가 개요?"

"개람서?"

"내가 언제?"

"금방 서당개라고 했잖여?"

"그럼 당신이 서당여?"

"서방이다. 왜?"

그러고 나서 둘이 하하 웃었다. 어쨌든 며느리가 인사를 온다는 말은 좋은 소식이다. 그래서 둘의 분위기가 밝아졌다. 밭에서 12시 반까지 일하고 돌아오던 김선호가 딱 11시에 맞춰서 집에 왔더니 어느새 정영아가 와 있었다. 정영아의 차는 독일제다. 제가 돈 벌어서 산 차여서 제 남편의 국산차보다 비싼 차를 타고 다니는데도 당당한 것 같다. 문촌 마을까지 오는 길은 좁아서 겨우 들어왔을 터인데 운전을 잘하는 정영아는 매번 제 차를 마을 경로당 앞에다 주차시킨다. 그 위쪽으로는 소형차만 들어가기 때문이다.

"어, 왔냐?"

마당에 서 있던 정영아가 인사를 하자 김선호가 기색부터 살피면서 물었다.

"네, 아버님."

다소곳이 머리를 깊게 숙여 절을 한 정영아가 안부를 묻는다.

"건강하셨어요? 지난번에 보내드린 인삼은 계속 드시지요?"

"아, 그럼."

그때 뒤에 서 있던 김희선이 거들었다.

"언니가 소고기를 이것저것 10근이나 사왔어요."

"웬 고기를 그렇게."

김선호가 눈을 크게 뜨자 마루로 나온 윤수정이 거들었다.

"당신이 고기 좋아하니까 그렇지."

그러더니 들뜬 목소리로 말을 잇는다.

"우리 가을 옷하고 희선이 미경이 가을 옷을 한 보따리 가져왔어요."

그렇구나, 옷을 가져왔다. 몇 년 전까지 정영아는 의상실을 하는 며느리답게 시부모 옷을 꼬박꼬박 보내왔다가 언제부터인지 뚝 끊겼었다. 아마 바람이 난 후부터인 것 같다.

"어, 그래, 미경이가 좋아하겠구나."

"미경이보다 희선이가 좋아합니다. 아까부터 난리요."

"허어, 참."

마당에서 손을 씻으면서 김선호가 웃었다. 여자들의 옷 욕심을 잊고 있었던 것이다. 지금은 윤수정도 거의 옷 욕심을 버렸지만 몇 년 전만해도 시장에서 싼 옷을 사 입는데도 오래 골랐다. 그러고 보면 새 옷을 사거나 정영아한테서 받았을 때의 윤수정이 가장 기뻐했던 때인 것 같다. 이번에도 정영아가 온다는 말을 듣고 옷을 기다린 것이 아닐까? 방으로 들어선 김선호는 마누라가 딸, 며느리와 함께 실컷 옷가지를 갖고 떠들라고 나가지 않았다. 셋은 윤수정의 옷부터 김희선, 미경이 옷까지 펼쳐놓고 떠드는 중이다. 김선호는 핸드폰을 꺼내 버튼을 눌렀다. 그러자 곧 김동수가 전화를 받는다. 오전 12시가 되어갈 무렵이니 학교에 있을 것이다.

"아버지, 웬일이세요? 거기 종근이 에미 갔지요?"

대뜸 김동수가 물었으므로 김선호가 목소리를 낮췄다.

"어, 지금 와서 집안이 난리가 났다."

"예? 왜요?"

"아, 옷 때문이지, 네 엄마하고 희선이가 정신을 못 차리고 있구나."

"하하, 참, 아버지도 놀랬잖아요."

김동수가 짧게 웃었다.

"그렇지 않아도 가을이라 옷 추려서 가겠다고 하더라구요."

"잘 지내냐?"

"모두 아버지 어머니 덕분이죠."

"야, 이 자식아, 난 해준 일 없다. 니 어머니가 고생 많이 했지."

김동수가 숨을 고르고 나서 대답했다.

"저도 한번 찾아뵐게요."

정영아는 오후 4시쯤 되어서 돌아갔는데 그날은 하루 종일 잔칫날 분위기다. 들뜬 윤수정은 말할 것도 없고 김희선, 미경이까지 옷을 갈 아입어서 마치 패션쇼를 하는 것 같았다. 서로 옷을 갈아입고 마당으로 나왔다가 들어가는 바람에 경운기를 고치던 김선호가 정신이 사나워 서 미쳤느냐고 소리까지 지른 것이다. 그것이 우스운지 셋이 깔깔대고 웃는다. 그 소리를 등 뒤로 들으면서 이것이 가족의 행복이라는 생각을 한다. 돈이 많은 집안에서는 이런 기쁨을 갖지 못할 것이다. 정영아가 서너 벌씩 옷을 가져왔기 때문이다.

"어쩜 그렇게 사이즈를 맞춰 가져왔대요? 더구나 다 마음에 드는 옷을 말이요."

경운기 옆으로 다가온 윤수정이 아직도 들뜬 목소리로 말했다. 김희 선 모녀는 이제 방으로 들어가 패션쇼를 하는 모양이다. 간간히 웃음소 리가 들린다. 오후 6시 반이다. 곧 저녁을 지어야 할 시간이 되었다. 윤 수정이 말을 이었다.

"미경이는 아주 좋아서 펄떡펄떡 뜁디다. 저희 반에 그런 명품 옷 을 입은 애가 하나 딱 있다네요, 그 명품 옷을 네 개나 가져왔으니 말 이에요."

"주현이하고 같은 학년이잖아? 이번에 괌에 갔을 때 보니깐 체격도 같더구먼. 그래서 고르기 쉬웠겠지."

"주현 에미가 눈치가 빠르고 붙임성이 있어요."

"그래서 장사도 잘하잖아?"

"장사는? 의상실이지, 사업이라고 합시다."

"이 사람이 뇌물을 먹고는, 아예 그룹 회장이라고 하지."

"당신은 왜 그렇게 비비 꼬시오?"

"난 그런 사람이야, 몰라?"

벨트를 조이다 만 김선호가 눈을 흘겼다.

"항상 경계를 하는 사람이야, 그래서 꽁생원, 천생 훈장이라는 소리밖에 듣지 못했어, 알아?"

"알구말구."

쪼그리고 앉았던 윤수정이 일어서며 맞장구를 쳤다.

"그런 쫌생이하고 내가 50년을 살았는데 그걸 몰라?"

"뭐? 쫌생이?"

들고 있던 망치로 경운기의 철판을 두드리자 꽝, 소리가 났다. 윤수정이 웃으면서 몸을 돌렸다. 그렇다. 쫌생이다. 교육자로 40여 년을 보냈더니 자식들을 궁색한 환경에서 자라게 했다. 옛날 교육자는 봉급도 박한 데다 수당도 적어서 자식 학비 대는 것도 감당하기 어려웠다. 초등학교 교사 수입으로 자식 둘 대학 가르칠 수 있는 교사는 없었다고 봐도 될 것이다. 솔직히 자식이 둘 이상이라면 하나 대학 보내기도 어려웠다. 그러니 태수는 물론이고 동수도 고학을 해서 대학을 다닌 것이다. 막내 희선이까지 알바로 제 용돈을 벌었으니 돈에 쪼들리는 인생을 살았다. 그런데 이만하면 자식들도 다 잘되었고 남부럽지 않지 않은가? 막내 희선이가 혼자되어서 딸하고 둘이 내려와 있는 것이 걸리지만 은근히 계속 같이 살았으면 하는 욕심까지 일어난다. 이윽고 저녁때가 되어서 네 식구가 모여 앉았을 때 박미경이 말했다.

"엄마, 나 내일부터 학교로 데리러 오지 않아도 돼."

"왜?"

당장 정색한 김희선이 묻자 박미경이 눈웃음을 쳤다.

"유진이하고 서동리 사는 민아, 윤희까지 넷이 같이 버스 타고 오기로 했어."

"넷이?"

"응, 우리가 친하거든, 학교 끝나고 같이 올 거야."

박미경이 이제는 윤수정과 김선호까지 돌아보며 말을 이었다.

"서동리에서 집까지는 걸어올 거야, 유진이하고 둘이서 이야기 하면서."

"그래라."

먼저 김선호가 말했다.

"친구하고 같이 있는 시간이 많은 것이 좋지."

"10월부터는 학원에 다녀야 돼요."

김희선이 말을 이었다.

"영어, 수학은 꼭 받아야 돼요, 일주일에 나흘은 받아야 하는데 지금까지 미경이는 학원 안 다녔어요."

"나, 학원 안 다닐 거야."

박미경이 말하자 김희선이 머리를 저었다.

"학원 안 다니는 애는 너하고 유진이뿐이란 것 몰라?"

이맛살을 찌푸린 김희선이 김선호를 보았다.

"유진이가 학원 못 다닌다고 저도 같이 안 다닌데요, 글쎄."

126

박복수는 열심히 사는 사람 중의 하나다. 부지런하고 맡은 일은 끝까지 마치는 데다 성품도 착해서 누구한테 원망을 들은 적이 없다. 그런데 세상은 착한 사람이라고 복을 주지는 않는다. 박복수는 8년 전에 하나뿐인 아들이 음주운전 사고를 내고 중국으로 도망질을 한 후에 며느리가 두 딸을 데려 가서 살다가 지난봄에 암으로 죽었다. 그래서 손녀딸 둘을 맡게 되었는데 3년 전에 부인까지 저 세상 사람이 되는 바람에 망연자실한 상태였다. 그런데 지금은 손녀딸 둘과 함께 죽은 며느리의 여동생 그리고 그쪽의 두 자식에다 사돈 할머니까지 여섯 식구가 늘어났다. 문촌리 제1의 대가족이다. 박복수가 밭이 6백 평쯤 있지만 그것으로 7식구가 먹고 살기는 어림도 없다. 그래서 이창수가 서둘러서 면에다 신고를 했더니 극빈 가족 지원에다 노인 복지금, 생활 지원 자금, 아이들 학비 보조까지 나왔는데 가만있어도 굶지는 않게 되었다. 그만큼 대한민국의 복지는 향상된 셈이다. 20년 전만 해도 7식구는 굶어죽었을 것이다.

"형님, 무슨 일인디요?"

김선호가 불렀더니 박복수는 10분도 안 되어서 이창수 가게로 나왔다. 이창수 가게 평상은 문촌 마을의 다방 역할이다. 경로당이 할머니들 고스톱 치는 곳이 되는 바람에 할아버지들은 대개 이곳에 모이는 것이다. 오후 2시 반, 둘이 할 이야기가 있다고 해서 이창수는 나오지 않았다. 흐린 날씨다. 박복수도 어제 고추 수확을 마쳤고 김선호는 사흘 전에 끝냈다. 지금은 일기예보가 정확해서 어제 예보를 듣고 모두 고추를 거둬 놓아서 비 맞을 걱정은 없다. 김선호가 앞에 앉은 박복수를 보았다.

"자네 큰 손녀딸, 유진이던가?"

"예, 근디요, 무슨 일이…"

"무슨 일이 있겠는가? 우리 손녀 미경이하고 둘이 단짝이지?"

"아, 그렇더구먼요."

아직 박복수의 얼굴에서 근심기가 걷히지 않았다. 당하고 사는 사람들은 다 그렇게 된다. 또 무슨 액운이 떨어질까 걱정부터 앞서는 것이다. 둘은 가게 옆에서 이창수가 만들어 놓은 백 원짜리 인스턴트커피 잔을 앞에 놓고 있었지만 아무도 손을 대지 않았다. 그때 김선호가 다시 입을 열었다.

"유진이가 학원 다니겠다는 말 하던가?"

"학원요? 유진이가요?"

두 번이나 물은 박복수가 빤히 김선호를 보았다. 박복수는 73세, 김선호보다 3년 연하다. 문촌리에 산 지 70년이 넘었지만 젊었을 때 김선호가 고향을 떠난 터라 1년에 한두 번씩 얼굴만 보았다가 10년 전부터 같이 부대끼며 살게 되었다. 고등학교를 졸업하고 군에 갔다가 제대하고 나서 다른 사람들처럼 외지 물을 먹고 돌아온 것이 아니라 문촌리에서 농사를 지었다. 50년쯤 전만 해도 전답이 좀 있었는데 박복수의 부친이 뜬금없는 화물차 사업을 한다면서 나섰다가 망했다. 2년 만에 전답을 날린 부친이 술로 세월을 보내다가 3년 만에 세상을 떠나자 그때부터 박복수의 고생이 시작된 것이다. 박복수가 머리를 저었다.

"못 들었는디요? 학원은 왜 다니는디요?"

"그런가? 아무 말 안 해?"

"예, 그런 말 안 했습니다."

"그렇군."

어깨를 늘어뜨린 김선호는 혹시 유진이가 제 외할머니나 이모한테

이야기를 했을지도 모른다고 생각했다. 박복수는 고추 농사로 년 5백만 원 수입이 될까 말까다. 그것도 이것저것 다 떼면 3백이나 남을까? 그 돈으로는 먹고살지도 못한다. 이창수 말을 들으면 외할머니와 이모가 극빈자로 취급되어서 정부에서 나오는 보조금이 월 40만 원은 된다고 했다. 그 돈으로도 그렇다. 지금 중학교에 하나, 초등학교에 둘이 다닌다. 다섯 살짜리는 유아원에 다닐 데도 없고 다닐 형편도 못 되는 것이다. 유진이가 중학교 1년으로 다 컸으니 제 집 형편을 모를 리가 없다. 반 친구들이 다 학원에 다니는 것을 알아도 집안 어른들에게 말하지 않았을 수도 있다. 다시 머리를 든 김선호가 박복수를 보았다.

"요즘 애들은 중학교 때 대부분이 학원에 다닌다네, 초등학교 때도 마찬가지여, 학원 안 댕기는 애들이 없어."

"무슨 학원인디요?"

"영어, 수학은 기본이고 별 학원이 다 있어."

"핵교에서는 안 가르치는가요?"

"글쎄, 그것이."

이것을 어떻게 설명해야 좋단 말인가?

"에이그, 불쌍한 것."

박복수가 긴 숨과 함께 말을 뱉었다. 방금 김선호로부터 미경이가 유진이하고 둘이 학원에 안 가려고 한다는 말부터 시작해서 요즘 세상에 학원 안 다니는 애들이 없다는 것, 유진이가 그것을 모를 리가 없다는 이야기까지 들은 것이다. 박복수가 주름진 얼굴로 김선호를 보았다.

"그러면 유진이 그놈이 저한테 말을 안 헌 것이구먼요."

"그런 것 같네."

"불쌍헌 것."

외면한 채 혼잣소리를 하던 박복수가 다시 김선호를 보았다.

"형님, 그 학원비가 얼마나 되는가요?"

"글쎄, 그것이."

알고는 왔지만 김선호가 망설였다. 불쑥 부르는 입장이 염장을 지르는 것처럼 느껴졌기 때문이다. 대책까지 세우고 온 터에 대답 안 할 수가 없다.

"영어, 수학이 한 달에 15만 원여."

"둘 다요?"

"아니, 한 과목당."

한 과목당 30만 원짜리도, 서울에서는 백만 원짜리도 있다지만 박복수 입장에서 볼 때는 그것은 금가루가 숨에 섞여 나오는 세상 이야기다. 박복수가 숨을 들이켜면서 말했다.

"그럼 한 달에 30만 원이네요, 형님."

"그런 셈이여."

"학원 안 나가면 핵교 못 댕기는가요?"

"성적이 떨어진다고 해, 학원 안 나가고 1등 하는 애들도 있다고 들었어."

"거시기, 미경이는 학원 댕기는가요?"

"그것이."

쓴웃음을 지은 김선호가 입맛을 다셨다.

"학원 다니기 싫다네."

"…"

"유진이 생각을 허는 것 같어."

"…"

"즈 엄마가 왜 안 갈라고 하냐고 다그쳤더니 유진이한테 미안허다고 했다네."

그때 숨을 들이켠 박복수가 김선호를 보았다.

"형님, 지가 유진이 학원 보낼랍니다."

"이 사람아, 그렇다면 내가 생각이 있어."

김선호가 손바닥을 펴 보이면서 박복수의 말을 막았다.

"내 말부터 들어봐."

"아, 들을 필요 없습니다, 형님."

머리를 저어 보인 박복수가 말을 이었다.

"지가 몇 년 전부터 모아둔 돈이 좀 있습니다. 지 처가 죽고 나서부터 모은 돈인디 한 천만 원 됩니다."

"…"

"그 돈으로 먼저 학원 보내지요, 월 30이면 그 돈 써도 되지 않겠습니까?"

"…"

"그리고 더 열심히 일혀야지요, 사둔도, 유진이 이모도 일꾼 아닙니까?"

"아, 그거야…"

"미경이 그놈이 참 고맙구면요, 어린것들 마음 쓰는 것이 어른들보다 낫네요."

"아니, 즈그들이 같이 하원 안 가고 놀라고 그런 거지 뭘."

호흡을 가눈 김선호가 지그시 박복수를 보았다.

"자, 그럼 인자 내 말도 들어보게."

박복수의 시선을 받은 김선호가 말을 이었다.

"애들이 다 한다고 내 손녀도 밀어 넣지는 않겠어, 그렇다고 사춘기가 되는 애들한테 상처를 주기도 그렇지 않겠는가? 그러니 우리 애들이 1학년 마칠 때까지 학원 다니게 하세, 2학년이 되면 애들이나 우리도 구별이 되지 않겠는가?"

"예 에."

"그리고."

심호흡을 한 김선호가 지그시 박복수를 보았다.

"복수, 자네는 내 동생 같은 사람이니까 하는 말이네, 내가 1학년 마칠 때까정 한 달에 15만 원은 낼 테니 나한테 나중에 갚게, 그러면 되겠지?"

"아닙니다, 형님."

질색을 한 박복수가 손까지 저었지만 김선호가 말을 이었다.

"갚으라고 했지 않는가? 글고 한 달에 나머지 15만 원은 자네가 만들어서 내게, 월 두 과목에 30만 원이니까 말이여."

"제가 다 냅니다."

"돈 모아둔 것은 나중에 급할 때 쓰고, 그리고 그 이야기를 사둔한테도 하게, 내가 월 15만 원 낸다는 이야기는 절대로 비밀로 하고."

김선호가 다시 못을 박았다.

"유진이가 들으면 상처 받으니까 내가 15만 원 낸다는 말은 하지 말란 말이네, 사춘기 애들이니까, 복수 자네가 신경 써야 되네."

김희선이 알바를 다니기 시작한 것은 10월 초부터다. 전주 시내의 대형 마트에서 오전 10시부터 오후 6시 반까지 계산원으로 근무하게 된 것이다. 시간이 적당한 데다 한 달 140만 원의 고정 수입이 생기게 되어서 온 가족이 반겼다. 김선호, 윤수정은 김희선이 떳떳하게 된 것을 반겼고 박미경은 엄마가 직장인이 된 것을 반겼다. 당사자인 김희선은 그 돈으로 미경이 학원비, 과외비 등 학비를 내게 되었다는 것이 기뻤다. 그래서 김희선은 아침에만 박미경을 학교에 데려다 준다.

"엄마, 오늘 몇 시에 들어와?"

아침에 옷을 갈아입으면서 박미경이 물었다. 박미경은 학교 끝나고 학원에 갔다 오기 때문에 귀가 시간이 들쑥날쑥하다. 오늘은 영어학원에서 2시간 수업을 받고 집에 오면 오후 6시가 된다.

"왜? 난 오늘도 7시 반쯤 오는데, 무슨 일 있어?"

"아니, 학원 끝나고 유진이랑 영화 보고 오면 안 돼?"

"무슨 영화?"

"여름공주."

"언제 끝나는데?"

"5시 프로니까 끝나면 7시쯤 될 거야."

"그럼 집에 오면 8시가 되겠구나."

"응, 저녁 사먹고 오면 9시쯤…"

"안 돼."

"그럴 줄 알았어."

입술을 내민 박미경이 방을 나갔으므로 뒤를 따르던 김희선이 말했다.

"그럼 영화 끝나고 엄마랑 만나서 밥 먹자, 그리고 같이 돌아오면 되겠다."

"정말?"

눈을 크게 뜬 박미경이 곧 활짝 웃었다.

"그렇게만 해주면 짱이지."

"근데 너하고 유진이하고 둘이 영화 보는 거냐?"

"아니, 서동리 민주 언니랑."

"그럼 셋이구나."

마당으로 나온 둘은 김선호와 윤수정에게 다녀온다는 인사를 하고 나서 외양간에 주차된 차에 올랐다. 소형차여서 외양간을 치웠더니 쏙 들어간다.

"좋아, 엄마가 쏘지."

집 앞으로 나왔더니 마침 유진이가 뛰어오고 있다. 유진이는 문촌 마을로 이사 왔을 때와는 몰라보게 달라졌다. 밝고 맑다. 비쩍 말랐던 애가 지금은 통통하다. 뒷좌석에 나란히 앉은 유진에게 박미경이 말했다.

"울 엄마가 우리 영화 끝나고 밥 사주고 데려다 준대."

"정말?"

유진이 운전석에 앉은 김희선에게 꾸벅 머리를 숙였다.

"고맙습니다."

"그래, 맛있는 거 사줄게."

"저, 비상금 있어요, 제 밥값 제가 낼게요."

"아유, 됐다. 이것아, 어른한테 돈 자랑하면 못 써."

박미경이 큭큭 웃었고 유진이 기특해진 김희선이 말을 이었다.

"아줌마가 오랜만에 쏘겠다는데 무시하는 거냐?"

"아뇨?"

"그럼 가만있어."

"알겠습니다."

차가 좁은 농로를 달리고 있었는데 서동리가 보이는 지점에서 벨이 울렸다. 핸드폰을 들고 보았더니 모르는 번호다. 그래서 김희선은 서동리까지 그냥 달렸다. 1백여 미터밖에 떨어지지 않았기 때문이다. 서동리로 들어선 김희선이 숨을 돌렸지만 핸드폰의 벨은 뚝 끊겼다. 요즘은 갖가지 선전에다 보이스피싱까지 시도 때도 없이 걸려 오는 터라 김희선은 애들을 학교에 내려주고 마트를 향해 달렸다. 그때 다시 벨이 울렸다. 조금 전 그 번호다. 마트 주차장에 차를 세운 김희선이 핸드폰을 귀에 붙였다.

"여보세요."

"저, 여보세요, 김희선 씨죠?"

여자 목소리다. 숨을 들이켠 김희선이 미간을 모으고 긴장했다. 보이스피싱에 대비해야 한다.

"네, 그런데요?"

"저기, 윤재일 씨 아시지요?"

숨을 들이켠 김희선이 핸드폰을 고쳐 쥐었다. 이건 보이스피싱보다 더 긴장해야 된다.

"그런데 무슨 일이시죠?"

"윤재일 씨가 제 아버지 되시는데요."

"뭐라고요?"

김희선이 입을 딱 벌렸다. 외삼촌 윤재일은 30년쯤 전에 이혼을 했다고만 알려져 있다. 자식이 있다는 소리는 처음 듣는다. 이건 또 무슨 수작인가?

"확인을 해야겠지."

김태수가 핸드폰에 대고 말한다. 지금 김태수는 회사 사무실에서 김동수와 통화를 하고 있다.

"그나저나 그 양반 끝까지 어머니 애를 먹이는구먼그래."

"아, 정말, 글쎄 말이요, 형."

김동수도 화가 난 듯 목소리가 높아졌다.

"만만한 게 홍어 뭣이라고 왜 또 희선이한테 연락하는 거야?"

"글쎄 말이다. 근데 뭐라고 했다는 거야?"

"외삼촌한테 연락했더니 글쎄, 희선이 전번을 알려주더라는 거야."

"외삼촌이 희선이 전번을 알려줬다고?"

"응."

"에이."

"울더래, 도와달라고."

"누가?"

"그 여자가, 미안하다면서."

그 여자라면 윤재일의 딸이라고 한 여자다. 관계가 좋은 집안이라면 외사촌이 되는 사이다. 윤재일이 김희선한테 사기를 치고 떠난 지 반년이 조금 넘었다. 잠깐 두 형제 사이에 말이 끊겼다. 윤재일의 딸이라고 사칭한 여자한테서 전화를 받은 김희선이 바로 김동수에게 연락을 했던 것이다. 김동수는 또 바로 김태수에게 연락을 했으니 지금은 오전 9시 10분밖에 되지 않았다. 첫 전화를 받은 지 30분도 되지 않은 것이다. 이윽고 김동수가 다시 입을 열었다.

"우리가 무슨 자선 단체도 아니고 외삼촌의 전용 은행도 아니니까 내가 연락해볼게, 그런데…"

"사정이 안 좋대?"

"응, 울고불고해서 희선이도 제대로 못 들었는데 그, 어머니는 몇 년 전에 죽고 그 여자, 그러니까 희선이한테 전화한 여자는 결혼해서 살다가 헤어진 것 같은데 드럽게 복잡해."

"외삼촌의 전처가 죽었단 말이지?"

"그런 모양이야."

"그리고 그 여자는 이혼했고?"

"맞아."

"그 아버지에 그 딸이군."

김동수가 입맛 다시는 소리를 내었고 김태수도 긴 숨을 뱉었다.

"사실이라면 안 됐기도 하다."

"뭐가?"

"흙수저는 흙수저라고."

"나아 참."

김동수의 목소리에 기가 섞였다.

"형, 우리도 흙수저라고, 우리가 금수저란 말이야?"

"아니, 그거야…"

"외삼촌이 오히려 금수저야, 외조부가 우리 조부보다 잘살았어."

"야, 그만두자, 근데 그 여자 아들이 아프다는 거야?"

"백혈병이래."

이제 김태수는 어금니만 물었고 김동수의 말이 이어졌다.

"어렵게 외삼촌한테 연락을 했더니 글쎄, 희선이 전번을 알려줬다는 거야."

"…"

"그냥 연락할 데가 없어서 그랬다지만 이건 거머리도 이런 거머리가 없어, 도대체 그 집안에서 우리한테 왜 이래?"

"…."

"어머니한테 연락하지 않는 것은 나름대로 머리를 쓴 거야, 타깃은 우리 둘이라고."

"…."

"희선이를 통해 우리 둘한테 말이 전해지도록 한 거지, 그 인간 머리가 좋거든."

"내가 만나야겠다."

결심한 듯 김태수가 말했더니 김동수가 말렸다.

"형, 그러지 마, 내가 가깝게 있으니까 먼저 만나볼게."

"네가?"

"그래, 우리가 가만있으면 어떻게 될 것 같아?"

"어떻게 되다니?"

"그 인간이 가만있을 것 같으냐고?"

그 인간이란 바로 외삼촌 윤재일이다. 김동수의 말이 맞았으므로 김태수는 심호흡을 했다. 그러면 틀림없이 어머니 윤수정에게 연락할 것이다. 그렇게 되었을 경우에 어떻게 될지 답안지가 다 나와 있다. 김동수도 그것을 알고 있는 것이다. 어머니 윤수정은 속이 상해서 또 속병을 앓을 것이다. 식사량도 줄이고 얼굴에 그늘이 지면서 말도 드물어진다. 그러나 누구한테 말은 안 하고 윤재일한테 도움도 안 줄 것이다. 그것을 자식들이 그냥 놔둘 수가 있겠는가? 윤재일은 그것을 노리는 것이다. 한두 번 한 장사가 아니기 때문이다. 그때 김동수가 이 사이로 말했다.

"이번에는 가만 안 두겠어, 그것이 사실이건 아니건 간에 말이야."

138

"엄마, 감자 안 먹어?"

감자가 든 그릇을 내려놓은 김희선이 묻자 윤수정이 힐끗 시선만 주더니 다시 TV를 보았다. TV에서는 연속극 재방송이 방영 중이다. 오후 10시 20분, 둘은 거실에 나란히 앉아 있었는데 김선호는 잠이 들었고 미경이는 제 방에서 핸드폰을 조몰락거리겠지만 곧 잘 것이다. 그때 광고가 시작되었으므로 김희선이 다시 물었다.

"엄마, 외삼촌한테서 연락 안 와?"

그때서야 윤수정이 김희선에게 몸을 돌렸다. 그러나 덤덤한 표정이다.

"그 지랄을 하고 갔으니 나한테 연락이 올 리가 있냐? 근데 왜 물어?"

"그래도 엄마 동생이잖아? 하나뿐인 남동생."

"하나뿐인 원수지."

윤수정이 길게 숨을 뱉더니 TV를 보았다가 다시 김희선에게로 머리를 돌렸다. TV에서는 다시 연속극이 나오고 있다.

"너, 그놈한테서 전화 오면 바로 네 오빠들한테 말해야 된다."

"아유, 엄마는 참."

갑자기 머리칼에 전류가 흐르는 느낌이 들었으므로 김희선이 조심스럽게 머리를 만졌다. 아침에 아직 이름도 모르는 그 여자의 전화를 받고 나서 바로 김동수에게 연락을 했지만 하루 종일 찜찜했다. 오후에 김동수가 그 여자를 맡을 테니 신경 쓰지 않아도 된다는 말을 해주었어도 속이 편하지가 않다. 그때 윤수정이 감자를 집으면서 말했다.

"그놈이 어렸을 때 버릇이 잘못 들어서 그래."

윤수정이 김희선을 보았지만 눈동자의 초점이 흐리다.

"네 외조부가 제법 잘사셨는 데다 외아들이라 하고 싶은 건 다 해줬지, 대학도 돈만 내면 되는 대학에 넣었는데 그것도 3년쯤 다니다가 그만뒀단다."

"…"

"그러다 외조부가 보증을 잘못 서준 바람에 집안이 망했어, 사기를 당한 거지. 그때 그놈이 스물여섯인가 되었을 때야, 난 서른여섯이었고."

"…"

"부잣집 망하면 3년은 먹는다고 하더라만 딱 3년은 그럭저럭 살았다. 그러다가 4년째 네 외조부가 돌아가시고 집안이 거덜이 났지."

"외삼촌이 결혼은 했지?"

"그럼 했지, 두 번이나."

"두 번이나?"

놀란 김희선이 숨을 들이켰다. 한 번인 줄 알고 있었던 것이다. 그때 감자를 삼킨 윤수정이 쓴웃음을 지었다.

"처음 결혼은 제대로 했지, 사기를 당하기 1년쯤 전이니까, 제법 얌전한 여자였지, 그런데 집안이 그렇게 되고 그놈이 밤낮 외박을 해 쌓는 통에 누가 견디겠냐? 2년 만에 갈라서더라."

"도장 찍고?"

"그럼, 그래야 여자도 제 갈 길 가지."

"두 번째는?"

"나하고 네 아버지만 결혼식에 참석했어, 나쁜 놈 같으니."

윤수정의 눈동자에 초점이 잡혀졌다. 숨을 죽였던 김희선이 윤수정을 보았다. 지금 오전에 전화를 한 여자의 내력이 나올지도 모르는 것이다. 윤수정이 말을 이었다.

"착한 여자였는데 3년쯤 살다가 또 다른 여자가 생겨서 이혼했다. 집을 나간 바람에 그 여자가 그놈을 찾으려고 여러 번 나한테도 왔었지."

"…."

"결국은 이혼을 하더구나."

"…."

"그런 여자를 버렸으니 평생 저 꼴이지."

"자식은 없고?"

"딸을 하나 낳았다던데, 난 얼굴도 못 보았다."

"…."

"물론 그 여자가 딸도 데리고 갔지."

"그럼 외삼촌의 유일한 혈육이네?"

"하난지 다섯인지 어떻게 아냐? 그놈 여자가 하나둘이었어야 말이지."

"…."

"남자는 제 식구를 책임져야 한다."

TV에 시선을 준 채 윤수정이 말을 이었다.

"제 새끼를 버린 놈은 남자도 아녀."

"…."

"난 한동안 그놈 딸을 찾으려고 했단다. 갈라섰어도 그놈 딸 아니냐? 그런데…"

"그런데 왜?"

"이민을 갔더구나, 남미 어딘가로."

"…."

"거기서 잘 살겠지."

김희선이 길게 숨을 뱉었다. 이제 알았다.

라운지를 들어선 김동수가 주위를 둘러보았다. 오후 3시, 대전 국제 호텔 18층의 라운지 안, 자주 오는 곳이어서 김동수 옆을 지나던 종업 원이 인사를 했다. 그때 김동수는 창가에 혼자 앉아 있는 여자를 보았 다. 옆쪽 의자 위에 검정색 헝겊 가방이 놓여 있다. 시선이 마주치자 여 자는 당황한 표정을 짓는다. 머리는 뒤로 묶었고 회색 카디건을 입었 다. 진한 색 바지에 운동화 차림, 김동수가 다가가자 여자는 엉거주춤 일어섰다. 흰 얼굴이 상기되어 있다. 다가서면서 김동수는 심호흡을 했 다. 오전에 김희선한테서 여자의 내력을 들은 것이다. 윤수정이 김동수 는 물론 김태수한테도 말해주지 않았던 내력이다. 외삼촌에게 딸이 있 는 것은 맞다. 또 딸의 나이가 지금은 33살이 되어야 맞다. 외삼촌이 두 번째 결혼했을 때가 32살이었고 그때 딸을 낳았으니까 그렇다. 다가선 김동수가 여자에게 물었다.

"윤정인 씨?"

"네."

얼굴이 빨갛게 된 여자가 입안에서 우물거리듯 대답했다. 여자의 이 름은 윤정인이다. 머리만 끄덕인 김동수가 앞쪽에 앉자 윤정인이 주춤 거리며 앉는다. 종업원이 다가왔으므로 김동수는 커피를 시키자 윤정 인도 같은 것을 시켰다. 김동수가 심호흡을 하고 나서 물었다.

"지금 천안에 산다고 했지요?"

"네."

시선을 내린 윤정인이 대답했다.

"애가 천안 성모병원에 있어서요."

"지금 몇 살이죠?"

"다섯 살…"

"실례지만 애 아빠하고 헤어졌다고 하셨던가?"

"이혼했습니다."

"언제요?"

"4년쯤…"

"아아."

이 내용은 다시 김희선, 김태수에게 전달이 되어야 한다. 그러나 아직 확인 작업이 더 남았다. 마침 커피가 날라져 왔으므로 김동수는 커피 잔을 쥐었다. 한 모금 커피를 삼킨 김동수가 또 물었다.

"외삼촌, 그러니까 윤정인 씨 아버님하고는 어떻게 연락을 하셨지요? 전부터 계속 연락하는 사이였습니까?"

"예, 7, 8년 되었어요."

"그러면 자주 만나셨어요?"

김동수는 윤정인이 어머니를 따라 이민을 갔다는 이야기를 오늘 아침에 김희선한테서 들었다. 그런데 먼저 그 이야기를 꺼내지 않는다. 윤정인한테 들어보려는 것이다. 그때 윤정인이 대답했다.

"제가 한국에 와서 처음 만났어요, 그러니까 1년쯤 전에요."

"한국에 오다니요?"

알면서도 묻는 터라 조금 미안했지만 어쩔 수 없다. 김동수의 시선을 받은 윤정인이 이제는 열심히 대답했다.

"제가 세 살 때 남미 볼리비아로 어머니 따라 이민을 갔거든요, 어머니 친척이 그곳에 계셔서 가게 되었어요."

"…"

"그곳에서 6년쯤 전에 어머니가 돌아가셨고 저는 이혼하고 아들이랑 둘이 살다가 작년에 귀국했어요."

"그렇군요."

"아버지하고는 제가 결혼하기 전에 어머니를 졸라서 연락하게 되었지요. 아버지는 제 결혼식에는 오시지 못했지만 자주 연락을 해주셨어요."

"…."

"제가 어렵게 살았기 때문에 어머니가 돌아가신 후부터는 아버지 도움을 받고 살았어요, 거기도 살기가 어렵거든요."

윤정인이 물기가 가득 고인 눈으로 김동수를 보았다.

"아버지도 어렵게 사시면서도 매달 꼬박꼬박 천 불씩 보내주셨어요."

"…."

"이번에 언니 전화번호를 알려 주시면서도 지난번에 언니한테 빌린 돈 1백만 원도 갚지 못하고 있다고 하시더군요."

"…."

"아버지가 직접 전화를 해야 되겠지만 너무 여러 번 신세를 져서 못하겠다고 하셨어요."

마침내 윤정인의 눈에서 주르르 눈물이 흘러내렸다. 당황한 윤정인이 손등으로 눈물을 닦더니 곧 헝겊 가방 안에서 손수건을 꺼내 얼굴을 닦는다. 그러고는 딸꾹질을 하더니 말을 잇는다.

"제 아들이 그렇게만 되지 않았어도 이렇게 만나지는 않았을 겁니다. 정말 난생처음 만난 여자가 친척이라고 찾아와 손을 벌리는 꼴이니까요, 부끄럽습니다."

면사무소 근처의 방앗간에 있던 김선호가 김동수의 전화를 받았다. 토요일 오후 2시, 방앗간에서 말린 고추를 빻고 있던 중이다.

"어, 너, 웬일이냐?"

자식 전화는 언제나 반갑다. 대뜸 그렇게 물었더니 김동수도 물었다.

"아버지 지금 방앗간에 계시지요?"

"그건 어떻게 알아?"

"희선이한테서 들었어요."

"넌 나한테 전화하기 전에 희선이한테 먼저 하냐?"

"아버지도 참, 잘되었네요."

"뭐가?"

방앗간 소음이 컸으므로 밖으로 나온 김선호가 옷의 먼지를 털었다. 그때 김동수가 말했다.

"아버지, 30분쯤 후면 제가 거기 도착할 겁니다. 지금 전주 시내로 들어왔거든요."

"어? 전주에 왔어?"

"아버지 뵈려고요."

"나, 고추 빻고 갈 테니까 네가 먼저 집에 가 있어, 네 어머니가 집에 있으니까."

"아, 글쎄, 아버지부터 뵈어야 해요."

"왜?"

"아직 어머니한테 저 온다는 말씀 하지 마세요."

"왜?"

"외삼촌 이야기여서 말입니다."

"아니, 또?"

버럭 목소리를 높였던 김선호가 어깨를 늘어뜨리면서 말했다.

"알았다, 이리 오너라."

사태를 대번에 짐작한 눈치다. 그로부터 40분쯤 후에 김선호는 방앗간 옆에 주차시킨 김동수의 승용차 뒷좌석에 앉아 있었다. 김동수가 옆쪽에 앉았더니 김선호는 어깨를 부풀리며 물었다.

"자, 말해라, 그놈이 또 온 거냐?"

"예, 희선이한테서 연락이 왔는데요."

"옳지, 또 희선이에게 갔구먼."

예상이 맞았다는 듯이 김선호가 어금니까지 물었다.

"이놈, 이번에는 가만 안 둔다."

"그런데요, 아버지."

"말해."

눈을 치켜떴던 김선호의 이맛살이 찌푸려졌다. 김동수의 얼굴에 쓴 웃음이 번지고 있었기 때문이다.

"왜 그려?"

오히려 더 불안해진 김선호의 목소리가 낮아졌다.

"무슨 일이냐?"

"희선이한테 외삼촌 딸이 연락을 해온 겁니다, 아버지."

"딸이? 그놈 딸이?"

"예."

김동수를 응시한 김선호의 눈동자에 초점이 멀어졌다.

"가만, 그놈 딸이 있었지, 있었기는 해."

혼잣소리처럼 말했던 김선호가 눈동자의 초점을 잡았다.

"아니, 그 애는 이민을 갔는데? 몇십 년쯤 된다."

"예, 아버지, 제가 만났어요."

"뭐어?"

놀란 김선호가 입을 쩍 벌렸을 때 김동수는 차분하게 처음부터 이야기를 시작했다. 김선호는 몸을 굳힌 채 듣다가 윤정인의 어머니가 죽었다는 말을 할 때부터 어깨를 늘어뜨리더니 혀를 차는 빈도가 높아졌다. 윤재일이 6년쯤 전부터 윤정인에게 매달 천 불씩 한 달도 빼놓지 않고 보내주었다는 말을 듣고 나서는 시선을 내리더니 들지 않았다. 이윽고 김동수가 말을 마쳤지만 차 안에는 무거운 정적만 덮였다. 김선호는 앞쪽 등받이만 본 채 입을 열지 않았고 김동수는 반대편으로 머리를 돌려 방앗간만 보았다. 그때 김선호가 불쑥 물었다.

　"그리서?"

　그러자 예상하고 있던 김동수가 대답했다.

　"형하고 상의했어요, 도와줘야 되지 않겠습니까? 그래서 아버지께도 여쭤보려고 온 겁니다."

　"…"

　"지금 어머니한테 말씀드리면 또 외삼촌 때문에 식구들 괴롭히는 것이라고 속상해하실 것 같아서요."

　"…"

　"그리고 솔직히 이 일은 외가 쪽 일이어서요, 형이 형수나 제 처한테는 이야기하지 않는 것이 낫겠다고 하네요."

　"…"

　"저도 그런 생각이고요."

　"…"

　"아버지, 어떻게 생각하세요?"

　김동수의 시선을 받은 김선호가 어깨를 펴더니 헛웃음부터 웃었다.

　"허, 네 외삼촌이 남자 자격이 있구나."

그날 밤 김선호는 대취했다. 소주를 두 병 반 정도나 마셨기 때문에 놀란 윤수정이 술 빨리 깨라고 소화제를 먹이려고 할 정도였다. 김동수가 말렸기 때문에 무사했지 김희선과 윤수정만 있었다면 김선호는 소화제를 먹었다.

"무슨 일이다냐?"

별일이 다 있다는 듯이 윤수정이 놀라면서도 싫은 기색은 아니었다. 내막을 아는 김동수와 김희선은 그냥 웃기만 했을 뿐이다. 술에 취한 김선호가 한 말을 또 하고 또 했어도 집안 분위기는 밝다. 밤 11시가 넘을 때까지 떠들썩했으므로 철수도 신기한지 토방 위로 올라와 집 안을 굽어보고 돌아갔다. 김선호가 방으로 들어갔을 때는 밤 12시가 다 되었을 때다. 떠들어서 술이 조금 깬 김선호가 벽에 등을 기대고 앉아 이불을 펴는 윤수정을 보았다.

"그리고 봉께 자네가 활짝 웃은 적이 드물었던 것 같혀."

불쑥 말을 내놓은 김선호가 트림을 했다.

"여름에 꼼에 갔을 때 자주 웃었지만 말이여."

"왜, TV서 코미디 보고 웃었지."

시큰둥하게 대답한 윤수정을 보자 김선호가 크게 숨을 들이켰다.

"자네가 크게 웃을 일이 있기는 혀."

"왜? 코미디 할라요?"

베개를 놓으면서 윤수정이 건성으로 물었다.

"웃기는 일이라도 당신이 하면 성난 사람 같아서 안 될 거요."

"이 사람이 악담하는 것 좀 봐."

"당신은 웃기는 역할이 안 돼요, 학생들 모아놓고 훈계를 한다면 잘하겠지."

148

"재일이 딸이 왔어."

불쑥 말을 뱉은 김선호가 저도 놀라 숨을 들이켰다가 곧 어깨를 폈다. 술기운이 확 달아났고 이것은 숨길 일이 아니라는 생각이 들었다. 그리고 언제까지 비밀로 해놓을 것인가? 언젠가는 윤수정이 알아야 할 일이다. 술 마시면서도 수없이 그 생각을 했던 김선호다. 그래서 술을 많이 마신 것 같기도 하다.

"누구 딸이요?"

이불을 끌어당겨 덮으면서 윤수정이 건성으로 물었다. 재일이 이름을 잘못 들은 것 같다. 그래서 동네 사람 딸이 온 것으로 안다. 그때 김선호가 또박또박 말했다.

"자네 동생 딸 말이여, 그 딸을 동수가 만났다고."

그 순간 숨을 죽인 윤수정이 누운 채 김선호를 보았다. 그러고는 움직이지 않는다. 다시 김선호가 말을 이었다.

"서른셋이라는데, 애가 안됐어, 4년 전에 이혼하고 작년에 한국에 들어왔다는구면. 다섯 살짜리 아들을 데리고…"

"…"

"즈그 어머니, 그러니까 재일이 전처는 볼리비아에서 죽었대, 6년 전에."

"…"

"근데 재일이가 6년쯤 전부터 걔, 윤정인한테 매달 천 불씩 꼬박꼬박 보내주었다는구면, 한 달도 빼놓지 않고 말이여."

이제 김선호는 술이 깨버렸는지 목소리도 또렷했다. 그때 윤수정이 소리 없이 몸을 일으켰다. 아직도 얼굴이 하얗게 굳어졌고 손도 함부로 놓지 않는다. 눈은 김선호한테 고정시켜 놓은 것이 단 한마디도 흘려듣지 않으려는 것 같다. 집은 조용하다. 김선호가 다시 말을 이었다.

"근디 걔, 윤정인이, 다섯 살짜리 아들이 백혈병이래여, 그래서 걔가 희선이한테 연락했다는구먼, 도와 달라고 말이여."

"…."

"재일이가 저는 미안해서 연락 못 한다고 희선이 전화번호를 알려 준 거여, 희선이는 동수한테 이야기를 했고, 그래서 동수가 만난 거지."

"…."

"당신 아들들이 걔를 도와주기로 했어. 그 이야기를 해주려고 동수 가 온 거여."

"…."

"당신한테 말 못 한 것은 외삼촌이 자식들을 또 괴롭힌다고 당신이 속상할까 봐서 말 안 한 거라고."

"…."

"근디 나는 당신 서방이니까 속상허건 뭐건 말해주는 것이고."

"아이고, 아버지!"

갑자기 윤수정이 신음 같은 소리를 냈으므로 김선호는 깜짝 놀랐다. 그때 윤수정의 입에서 울음이 터졌다.

"아이고, 아이고, 어쩔거나."

실색을 한 김선호가 벌떡 일어섰다가 아직 술기운이 남았던 터라 어 지러워서 이불 위로 넘어졌다. 이제는 윤수정의 사설 섞인 울음이 터져 나왔다.

"아이고, 아버지, 아버지, 이제야 재일이가 남자 구실을 한답니다. 아 이고, 우리아버지!"

밖에서 김동수와 김희선이 달려오는 소리가 들린다.

다음 날 아침 8시 반에 김선호, 윤수정은 김동수의 차로 천안으로 출발했다. 김태수도 11시에 천안 성모병원에서 만나기로 하고 윤정인한테도 연락했다. 네 고모하고 고모부가 오신다고 했더니 놀란 윤정인은 말까지 더듬었지만 싫은 기색은 아니었다. 어젯밤 윤수정은 한바탕 울고 나서 바로 윤정인을 만나 보겠다고 결정한 것이다. 김선호도 두말하지 않았고 갈 테면 빨리 가자고 했다. 김동수는 오늘 강의가 있었지만 부모를 모시고 가기로 했다.

"잘생겼대?"

차가 전주 톨게이트를 지나 호남고속도로 상행선을 달리기 시작할 때 윤수정이 불쑥 물었다. 윤정인을 묻는 것이다.

"아, 잘생겼어요, 미인이에요."

힐끗 백미러에 대고 김동수가 말하더니 앞쪽을 향해 말을 이었다.

"외삼촌 닮은 것 같기도 해요."

"니 외삼촌 잘생겼지."

혼잣소리처럼 윤수정이 말했을 때 이번에는 백미러에서 김동수와 김선호의 시선이 마주쳤다. 김동수는 윤수정의 입에서 그런 소리가 나오는 것을 처음 듣는다. 김선호도 마찬가지일 것이다. 그때 이번에는 김선호가 물었다.

"니 외삼촌한테 연락을 했다더냐?"

"누가요?"

"누군 누구야? 걔, 윤정인인가 걔가 말이여."

"글쎄요, 모르겠지만…"

머리를 기울였던 김동수가 말을 이었다.

"아버지, 어머니가 가신다고 했는데 연락했지 않겠습니까?"

151

윤수정은 입을 다물었고 김선호가 다시 말했다.

"하긴 네 외삼촌이 우리한테 면목이 없어서 나타나지 않을지 모르겠다."

"윤정인한테 연락처 받아서 제가 연락을 해볼까요?"

그때 윤수정이 말했다.

"놔둬라, 지가 나오고 싶으면 나오겠지."

부자가 입을 다물자 윤수정의 말이 이어졌다.

"귀찮은 건 싫어하는 놈이니까."

차가 병원에 도착했을 때는 오전 10시 30분이다. 윤정인하고도 11시에 만나기로 했는데 병원 로비에는 김태수만 먼저 와 있다.

"아, 네가 일찍 왔구나."

자식이 반가운 김선호가 웃음 띤 얼굴로 다가갔고 윤수정은 눈에 물기까지 고였다. 김태수는 벌써 양손에 선물 박스를 쥐고 있다.

"아버지, 어머니, 오셨어요?"

김태수의 얼굴도 밝다.

"저는 열차를 탔더니 너무 일찍 왔습니다."

"아버지, 전화 해볼까요?"

핸드폰을 꺼내들면서 김동수가 묻자 둘이 똑같이 손을 저어 말렸다.

"아직 시간이 30분이 더 남았다. 좀 기다려라."

김선호가 윤수정과 로비의 플라스틱 의자에 나란히 앉는다.

"그럼 앉아 계세요."

둘에게 말한 김동수가 김태수와 함께 로비 구석으로 다가가 섰다.

"형, 내가 이러면 나쁜 놈인데."

어깨를 들었다가 내린 김동수가 김태수를 보았다.

"무슨 일인데?"

김태수가 묻자 김동수는 힐끗 부모 쪽에 시선부터 주고 나서 대답했다.

"차 타고 오면서 이야기하다 생각난 건데, 오늘 외삼촌이 면목 없어서 나타나지 못할 것 같다는 이야기가 나왔거든."

"그야…"

그때 입맛을 다신 김동수가 말을 이었다.

"그래, 내가 나쁜 놈인지 몰라, 하지만 저, 윤정인이란 애, 자세히 조사해보는 게 낫지 않을까? 어머니, 아버지한테는 비밀로 하고 말이야."

"아니, 그렇다면."

얼굴을 굳힌 김태수가 바짝 다가섰다.

"그럼 이 병원에 있는 여자가 가짜일 가능성이 있다는 거냐?"

"외삼촌께는 죄송하지만 지금까지 우리가 숱하게 당했지 않아?"

"…"

"외삼촌은 면목이 없어서 나타나지 못한다는 이런 상황이 아주 잘 준비된 것 같아 보인단 말이야."

"하긴."

입맛을 다신 김태수가 힐끗 부모 쪽을 보았다.

"어떻게 할래?"

"윤정인이란 이름으로 보호자 등록이 되어 있을 거야, 아들을 입원시켰으니까 말이야."

"그렇겠지."

"내 후배가 이쯤 조사하는 건 일도 아냐, 아마 두어 시간이면 다 나올 거야."

김태수가 머리만 끄덕였을 때 김동수는 전화기를 꺼내 들었다.

윤정인이 다가왔을 때 윤수정은 말도 꺼내기 전에 눈물을 쏟았다. 그것을 본 윤정인도 눈물바람이었는데 곧 둘은 부둥켜안고 울었다. 소리는 내지 않았지만 우는 모습이 볼만했기 때문에 남자들 셋이 3면을 둘러싸고 주위 시선을 차단시켜야만 했다. 이윽고 둘의 울음이 끝났을 때는 5분쯤이 지난 후다. 이 꼴로 바로 병실에 들어갈 수가 없었기 때문에 다섯은 병원 지하층의 식당으로 내려갔다. 식당 구석자리에 둘러앉아 자릿값을 하느라고 음식을 시킨 다섯은 곧 30년 만의 이산가족 상봉에 들어갔다. 김선호는 물론이고 윤수정도 처음 보는 조카다. 말만 들었던 조카가 나타난 것이다. 어젯밤에 김선호에 이어서 김동수로부터 여러 번 들었음에도 윤수정은 묻고 또 물었다. 그러고는 같이 울다가 다시 시작했다. 30분쯤이 지났을 때 다섯은 10층 입원실로 올라가 윤정인의 아들 이상규를 만났다. 5살짜리 아이는 조그맣고 야위었다. 6인실의 구석 쪽 침대에서 가는 팔에 링거 줄을 매달고 누워 있는 것을 본 윤수정이 다시 눈물을 쏟았다. 김태수도 가슴이 미어져서 어금니를 물어야만 했다. 아이는 백혈병으로 길어야 반년밖에 살지 못한다는 것이다.

"세상에, 세상에."

윤수정이 어깨를 늘어뜨리며 탄식했다. 얼굴의 주름이 더 깊어졌고 눈동자의 초점이 멀다.

"세상에, 이런 법이 어디 있단 말이냐?"

아이는 지쳤는지 눈을 감은 채 잠이 들어 있다. 그때 윤정인이 말했다.

"고모님, 나가시지요, 아이가 깨겠어요."

"오냐, 그러자."

놀란 윤수정이 서둘러 일어서다가 비틀거렸으므로 김태수가 부축했다. 병실을 나온 다섯은 다시 휴게실에 둘러앉았다.

"네 아버지는 여기 다녀갔어?"

윤수정이 묻자 윤정인이 머리를 끄덕였다.

"네, 여러 번…"

"우리가 오늘 오는지 아냐?"

"네, 고모님."

"그, 님 자는 빼라."

"네, 고모."

"네 아버지가 지금 어디 있는지는 아냐?"

"부산에 계시다가 대구에도 계시고…"

"아이구."

"하지만 저한테는 꼬박꼬박…"

시선을 내린 윤정인이 말을 이었다.

"상규 나으면 꼭 셋이 같이 살겠다고 하셨어요, 집도 얻어 놓으시겠다고."

윤정인의 두 눈에 다시 물기가 배어났다.

"그때는 누님한테 보여 드리겠다고…"

"아이구, 못난 놈."

어깨를 늘어뜨린 윤수정이 길게 숨을 뱉었다.

"그놈은 왜 이렇게 운이 안 풀리는지 모르겠구나."

그때 김태수가 말했다.

"어머니, 이제 좀 쉬시다가 정인이하고 점심이나 같이 하시지요, 정인이가 너무 오래 나와 있습니다."

"그렇구나."

정신을 차린 윤수정의 눈에 초점이 잡혀졌다.

"나 때문에 아이를 혼자 두었다."

"그러지, 같이 밥이나 먹자."

김선호가 머리를 끄덕이며 말했다.

"병실에 들어가 있어라, 우리가 곧 연락할 테니까."

"네, 들어가 있을게요."

윤정인이 두 손을 배 앞에 모은 자세로 공손히 인사를 하고 돌아갔다.

"꼭 제 아버지를 빼닮았구나."

김선호가 윤정인의 뒷모습에 대고 탄식하듯 말했다. 그때 윤수정이 머리를 저었으므로 모두의 시선이 모여졌다.

"왜?"

김선호가 묻자 윤수정이 대답했다.

"제 어미를 닮은 것 같아요."

"그렇지, 당신은 재 엄마를 몇 번 만났지."

김선호가 혀를 찼다.

"집 나간 남편을 찾겠다고 당신한테 왔지?"

"자, 가시지요."

김태수가 말했으므로 모두 자리에서 일어섰다.

"인연이 이렇게 이어지다니."

엘리베이터를 타고 내려가면서 김선호가 탄식했다.

"그런데 그 대(代)가 끊어진단 말인가?"

윤수정은 벽만 바라본 채 대답하지 않았다. 윤정인 밑의 아들까지

156

생각이 미치지 않는 것 같다. 윤정인만으로도 벅찼기 때문이다. 12시가 되어 가고 있었으므로 그들은 근처 한정식당의 방을 하나 빌리기로 했다. 그곳에서 다섯이 함께 있으려는 것이다.

　오후 1시 정각, 김동수가 버튼을 누르자 신호음 두 번 만에 응답소리가 들렸다.

　"형님, 접니다."

　용역회사 사장 고진복, 지금은 정보통신 회사로 사명(社名)을 바꾸었고 직원도 늘어났다. 간통죄가 폐지된 후로 수익이 늘어났다는 것이다. 김동수가 심호흡을 하고 나서 핸드폰을 고쳐 쥐었다. 이곳은 한식당의 옆쪽 골목 안, 지금 한식당에서는 가족 다섯 명의 점심 겸 이산가족 상봉회가 끝나가는 중이다.

　"그래, 어떻게 된 거냐?"

　김동수가 묻자 기다렸다는 듯이 고진복이 대답했다.

　"예, 호적등본도 확인했습니다. 윤재일 씨가 현재 주민증 말소가 된 상태지만 30년 전 등본을 추적했지요, 혈액형까지 말입니다."

　김동수가 참고 듣는다. 이놈들은 가격을 올리기 위해 성과를 자랑하는 버릇이 있는 것이다. 고진복의 말이 이어졌다.

　"예, 윤정인 씨는 윤재일 씨 딸이 맞습니다. 33세, 볼리비아에서 1년 전에 귀국한 것도 맞습니다."

　"그렇군."

　갑자기 감동한 김동수가 추임새를 넣었다. 이러면 가격이 올라가는데도 어쩔 수 없다. 그때 고진복의 목소리가 더 높아졌다.

　"영구 귀국을 해서 주민증도 발급 받았습니다. 국적을 찾은 것이지요."

"잘했군."

"형님의 외사촌 동생이 맞습니다."

"감동적이야, 이산가족 상봉한 것 같다니까."

윤정인한테 미안한 감정이 치밀어 오른 김동수가 말을 이었다.

"어머니가 울고불고 난리셨고 나도 그렇다. 외가 쪽 친척이 드물거든."

"그러시군요."

"더구나 아들까지 그렇게 되어서 말이야."

"예, 그런데 윤정인 씨는 아들이 없습니다."

"…"

"1년 전에 귀국할 때 혼자 왔습니다."

"…"

"아이가 어렸기 때문에 기록이 되지 않았나 하고 체크했지만 외국에서 들어오는 개까지 입력시키는 마당에 4살짜리를 빼놓을 순 없지요, 이도 아니고…"

"뭐? 이?"

"그, 몸에 붙어 피 빨아먹는 이 말입니다. 한국에서는 없어졌지만…"

"…"

"제가 네팔에 갔다가 옷에 이를 붙여왔거든요, 집에서 난리가 났죠, 무려 한 달 동안 마누라 옆에 가지를 못 했습니다."

"…"

"가져갔던 옷, 가방까지 다 버렸다니까요."

"너."

멍한 표정으로 앞쪽만 보던 김동수가 고진복의 말을 잘랐다. 그때 고진복도 뚝 말을 멈춘 것이 일부러 사설을 지껄인 것 같다. 충격을 완

화시키려는 의도였을까? 어깨를 부풀린 김동수가 갈라진 목소리로 물었다.

"어떻게 된 거야?"

"그 아이, 이상규는 부모가 있습니다. 아버지는 이동민, 그리고 어머니가 최지향이네요."

"…"

"병원에 확인해 본 결과 10층 1032호실의 환자 이상규의 간병인으로 윤정인이 등록되어 있었습니다."

"…"

"부모가 직장에 다니는 데다 밑에 3살짜리 딸이 있어서 자주 병원에 나올 수가 없다고 합니다. 형님, 듣고 계십니까?"

"들어."

"그리고 이상규는 백혈병이 아닙니다. 놀다가 계단에서 떨어져서 가벼운 뇌출혈을 일으켰고 사흘 후면 퇴원한다고 합니다."

"…"

"그리고 한 가지 더 있네요."

고진복의 목소리에 웃음기가 띠어졌다.

"윤정인이 귀국한 후 1년 동안 사기 전과를 하나 기록했습니다. 부동산 사기로 1년 징역에 집행 유예 2년을 선고 받았는데 지금도 집유 기간이구먼요."

"됐다."

어깨를 부풀렸다가 내린 김동수가 부드럽게 말했다.

"수고했어, 내가 오후에 다시 전화할게."

"예, 형님."

핸드폰을 귀에서 뗀 김동수가 곧 식당 안으로 들어서자 가족들이 나오고 있다.

"오빠, 일 끝내셨어요?"

윤수정 옆에 붙어 있던 윤정인이 웃음 띤 얼굴로 물었다.

"응, 그래."

머리를 끄덕인 김동수의 시선이 옆쪽의 어머니와 마주쳤다. 그 순간 외면한 김동수의 어금니가 저절로 물려졌다. 부전자전인가? 저것들이 어머니하고 무슨 원수가 졌다고 이러는가?

윤정인을 다시 병원 로비까지 데려다준 가족들이 병실로 올려 보냈다.

"내가 이따 전화하마."

잠시 헤어지는 것도 아쉬운 듯이 윤수정이 손까지 흔들었다.

"네, 고모."

윤정인의 눈도 습기로 번들거렸다. 윤정인이 탄 엘리베이터 문이 닫히자 윤수정은 길게 숨을 뱉었다.

"에이구, 저 애 팔자가 왜 저런고?"

"자, 가자."

김선호가 입맛을 다시면서 발을 떼었다. 내일 다시 만나기로 한 것이다. 병원을 나오면서 김선호가 혼잣말을 했다.

"가만, 내가 1천5백쯤 있고, 농협에서 1천만 원쯤 빌려야겠군."

윤정인의 병원비 등이 천만 원 가깝게 밀려 있는 데다 빚이 1천만 원쯤 있다고 했던 것이다. 김선호는 거기에다 5백을 더 얹어서 줄 모양이다.

160

"아니, 내가 6백쯤 있어요."

윤수정이 말했다.

"애들이 용돈 준 거 모아 놓은 것이 있으니까 농협에 안 가도 돼요."

주차장으로 걸으면서 둘이 말을 주고받는다. 다시 김선호가 혀를 찼다.

"어허, 그건 놔둬, 내가 빌리면 돼, 그 돈은 희선이한테 쓰라고."

그때 뒤를 따르던 김동수가 앞쪽에 대고 말했다.

"아버지, 어머니, 여기 차 키 있으니까 차에 들어가 계세요. 저, 잠깐 형하고 이야기 좀 하고 갈게요."

그러자 키를 받은 김선호가 정색했다.

"너희들, 돈 이야기할 것 없다. 나하고 네 어머니가 알아서 할 테니까, 너희들이 우리한테 주는 돈만 해도 우린 충분하다."

"아니, 그게 아니라요."

김동수가 손부터 들었을 때 김태수가 말렸다.

"알았습니다, 아버지, 들어가 계세요."

부모를 먼저 주차장으로 들여보낸 둘이 옆쪽 편의점 귀퉁이에서 마주보고 섰다.

"무슨 일인데?"

김태수가 물었는데 표정이 굳어 있다. 김태수는 김동수가 고진복을 만나고 온 것을 아는 것이다.

"형, 예상했던 대로야."

쓴웃음을 지은 김동수가 김태수를 보았다.

"막상 말을 하려니까 몸서리가 나네, 온 몸에서 소름이 돋아나."

"뭐야? 가짜야?"

"진짜니까 더 징그러."

"무슨 말이야?"

눈을 치켜뜬 김태수가 한 걸음 다가섰고 김동수가 입을 열었다. 김동수의 이야기가 끝날 때까지 김태수는 눈도 깜박이지 않고 듣기만 했다. 이윽고 이야기가 끝났을 때 김태수의 시선이 주차장 쪽으로 옮겨졌다. 여기서는 김동수의 차가 보이지 않는다.

"어머니가 불쌍해서 어떻게 하냐?"

김태수의 입에서 나온 첫말이다. 두 번째 말이 이어졌다.

"그거 알면 쓰러질 텐데."

"그렇지."

어깨를 늘어뜨린 김동수가 입맛을 다셨다.

"난 저 년 잡아넣을 생각만 했지, 그 생각을 못 했네, 역시 형은 효자야."

"무슨 방법이 없을까?"

"어머니 모르게 처리하는 방법?"

"아버지도 모르시면 좋겠는데."

"아버지까지? 그럴 필요까지는 없다고 생각해, 형."

"그럴까?"

"아버지는 알고 계셔야 한다고, 그래야 대비가 돼, 외삼촌 일가의 진면목을 알고 계셔야 된다고."

"하긴 그렇다."

어깨를 늘어뜨린 김태수가 김동수를 보았다. 지친 표정이다.

"어떻게 할래?"

"나한테 맡겨, 내가 그런 머리는 잘 돌아가니까."

162

어깨를 부풀린 김동수가 말을 이었다.

"어머니가 내일 다시 오시기 전에 처리를 해야겠지."

"그렇지."

"사기로 처리하면 어머니가 알게 돼, 그러니까 쫓아내는 수밖에 없어."

김동수가 어금니를 물었다가 풀었다.

"저년 배후에 외삼촌이 있어, 지금 어디선가 우리를 지켜보고 있을지도 몰라."

"친척이 아니라 웬수구면."

김태수가 주위를 둘러보며 말했다.

"악인은 끝까지 악인인가?"

"형, 서둘러야겠어. 저것도 내일 어머니한테 돈을 받으면 사라질 테니까 말이야."

김동수가 김태수의 팔을 잡으면서 발을 떼었다.

병원 세척실 안, 옆에서 그릇을 씻던 젊은 여자가 그릇 바구니를 놔두고 세척실을 나갔다. 씻을 것을 두고 온 것 같다. 그때 윤재일이 말했다.

"내일 돈 받자마자 튀는 거야, 인사 차리고 미적미적할 필요가 없어."

"나 참."

쓴웃음을 지은 윤정인이 허리를 펴고 윤재일을 보았다.

"내가 어린애인 줄 압니까? 놔두세요."

"거기 아들놈들, 특히 동수란 놈이 사냥개 같은 놈이다. 조심해야 돼."

"그놈이 사냥개라면 난 사자죠, 암사자."

"내일 몇 시에 온다고 했지?"

"전화한다고 했어요, 그보다도."

머리를 돌린 윤정인이 윤재일을 보았다. 눈이 가늘어져 있다.

"배당금 말이에요, 3대7은 안 되겠어요, 내가 최소한 6할은 가져야겠어요."

"뭐? 이런, 순."

당장 눈을 치켜뜬 윤재일이 어깨를 부풀렸다. 오후 7시 40분, 저녁을 마친 환자들은 쉬는 시간이었고 그릇을 씻는 세척실에는 둘뿐이다.

"너, 도둑이냐? 니가 6할 먹는다고?"

윤재일이 목소리를 높였지만 윤정인이 코웃음을 쳤다.

"내가 3할 먹는다구요? 이보세요, 손도 안 대고 코 풀 생각을 했어요? 누가 도둑 심보인데, 나더러 도둑이래?"

"아니, 이게 애비한테 하는 말버릇 좀 봐? 얻다 대고."

"여보세요, 아버지면 아버지 노릇이라도 하고 대접을 받아야죠."

낮지만 윤정인의 목소리도 날이 섰다.

"뭐? 어머니 돌아가시고 6년 동안 매월 천 불씩 보내줘? 그렇게 말하라고 시키면서 얼굴도 근질거리지 않습디까?"

"아니, 이…"

"돈 보내기는커녕 어머니한테 사기를 쳤던 사람이야, 당신은."

"뭐? 당신?"

"귀신같이 볼리비아에 있는 어머니 전번을 알아내서 돈 보내 달라고 했지 않아? 병원에 있다고 말이야."

이제는 윤재일이 입을 다물었고 윤정인의 말이 이어졌다.

"어머니는 인생이 불쌍하다면서 3천 불을 보내주었지, 안 그래요?"

"…"

"그러고 나서 어머니 돌아가시기 전에 연락했더니 전화도 받지 않았지요?"

"야, 시끄러."

"내가 귀국한 후에 사건에 휘말렸을 때도 모른 척했잖아요?"

"…."

"그러더니 이 사기극에 끌어들이고는, 뭐? 3할만 떼어준다고? 내 역할은 7할 받아야 돼! 생각해서 내가 6할 먹는다고 한 거야!"

"좋다, 그래, 네가 6할 먹어라."

마침내 윤재일이 이 사이로 말했다.

"바락바락 대드는 것이 꼭 제 에미 닮았구먼."

"사기꾼 기질은 당신 닮았지."

"뭐? 당신?"

"한 달에 천 불씩 꼬박꼬박 보냈다는 이야기를 하라고 하면서 양심에 찔리지도 않았어요?"

"시끄럽다."

"그 할머니가 울 때 나도 양심에 찔려서 함께 울었다고."

"…."

"그 대목이 가장 감동적이었던 것 같아."

"내가 그쪽 약점을 잘 알지."

"정말 그 할머니, 아버지 누나 맞아요?"

이제 둘은 평상의 부녀 사이로 돌아왔다. 윤정인이 묻자 윤재일의 얼굴에 쓴웃음이 떠올랐다.

"내 누님이 맞다."

"그런데 왜 그렇게 달라요?"

"뭐가 말이냐?"

"성품이 말이에요."

"살다가 보면 그렇게 돼."

윤재일이 정색하고 말을 이었다.

"그리고 잘살면 형제간에 도와주기도 해야지, 그 집, 돈 몇천만 원으로 흔들리지 않는다. 그러니까 가책 받을 것 없다."

"전혀 도와주지도 않았단 말이에요?"

"전혀."

어깨를 부풀린 윤재일이 말을 이었다.

"단 한 번도 날 도와준 적 없다. 내가 수십 번 사정을 했어도 말이야."

"…"

"지난번에도 돈 1백만 원 빌려 달라고 했다가 쫓겨났다."

그때 젊은 여자가 들어왔으므로 둘은 말을 멈췄다. 여자는 윤정인 옆에 놓인 그릇 바구니를 들더니 잠자코 세척실을 나갔다.

8장 운명

"잠깐 보실까요?"

늦은 저녁을 먹던 윤재일이 옆에서 들리는 목소리에 수저를 내려놓았다. 오후 9시 반, 천안 성모병원에서 사거리 하나 떨어진 '우리식당' 안, 이제 단골이 되어서 주인 여자하고도 친숙해진 사이다. 입안의 음식까지 삼킨 윤재일이 허리를 펴고 나서 머리를 들었다. 3초 정도였지만 이미 산전수전 다 겪은 윤재일이라 이 분위기가 심상치 않다는 것을 느끼고 있다. 머리를 든 윤재일이 사내의 시선과 마주쳤다. 과연 심상치 않은 예감이 맞았다. 형사다. 뒤쪽에 한 명 더 있었고 입구 쪽에서도 이쪽을 보는 사내가 하나 또 있다. 나이 들어서 뛰지도 못하지만 이건 흉악범 잡는 진용이다.

"뭐요?"

낮게 물었더니 사내가 빙그레 웃었다. 40대 초반쯤, 이 나이의 형사는 가장 실적이 좋다. 척 보면 강도인지 강간범인지도 구별한다고 한다.

"윤재일 씨, 사기 미수로 영장 받아왔는데, 여기."

사내가 주머니에서 구겨진 서류를 꺼내 보였는데 보나마나다. 걸렸다. 두 시간 전까지만 해도 순풍에 돛단배였는데 어디에서 어긋났단 말인가? 그 사이에 뭐가 터졌는가? 수저를 내려놓은 윤재일이 쓴웃음을 지었다.

"미수라고? 증거 있어요?"

주인 여자가 놀라 이쪽을 보고 있었지만 이미 엎질러진 물이다. 50대 후반쯤의 주인 여자하고 좀 사귀어 보려던 꿈은 박살났다.

"그야 가 보면 알 것이고, 우리가 혐의 없이 영장 받겠소? 선수끼리 긴말하지 맙시다."

형사의 얼굴이 굳어졌으므로 윤재일은 몸을 일으켰다. 이 상황이라면 윤정인도 걸려들었다고 봐야 한다. 2천만 원이 눈앞에서 사라졌다. 천안경찰서 형사계로 들어선 윤재일은 안쪽 대기실에 앉아 있는 윤정인을 보았다. 시선이 마주치자 윤정인은 외면했는데 이 모든 것이 다 네 책임이라는 표정이 역력히 드러났다.

"저기 따님한테 가서 담소나 나누시죠."

형사 중 하나가 턱으로 윤정인을 가리키며 말했다. 그 말을 들은 동료 형사들이 피식피식 웃었다.

"뭐, 둘 다 선수시니 얼굴 붉힐 일도 없겠구먼그래."

뒤에서 누군가가 말했고 형사계의 시선이 모였다. 모두 내막을 아는 눈치다. 대기석 소파로 다가간 윤재일이 윤정인 옆에 앉았다. 둘 다 수갑을 차고 있었지만 이제 어색하지도 않다.

"너, 어떻게 된 거냐?"

윤재일이 낮게 물었더니 윤정인은 눈부터 흘겼다.

"내가 어떻게 알아요?"

"형사들이 아무 말 안 해?"

"영장 보여줍디다."

"그리고?"

"난 집유 기간이라 큰일 났어."

눈을 치켜뜬 윤정인이 윤재일을 잡아먹을 것 같은 시선으로 노려보았다.

"가만있는 나를 꼬여서 이 꼴로 만들다니, 당신은 죽어야 돼."

"니가 어린애냐? 사탕 주면 끌려오게?"

코웃음을 친 윤재일이 비웃었다.

"6할 내라고 대들던 년이 이제 와서 내 탓을 해?"

"당신이 아버지야?"

"난 책임 없다."

"주범은 당신이야."

"난 4할 책임밖에 없어."

"당신이 계획을 짜고 날 끌어들였잖아?"

"난 그런 적 없다."

"이…"

그때 형사가 다가와 말했다.

"자, 취조실로 가실까요? 두 분이 같이 가시지요."

취조실로 들어선 둘은 나란히 앉았다. 앞쪽에 앉은 형사는 무표정한 얼굴에 컴퓨터를 응시한 채 시선도 들지 않았다.

"두 분 부녀지간이시지요?"

컴퓨터를 응시한 채 형사가 물었으므로 둘 중 윤재일이 대답했다.

"예."

"사기를 윤재일 씨가 제의하셨고."

"아니, 그것이…"

윤재일이 어깨를 부풀리며 말을 꺼내려고 했을 때 형사가 서랍에서 성냥갑만 한 녹음기를 꺼내더니 버튼을 눌렀다. 곧 윤재일의 목소리가 방 안에 울렸다. 볼륨을 크게 틀어놓은 것 같다.

"내일 돈 받자마자 튀는 거야, 인사 차리고 미적미적할 필요가 없어."

윤재일은 숨을 들이켰고 윤정인은 입을 딱 벌렸다. 세척실에서 나눈 이야기다.

다음 날 아침, 여느 때처럼 일찍 일어난 김선호가 집밖으로 나왔을 때 주머니에 넣은 핸드폰이 울렸다. 오전 6시 30분, 10년째 버릇이 된 아침 산책이다. 핸드폰을 꺼내 들었더니 발신자가 김동수다.

"어, 동수냐?"

아침 안개 속으로 목소리가 파묻히는 느낌이 든다.

"아버지, 지금 어디세요?"

김동수의 목소리가 조심스럽게 느껴졌으므로 김선호는 숨을 들이켰다. 마음을 굳게 먹으려는 버릇이다. 그동안 온갖 풍상을 겪은 결과다.

"어, 산책하려고 밖에 나왔는데, 무슨 일이냐?"

"혼자 계시지요?"

"그렇다니까 그러네."

굳은 목소리로 말했더니 김동수가 작게 헛기침을 했다.

"아버지, 놀라지 마세요."

"말해라."

김선호의 목소리는 굳어 있다. 곧 김동수가 말하는 동안 김선호는 집 앞 도랑 길에 선 채 움직이지 않았다. 그래서 아침 안개가 흔들리지도 않고 모여들어 김선호의 주변을 감쌌다. 이윽고 김동수의 말이 끝났을 때 김선호는 안개 속의 나무처럼 서 있었다.

"아버지, 들으셨어요?"

김선호가 아무 소리 안 하고 있었으므로 김동수가 불안한 듯 물었다. 그때 김선호가 말했다.

"느그 어머니를 어떻게 한다냐?"

그러자 김동수가 기다리고 있었다는 것처럼 바로 말했다.

"그래서 아버지한테 먼저 말씀드리는 겁니다."

"그대로 말해주면 큰일 난다."

"제가 어젯밤에 형하고도 상의했거든요, 아버지한테만 말씀드리자고, 형도 그러더군요."

"그렇지."

김선호는 그 와중에도 머리를 끄덕였다. 형제간 상의하는 모습을 떠올리자 마음이 든든해졌기 때문이다. 속이 넓은 김태수는 결과 보고를 동수한테 맡겼을 것이다. 이 일도 동수가 주관해서 처리했기 때문일 것이다. 김동수가 말을 이었다.

"제가 아침에 어머니한테 전화 드릴 테니까 아버지는 모른 척하고 계세요."

"그러마, 그런데 어떻게 할 거냐?"

"외삼촌하고 윤정인이는 지금 경찰서에 잡혀 있는데 이번 일이 사기 미수이긴 해도 둘 다 집행 유예 상태라 구속이 될 겁니다."

"…"

"제가 아침에 그 환자 아이 부모한테 이야기해서 병원을 옮겨 달라고 하겠습니다. 행여나 어머니가 찾아가실 경우에 대비해야지요."

"네, 어머니한테 윤정인이하고 애가 갑자기 사라졌다고 할 참이냐?"

"그 방법밖에는 없어요, 그래서 편지를 만들려고 합니다."

"편지를?"

"예, 윤정인이가 저한테 메일을 보낸 것으로 할 겁니다. 그걸 보여 드려야지요."

"…"

"갑자기 고모 폐를 끼치는 것이 미안하고 부끄러워서 아이 데리고 서울로 떠난다는 편지를 남기고 윤정인이가 사라지는 것으로 할 겁니다."

"…"

"외삼촌하고 윤정인의 핸드폰은 압류되어서 불통입니다. 통화는 안 될 겁니다."

"그것이 제대로 될까?"

"다른 뾰족한 방법이 없어요, 아버지."

"어쨌든 너희들이 수고했다."

그때서야 김선호가 시름없는 표정으로 자식을 칭찬했다.

"하마터면 또 당할 뻔했구나."

"이번에 실형을 살고 나오면 정신을 차리시겠지요."

"느그 어머니가 걱정이다."

"아버지, 곧 어머니한테 연락할 테니까 옆에서 적당히 말씀해주세요."

김동수가 긴 숨을 뱉고 나서 말을 이었다.

"제가 편지 갖고 저녁때 찾아뵐게요, 형은 저녁때 내려온다고 했어요, 형수하고요."

"응? 네 형하고 대근 에미가?"

"예, 내일이 토요일이니까 저도 애들 엄마하고 같이 내려가겠습니다."

"오, 알았다."

그때서야 겨우 기운을 차린 김선호가 발을 떼자 모였던 안개가 움직였다. 몸을 돌린 김선호는 50미터도 안 간 산책을 끝내고 집으로 돌아왔다. 아직 집은 조용하다. 철수만 꼬리를 흔들면서 김선호를 따라오고 있을 뿐이다.

"아니, 그게 무슨 말이냐?"

놀란 윤수정의 목소리가 높아졌다. 오전 8시 10분, 김희선, 박미경이 나간 집에는 둘뿐이다. 힐끗 마루에 앉은 김선호에게 시선을 준 윤수정이 서둘러 물었다.

"정인이가 병실을 비우고 나갔어?"

"예, 조금 전에 메일이 왔더라고요, 병원을 떠나겠다고 해서 서둘러 체크했더니 어제 오후에 퇴원을 했다는군요."

"아니, 왜?"

윤수정의 목소리가 비명처럼 울렸다. 헛기침을 한 김선호가 일어나 옆으로 다가와 섰다.

"무슨 일여?"

"아, 글쎄, 정인이가 애 데리구 병원을 나갔대요, 글쎄."

"아니, 그럴 리가."

그때 윤수정이 다시 핸드폰을 고쳐 쥐고 김동수에게 물었다.

"정인이한테 연락해 봤어?"

"열 번도 더 했는데 안 받습니다."

"도대체 왜 그런다냐?"

"어머니, 메일에 쓰여 있어요."

김동수가 차분하게 말했다.

"메일 보낸 거 읽어드릴 테니까 들어보세요."

윤수정은 숨만 헐떡였고 곧 김동수의 차분한 목소리가 수화구를 울렸다.

"오빠, 이 메일을 고모한테 보내주시기 바랍니다."

그러더니 김동수가 설명했다.

"맨 처음에 그렇게 쓰여 있네요, 자, 읽을 테니까, 어머니, 들으세요."

"…"

"고모, 갑자기 제가 떠나면 놀라시겠지요, 하지만 오늘 고모님을 뵙고 나서 병실로 돌아와 결심했답니다. 아버지께도 말씀드렸더니 잘 생각했다면서 칭찬해 주셨어요. 저한테 희선 언니 전번을 알려 주신 것을 후회하고 계셨다고도 합니다. 그동안 쉴 새 없이 속을 썩여드린 고모께 죄송해서 얼굴을 들 수 없다고도 하셨어요, 그리고 그동안 모은 돈으로 입원비를 내고 퇴원하도록 해주셨습니다. 고모님, 상규를 치료하고 곧 연락드리겠습니다. 무소식이 희소식인 줄 아시면 될 것입니다. 고모, 고모 가족의 따뜻한 위로와 격려를 받고 저는 무엇보다도 강한 가족의 힘을 받았습니다. 그리고 아버지의 딸로서 더 이상 폐를 끼치는 것이 신뢰를 배신하는 것이라고 느꼈습니다. 부디 갑자기 떠난 저를 이해해 주시고 용서해 주시기 바랍니다. 조카 윤정인 드림."

김동수가 차분한 목소리로 읽기를 마쳤지만 윤수정은 가쁘게 호흡할 뿐 움직이지 않았다.

"왜 그려?"

마침내 옆에 서 있던 김선호가 물었다. 김선호도 김동수가 윤정인의 편지를 읽어주는 것을 아는 것이다. 그때 김동수가 물었다.

"어머니, 들으셨어요?"

"응."

"내가 희선이 메일로 보내드릴 테니까 희선이 오면 다시 보세요."

"응."

"어머니 괜찮으세요?"

"괜찮다."

그러더니 윤수정이 손끝으로 눈을 닦았다. 눈물이 흐르고 있었던 것이다.

"아니, 왜 울어?"

김선호가 소리쳐 물은 것을 김동수가 들었다. 놀란 김동수가 묻는다.

"어머니, 울어요?"

"울기는?"

"지금 아버지가 옆에서 그러셨잖아요?"

"눈물이 좀 났어."

"왜요?"

"그냥."

"정인이가 착하지요?"

"응."

"곧 연락한다니까, 어머니, 기다리세요. 그리고 참, 오늘 저녁때 저하고 종근 에미가 어머니한테 갑니다."

"응? 오늘 저녁때?"

정신을 차린 윤수정의 눈동자에 초점이 잡혀졌다.

"종근 에미하고 같이?"

"예, 어머니."

머리를 든 윤수정이 옆에서 우물쭈물하고 선 김선호를 보았다.

"동수네 식구가 온다네요."

"아, 그야…"

김선호가 태수 식구도 내려온다고 하려다가 질색을 하고 입을 다물었다. 그때 김동수가 말을 이었다.

"어머니, 형하고 형수도 내려간다고 했어요, 곧 연락이 갈 겁니다."

윤수정의 얼굴이 정상으로 돌아왔다.

저녁때 김동수 부부가 미경이하고 동갑내기 주현이까지 데려와서 집안이 떠들썩해졌다. 김태수 부부는 밤 9시가 되어서야 도착했는데 이것으로 3남매가 다 모였다.

"그나저나 외삼촌 따님 못 만나서 안타까워요."

인사를 마친 최혜영이 어수선한 분위기에 끼어들며 말했는데 인사치레다.

"그러니까요."

정영아가 바로 말을 받았고 윤수정이 웃음 띤 얼굴로 머리를 끄덕였다.

"인제 기회가 오겠지, 우리가 먼저 낯을 익혀 놓았으니까 기다려라."

"네, 어머님."

그 순간 김동수의 시선이 김태수를, 김태수는 정영아를, 그리고 김희선은 최혜영과 정영아를 스치고 지나갔다. 김선호는 묵묵히 앞에 놓인

다과를 집어 씹는다. 이것으로 진실을 아는 자와 모르는 자가 구별되었다. 아는 자는 김선호와 3남매였고 윤수정과 두 며느리는 모르는 자다. 김태수와 김동수가 제 안식구에게는 말하지 않은 것이다. 김희선은 오전에 김동수로부터 내막을 들은 터라 시치미를 뚝 떼고 있다. 늦게 술상이 차려졌는데 오늘도 김선호는 대취했다. 지난번 대취했을 때는 가슴이 벅차올라 마셨다면 지금은 배신감과 울분으로 마구 마셨다.

"아버지, 그만 드시지요."

마침내 김태수가 말렸을 때는 김선호가 혼자 소주를 한 병 반쯤 마신 후였다.

"응, 그래야지."

술잔을 내려놓은 김선호가 흐린 눈으로 두 아들을 보았다.

"야, 애비하고 산보나 하자."

김태수와 김동수가 서로의 얼굴을 보더니 동시에 자리에서 일어섰다.

"그러지요."

"공기도 맑고 서늘해서 좋습니다. 고추밭까지 갔다 오지요."

"밤에 무슨 산보를 한다고?"

그 말을 들은 윤수정이 그랬지만 말리지 않았다. 곧 집을 나온 부자(父子) 셋은 논두렁길을 걸어 마을을 옆으로 지났다. 김선호가 앞장섰고 김태수, 김동수, 맨 끝에 철수가 따른다. 달도 뜨지 않은 그믐밤이었지만 별빛이 밝다. 그래서 산기슭의 피나무 껍질도 뚜렷하게 드러났다. 앞장서 걷던 김선호가 발을 멈춘 곳은 산기슭의 샛길이 꺾어지는 부분이다. 길가에 바위가 깔린 것이 앉을 만해서 여름에는 오가는 마을 사람들의 쉬어 가는 곳이다. 바위 한쪽에 앉은 김선호가 앞쪽을 눈으로 가리키며 말했다.

"거기들 앉아라."

김태수와 김동수는 잠자코 바위에 앉는다. 이곳은 마을에서도 1백 미터나 떨어진 곳이다. 이미 두 아들은 눈치를 채고 따라온 터라 잠자코 김선호의 얼굴을 본다. 어디선가 부엉이가 울었다. 그때 김선호가 입을 열었다.

"애들 썼다."

둘은 시선만 주었고 김선호가 말을 이었다.

"아침에 동수 전화를 받고 너희들 엄마는 더 이상 윤정인이 이야기를 안 하더구나."

김선호가 작게 트림을 했다.

"동수 네가 희선이한테 보낸 메일을 네 엄마한테 다시 읽어보라고 했어, 느그 엄마가 윤정인의 메일을 다시 읽더라."

"…."

"잘 썼더라."

김동수가 입맛을 다셨고 김태수가 헛기침을 하고 나서 물었다.

"어머니가 눈치 채셨을까요?"

"모르겠다."

그러자 이번에는 김동수가 입을 열었다.

"우리가 갑자기 내려와서 집안 분위기를 정신없게 만든 것을 이상하게 생각하는지도 모르겠네요."

그때 김선호가 산을 올려다보면서 말했다.

"알아도 너희들 성의를 봐서 말 안 할 거다. 너희들 엄마는 그런 사람이야."

"알고 계신다면 가슴만 더 아프시지 않을까요? 차라리 탁 털어 놓아서 그냥 우리한테 속 시원하게 말씀이라도 하시는 것이…"

김동수가 말하자 김선호는 머리를 저었다.

"아니지, 네 엄마는 그렇게 삭이고 살았어, 터뜨리면 병이 날지도 모른다."

그러고는 길게 숨을 뱉었다.

"너희들이 애들 엄마한테도 이야기 안 한 것 같더구나, 잘했다. 너희들 엄마 체면 세워줘서."

"그나저나."

김동수가 어깨를 부풀리며 말했다.

"그 인간들은 죗값을 치를 겁니다."

"상의 드릴 일이 있구먼요."

평상에 셋이 둘러앉았을 때 이창수가 말했다. 10월 말, 요즘은 날씨가 급하게 더워졌다가 추워졌다가 한다. 봄가을이 후딱 지나고 3월까지 동복을 입고 다니다가 5월이면 덥다. 그리고 이제 10월 말이 되더니 겨울 같다. 그래서 마당에 놓인 평상에 앉은 조길만은 겨울 파카를 입었다. 이창수의 시선이 조길만을 스쳐 김선호에게 머물렀다.

"형님, 영복이는 8개월쯤 있어야 나올 것 같습니다."

"그려, 아네."

김선호가 건성으로 대답했다. 마을 사람들이 다 안다. 1년 형을 받았기 때문이다. 긴 숨을 뱉은 이창수가 다시 둘을 번갈아 보았다. 이창수에게 둘은 형님이자 고문이다. 대소사를 다 상의한다.

"지가 다옥이한테 베트남으로 가라고 혔더니 안 간다고 한 건 형님들이 다 아시는 일이구요."

"알지."

이번에는 조길만이 대답했다. 이창수는 지금 항소도 하지 않고 형이 확정되어서 교도소에 들어가 있는 이영복과 인연을 끊었다. 그리고는 베트남에서 돌아온 며느리 다옥을 이혼시켜 손자와 함께 제 고향으로 다시 보내려고 했던 것이다. 그런데 의외로 다옥이 이영복이가 돌아올 때까지 기다리겠다고 고집을 부리는 상황이다. 오후 2시 반이다. 김선호는 조금 전에 떠난 두 자식과 며느리를 떠올리고 있었다. 집에 딸과 외손녀가 남았으니 윤수정이 허전하지는 않겠다는 생각이 들었다. 그때 이창수가 말했다.

"거시기, 형님들도 아시다시피 제가 형제도 없고 혼자 아닙니까? 누나가 하나 있지만 의절해서 살았는지 죽었는지도 모르구요."

조길만이 입맛을 다신 것은 갑갑하다는 표시일 것이다. 김선호는 시선만 주었고 이창수의 말이 이어졌다.

"그런데 며칠 전에 다옥이가 그러는구먼요, 여기서 성수 키우면서 정 붙이고 살려는디 외롭다고요."

"아, 글쎄."

마침내 조길만이 이맛살을 찌푸리고 이창수를 보았다.

"본론을 말해, 본론을. 이러다가 저녁 먹으라고 부르겠다."

"예, 그게."

어깨를 편 이창수가 말을 이었다.

"다옥이 오빠가 있습니다. 서른둘이라는데 베트남에서 농사를 짓는다는데 한국으로 데려왔으면 좋겠다고 하는구먼요, 착하고 일도 열심히 잘한답니다."

"그려서?"

조길만이 다그치듯 물었다.

"그놈을 데려와서 자네 아들로 삼으란 말인가?"

"같이 살면 어쩔까 해서요."

"같이 살아? 자네하고?"

눈을 가늘게 뜬 조길만이 다시 물었다.

"그놈이 다옥이 애인인지 오빠인지 어떻게 알고?"

"아이구, 그럴 리가 있습니까? 지난번에 결혼할 때 가족사진 찍은 것도 있습니다. 다옥이 어머니 옆에 붙어 있던 놈이라는군요."

"그래서."

이번에는 김선호가 입을 열었다.

"그 사람을 데려와서 같이 살면서 농사일을 거들게 하겠단 말인가?"

"예, 그러면 다옥이도 정을 붙이고 살면서 성수를 키울 수 있겠다네요. 제 생각도 그렇고…"

"영복이 어머니는?"

조길만이 묻자 이창수가 대답했다.

"그러자고 합니다. 문간방이 비었으니까 거기에다 외양간을 방으로 만들면 살림채가 된다고까지 하네요."

김선호는 길게 숨을 뱉었다. 이창수 내외의 외로움이 느껴졌기 때문이다. 하나뿐인 자식에게 배신당한 허전함을 때우려는 것 같다. 그때 조길만이 말했다.

"난 반대네, 신중하게 생각하게, 괜히 인연을 끌어들이는 거 아녀, 아무리 며느리 오빠라고 해도 말이여."

이창수가 머리를 돌려 김선호를 보았다. 그때 김선호의 머릿속에

181

윤정인의 얼굴이 떠올랐다. 식당에 앉아서 밝게 웃던 그 얼굴, 그 얼굴의 뒤에 숨어 있던 교활함, 김선호가 눈동자의 초점을 잡고 이창수를 보았다.

"요즘 세상은 예전과 달라서 얼마든지 알아볼 수가 있어, 다옥이 오빠가 누구이고 어떤 사람이라는 것까지 말이네."

길게 숨을 뱉은 김선호가 말을 이었다.

"다옥이한테는 말하지 말고 알아보게, 내가 도와줄 수도 있을지 모르겠네."

듣고 난 윤수정이 긴 숨부터 뱉었다.

"다옥이가 외롭겠지요."

방금 윤수정은 김선호로부터 다옥이가 오빠를 데려오고 싶다고 한 이야기를 들은 것이다. 오후 5시 반, 김희선 모녀는 아직 전주에서 돌아오지 않았다. 마루에 걸터앉은 윤수정이 말을 이었다.

"우리가 상관할 건 아니지만 다옥이 오빠 데려오면 좋겠는디, 마을에 젊은 사람은 늘어나고."

"그놈이 이런 촌구석에 붙어 있을라고 허겠어?"

"아, 그럼 어디로 도망가겠소? 다옥이가 있는디."

마루에서 일어서던 윤수정이 문득 머리를 돌려 김선호를 보았다.

"참, 내일 나, 병원 갔다가 동수네 집에서 하루 자고 올 거요."

"아, 몇 번째 말허는 거여? 귀에 못이 박히겠네."

혀를 찬 김선호가 어느덧 그늘이 진 마당의 고추를 걷으려고 일어섰다.

"고추 5킬로짜리 한 포대만 가져가, 더 보낼라면 택배로 보내고."

"버스에 싣기만 허먼 되는디."

"어허."

혀를 찬 김선호가 고추를 걷으면서 말을 이었다.

"아, 그럼 병원까지 고추를 가져가겠단 말이여? 참, 내, 일을 맹글고 있어? 택배로 보내면 바로 다음 날 집까지 배달이 되는디."

"아, 알았어요."

같이 고추를 걷으면서 윤수정이 말을 이었다.

"대근이가 잘 댕기는지 모르겠네, 지금 어디 있대요?"

"글쎄, 지난주엔가? 태수가 그러던디, 영국에 있다고."

"밥은 잘 먹는대요?"

"아, 그럼."

"돈은 쓸 만큼 갖고 갔는가?"

"아, 우리가 애들한티 한 것 같겄어? 태수가 넉넉하게 줬겄지."

"태수가 수학여행을 한 번도 못 갔지요."

"또 그 소리."

말을 주고받으면서 둘의 손발은 척척 맞는다. 김선호가 고추를 모으면 윤수정은 마대를 옆에 붙이고 다 넣으면 김선호가 위를 묶는다. 윤수정이 혼잣말을 했다.

"태수 회사가 좀 어려운 것 같습니다. 회사 직원을 줄이고 공장 부지도 팔았다네요."

김선호가 마대를 묶다가 허리를 펴고 윤수정을 보았다.

"누가 그려? 태수가?"

"태수가 지 입으로 그러겄소? 동수한티서 들었어요."

"아니, 그 자식은 나한테는 말 안 하고…"

"당신한티 이야기하면 바로 전화해서 꼬치꼬치 물을 것 아뇨? 그리고 어차피 나한티 하면 당신도 알게 될 테니까."

"그것, 큰일 아녀?"

"저것 봐, 또 저러네."

혀를 찬 윤수정이 마대를 대신 묶으면서 말을 이었다.

"회사가 잘되는 때도 있다가 어려운 때도 있는 법이지, 맨날 잘되기만 하겠소? 동수가 그럽디다. 형은 잘한다고."

"하긴 태수가 생각이 깊은 애니까."

다시 일을 시작한 김선호가 문득 숨을 들이켰다. 윤정인이 병원에서 사라진 지 일주일밖에 안 되었다. 그런데 윤수정은 그 후부터 윤정인 이야기를 한 마디도 꺼내지 않는 것이다. 지금도 그렇다. 여행 가 있는 손자 대근이 이야기부터 꺼내고 있지만 윤정인은 언급하지 않는다. 이것은 의도적인 것 같다. 50년을 함께 살아온 터라 서로 눈치는 뻔하다. 그때 윤수정이 말했다.

"희선이가 한 사장하고 잘됐으면 좋겠는디."

"누구?"

머리를 든 김선호가 윤수정을 보았다.

"전자대리점 말이여?"

"그럼 또 누구 있소?"

다시 시선을 내린 김선호가 입맛을 다셨다. 한상호다. 한상호 때문에 일어난 박미경과 김희선 사이의 일을 김선호도 알고 있는 것이다. 김희선이 윤수정에게, 윤수정이 김선호에게 이야기해 주었기 때문이다.

"놔둬, 그건 인력으로 되는 일이 아녀."

김선호가 마대를 옮기면서 말했다.

"그럼 뭐로 인연이 맺어지는 거요?"

윤수정이 건성으로 물었지만 김선호는 정색하고 대답했다.

"운명이여, 난 나이 먹을수록 모든 일이 다 순리대로 움직인다는 생각이 들어."

"혈액 검사가 나왔는데요."

의사가 안경테를 올리더니 윤수정을 보았다. 40대 후반쯤으로 김태수와 비슷한 또래다. 차분한 윤수정의 시선을 받은 의사가 헛기침을 했다.

"CT 촬영을 해보시지요, 지금 아래층으로 내려가시면 됩니다."

"왜요?"

윤수정이 묻자 의사는 다시 헛기침을 하더니 윤수정을 보았다.

"요즘 식욕이 어떠세요?"

"저기, 좀…"

"없으세요?"

"네, 좀 배가 더부룩하고…"

"체중은 어떠세요?"

"좀 마른 것 같고…"

"혹시."

헛기침을 한 의사가 안경테를 올렸다.

"허리나 배가 아프지 않으세요?"

"가끔요."

"어떻게 아프시죠?"

"허리 쪽이, 가끔 등 쪽도 아파요, 나이 들어서 그런가 봐요."

"…."

"허리를 굽히면 아픈 것이 나아져요."

"언제부터요?"

"좀 되었어요, 1년쯤 되었나?"

"지금 준비 다 했습니다. 제가 예약해 놓았으니까요."

의사가 똑바로 윤수정을 보았다.

"검사만 한번 해보세요, 괜찮습니다."

"돈 드는가요?"

"얼마 안 듭니다. 이건 의료보험에서 알아서 처리해주는 것이라요."

의사가 서두르는 것이 미안해진 윤수정이 자리에서 일어서며 웃었다.

"그럼 CT인가 찍고 가면 되나요?"

"예, 잠깐 저를 보시고 가면 됩니다."

따라 일어선 의사도 같이 웃었는데 얼굴이 일그러졌다.

"아니, 왜 돌아오는 거여?"

윤수정의 연락을 받고 서동리까지 맞으러 나간 김선호가 눈을 둥그렇게 뜨고 물었다. 오전 11시 반, 지금쯤은 윤수정이 병원에서 나와 대전에 도착해 있어야 할 시간이다. 그런데 갑자기 서동리로 나오라니 경운기를 몰고 기다리던 중이었다.

김동수한테 주려고 가져간 5킬로짜리 고춧가루 자루를 경운기에 실은 김선호가 다시 물었다.

"무슨 일 있어?"

"없어요."

"아, 그럼 왜 돌아와?"

경운기에 시동을 걸면서 김선호가 짜증을 냈다. 옆자리에 앉은 윤수정은 잠자코 앞쪽만 본다. 김동수한테 간다고 나왔다가 이유도 말해 주지 않고 돌아오니 궁금한 것이다. 문촌 마을로 향하면서 김선호가 윤수정을 보았다.

"동수네가 무슨 일 있는 거야?"

"아니, 무슨 일은…"

윤수정이 앞쪽을 응시한 채 대답했다.

"연락은 했어?"

"내가 챙길 것이 있어서 못 간다고 했어요."

"뭘 챙겨?"

"이것저것…"

"나아 참."

혀를 찬 김선호가 경운기의 핸들을 고쳐 쥐었다. 바람이 쌀쌀한 날이다. 서동리에서 문촌 마을까지의 길은 텅 비어 있었으므로 경운기 한 대가 털털거리면서 논두렁 사이를 달리고 있다. 바람결에 낙엽 두어 개가 날아와 앞을 스치고 지나갔다.

"어, 춥네."

가만있다가 거북한지 김선호가 소리쳐 말했다.

"10월 말인디 초겨울 같어, 요즘은 겨울이 길어, 안 그려?"

"…"

"겨울이 되면 쓸쓸혀, 다 얼어붙고, 뻣뻣해지고, 죽은 세상이여."

"…"

"꼭 노인네들 세상 같단 말이여."

"…"

"그러다가 얼음이 풀리고 개나리, 진달래가 피는 봄이 와도 이제는 별로 반갑지가 안혀."

"…"

"봄에 노인들이 많이 죽어서 그런가 벼, 누구 말을 들었더니 노인들이 겨울에 잔뜩 긴장허고 있다가 봄이 되면서 긴장이 풀리는 바람에 간다는구먼."

경운기가 산기슭을 따라 꺾어질 때 윤수정이 앞을 향한 채 말했다.

"나, 췌장암이라네요."

잘못 알아들은 김선호가 건성으로 물었다.

"누가?"

그러더니 조금 더 가다가 김선호가 경운기를 멈춰 세웠다. 얼굴이 굳어 있다.

췌장암 말기다. 경운기에 앉아 윤수정한테서 이야기를 들었지만 김선호는 그것이 못 미더웠다. 그래서 윤수정을 집에 데려다 놓고 나서 곧장 전주 병원까지 달려가 확인을 했다. 말기다. 의사는 정밀 검사 운운했지만 말을 아꼈다. 김선호의 표정을 보더니 조심스러워진 것이다. 다시 김선호가 집에 돌아왔을 때는 오후 3시 무렵이다. 기진맥진한 상태가 되어서 돌아온 김선호가 마당에서 고추를 널고 있는 윤수정을 보더니 버럭 소리쳤다. 마치 귀신을 본 것처럼 놀란 얼굴이다.

"지금 뭐 하는 겨!"

"뭐 하기는? 고추 말리지 않아요?"

"미쳤어!"

집에 철수까지 셋뿐이라 김선호가 고래고래 고함을 쳤다.

"지금 고추 말릴 정신이 어딨어!"

목이 멘 김선호가 기침을 세 번이나 하고 나서 소리쳤지만 목소리가 갈라졌다.

"그놈의 고추! 다 내버려! 다 불질러뻔져!"

"고추가 무슨 죄요?"

윤수정이 차분해진 얼굴로 김선호를 보았다. 놀란 철수가 제 집으로 들어가 얼굴만 내놓고 본다.

"내가 의사한티 들었는디 반년은 더 산다고 합디다. 그러니까 너무 서둘지 마요."

"아이고."

털썩 마당의 멍석 위에 앉은 김선호가 멀거니 윤수정을 보았다. 김선호도 그 이야기를 듣고 온 것이다. 담당 의사는 말을 아꼈지만 김선호의 주치의가 CT 결과를 보고 다 말해주었다.

"무슨 반년? 미친 소리 마."

김선호가 겨우 말했을 때 윤수정이 고추를 펴면서 말을 이었다.

"수술은 못 한다고 합디다. 난 나이가 들어서 암세포가 천천히 움직이기 때문에 더 오래 살 수도 있다네요."

"내일 병원에 다시 오라고 했지? 나허고 말이여."

김선호가 기를 쓰듯 묻자 윤수정이 머리를 끄덕였다.

"같이 안 가도 돼요."

"그러지 마."

"당신도 너무 그러지 마요."

"뭐여?"

김선호가 다시 눈을 부릅떴다.

"이 사람아, 좀 소리도 지르고 억울하다고 울기라도 해봐! 이 사람아, 사람 속 터지게 하지 말고!"

"그럼 낫는답디까?"

"억울하잖여!"

그러고는 마침내 김선호의 눈에서 눈물이 쏟아졌다.

"아이구, 아이구."

눈을 부릅뜬 채 김선호가 신음 같은 울음소리를 뱉는다. 주름진 눈에서 흘러내린 눈물이 검은 볼을 적시고 있다.

"아이구, 이걸 어쩌나, 이걸 어떻게 해."

"아, 좀 시끄럽소."

입맛을 다신 윤수정이 외면하고는 말을 이었다.

"뭘 어떻게 한단 말이요? 나, 참."

"이 사람아, 같이 가세."

"미쳤소?"

"난 어떻게 하란…"

그러다가 김선호가 벌떡 일어섰다.

"안 되겠다. 거기만 병원이냐? 다른 병원도 가봐야겠다."

"이것 보시오, 태수 아버지."

윤수정이 김선호의 바지 자락을 잡았다. 이제는 정색하고 있다.

"좀 가만 계시오, 내일 병원 가서 물어보면 되지 않소?"

"태수, 동수한테도 알려야지."

"안 돼요!"

윤수정이 목소리를 높였으므로 김선호가 멍해진 얼굴로 내려다보았다. 윤수정이 김선호의 바지 자락을 당기며 말했다.

"절대로 말하지 마시오! 생각 좀 해보시오, 그 일을 말해줘서 애들 걱정거리만 늘어나지 내 그것이 나을 것 같소?"

"아, 그래도…"

"그 애들, 일은 젖혀두고 나한테 매달리다가 일까지 못하면 좋겠소?"

"그래도 자식 아닌가?"

"자식이니까 그렇지."

윤수정이 결연한 표정으로 목소리를 높였다.

"태수 아버지, 아무한테도 이 이야기 하지 않는다고 약속하시오, 그러지 않으면 약도 안 먹고 빨리 갈 거요."

"무, 무슨 말이야?"

"당신 하나만 알고 있는 것도 난 가슴이 미어지는데 자식들까지 다 알게 하란 말이오?"

마침내 윤수정의 눈에 눈물이 가득 고였다.

"좋은 약이 많이 나와 있으니까요."

의사가 김선호와 윤수정을 번갈아 보면서 말했다. 진료실 안, 의사는 CT 촬영된 사진을 보이면서 설명을 마친 참이다.

"지금 상태로는 수술이 곤란합니다. 암세포가 사방으로 번져 있어서요, 다행히 활동은 약한 상태니까…"

약과 항암 치료를 병행하자는 결론이다. 의사는 대개 3분에서 길어야 5분 시간을 내주는데 담당의는 지금 10분이 넘게 설명을 해주고 있다. 그때 김선호가 물었다.

"선생님, 입원 치료를 하면 더 나아질 수 있지 않을까요? 예를 들어서 수시로 주사를 맞고, 또…"

"원하시면 입원하실 수도 있지요, 그런데 이런 경우에는…"

의사가 어깨를 부풀렸다가 내렸다.

"대부분 통원치료를 받으십니다. 크게 차이가 나는 것도 아니니까요."

"저, 입원 안 합니다."

그때 윤수정이 말했으므로 둘의 시선이 모여졌다. 윤수정이 똑바로 의사를 보았다.

"통원 치료를 하겠습니다."

"거시기…"

김선호가 나서려고 했더니 윤수정이 머리부터 저었다.

"안 돼요, 나 빨리 가는 꼴 보려고 그러세요? 내가 입원해서 자식들 병간호시키는 걸 보고 어떻게 할 것 같아요? 난 자식들 고생 안 시키려고 빨리 죽을 겁니다. 당신은 그것도 몰라요?"

"이, 이 사람이."

얼굴을 굳힌 김선호가 말까지 더듬었다. 그러나 곧 어깨를 늘어뜨리면서 소리 죽여 숨을 뱉는다. 그럴 것이 분명했기 때문이다. 진료실을 나왔을 때는 오전 10시 반이다. 집에서 나올 때 김희선에게 전주 남문시장에 들른다고 거짓말을 했다.

"콩나물국밥이나 먹을까?"

병원 현관 앞에서 김선호가 물었더니 의외로 윤수정이 머리를 끄덕였다.

"그럽시다."

"남문시장 안의 콩나물국밥집으로 가지."

택시 정류장으로 다가가면서 김선호가 말했다. 아침밥도 두어 술 먹다 말았고 윤수정도 먹는 시늉만 했지만 밥 생각이 있을 리가 없다. 김선호는 윤수정을 먹이려고 물은 것이다. 시장 안 콩나물국밥집은 언제 가도 만원이다. 좁은 식당의 구석자리에 겨우 자리 잡고 콩나물국밥이 앞에 놓였을 때 김선호가 말했다.

"병은 소문을 내야 낫는다는디 내가 이곳저곳에다 물어봐서 한약을 가져와야겠어."

"아이구, 밥이나 먹읍시다."

수저를 든 윤수정이 한 모금 국물을 삼키더니 입맛을 다셨다.

"오랜만에 먹으니까 맛있네."

"많이 먹어."

머리를 끄덕인 윤수정이 다시 한 모금을 먹더니 시선을 내린 채 말했다.

"이제 우리 식구들이 다 자리 잡고 잘 사는가 했더니 이렇게 되네요."

목이 턱 막히는 느낌이 된 김선호가 몸을 굳혔고 윤수정이 말을 이었다.

"우리 식구가 지난여름에 놀러 갔을 때 너무 좋았어요."

"…"

"너무 좋아서 불안하더라고요, 그래서 내가 방정맞은 생각을 하는가 보다, 했더니, 참."

시선을 든 윤수정이 김선호를 향해 웃어보였다.

"난 당신이 걱정이오."

"뭐가?"

"혼자 남게 되어서 말이오, 난 아무렇지도 않아요."

"이, 이 사람아."

갑자기 눈물이 쏟아진 김선호가 황급히 손등으로 눈물을 닦았다.

"허긴 그러네, 내 가슴이 찢어질 텐디 어쩔라는가?"

"어서 드시오."

다시 수저를 들면서 윤수정이 말을 이었다.

"다 살게 된다고 합디다."

"난 못 살아."

"살아야지요, 자식들 생각해서."

"난 자네하고 같이 갈 거네."

"아이구, 국 다 식겠소."

윤수정이 수저로 김선호의 콩나물국밥을 휘저어 주었다.

"반년 남았다고 하지 않습니까? 그때까정 잘 삽시다."

"아이고."

옆자리의 사내 둘이 힐끗거렸으므로 김선호는 손바닥으로 얼굴을 훔치고는 다시 수저를 들었다. 그러다가 갑자기 또 목이 메어 수저를 내려놓고 말았다.

"엄마, 무슨 일 있어?"

김희선이 묻자 놀란 윤수정이 머리를 들었다. 오후 8시 반, 거실에 셋이 둘러앉아 TV를 보는 중이다. 박미경은 항상 저녁만 먹으면 제 방으로 들어가 나오지 않는데 스마트폰을 조몰락거리고 있을 것이다.

"아니, 왜?"

윤수정이 되물었고 김선호도 김희선에게 묻는다.

"왜 그러냐?"

"아니, 엄마가 TV를 보는 게 아닌 것 같아서요."

김희선이 웃음 띤 얼굴로 김선호에게 대답했다.

"딴 생각을 하는 것 같아요."

"그래?"

"아버지도 그렇고."

"나는 왜 그러냐?"

"오늘은 좀 이상해요, 두 분 싸웠어요?"

"싸우긴."

하고 윤수정이 나섰다.

"남문시장 돌아다녔더니 피곤해서 그런가 보다."

"그렇군."

건성으로 맞장구를 친 김선호가 TV로 시선을 돌렸을 때 이번에는 윤수정이 김희선에게 물었다.

"너, 한 사장 요즘 안 만나?"

"안 만난 지 오래되었어."

바로 대답한 김희선이 힐끗 박미경의 방에 시선을 주었다.

"서로 바쁘니까, 그리고 나하고 그 사람, 무슨 사이도 아냐."

"그건 알지만…"

윤수정이 눈의 초점을 잡고 김희선을 보았다.

"너도 미경이 크면 혼자가 돼, 의지할 사람이 있어야 된다."

"여기 엄마, 아빠가 있잖아?"

김희선이 웃음 띤 얼굴로 윤수정과 김선호를 번갈아 보았다. 김선호는 TV를 향하고 앉아 있었지만 눈동자가 흔들리지 않는다. 이쪽에 집중하고 있다는 표시다.

"난 지금처럼 안정된 때가 없어, 쟤 아빠하고 같이 살았을 때도 지금처럼 편하지 않았어."

이제는 김희선이 정색하고 말을 이었다.

"남자 만나서 나 혼자 좋을 수는 없어, 미경이한테 스트레스 주느니 내가 희생하고 말 거야."

"그렇구나."

윤수정이 길게 숨을 뱉었을 때 김선호가 머리를 돌려 김희선을 보았다. 눈을 치켜떴고 어깨가 부풀려졌다.

"안 돼."

"네? 뭐가 안 돼요?"

김희선이 웃음 띤 얼굴로 묻자 김선호가 머리를 저었다.

"글쎄, 니 자식, 니 부모를 위해 희생만 하고 산다는 거냐? 안 된다. 나는 그렇게 못 한다."

"아버지도 참."

쓴웃음을 지은 김희선이 힐끗 TV를 보았다.

"아버지 때문에 줄거리 놓쳤잖아요? 어떻게 헤어졌는지 모르겠네."

"내가 한 사장 만나보마."

정색한 김선호가 말을 이었다.

"미경이가 크면 제 남자친구 생기고 결혼하면 부모하고 떨어져, 그때 넌 외롭게 된다. 나는…"

숨을 들이켠 김선호가 이 사이로 말했다.

"너하고 오래 못 살아."

"아이구, 아버지."

눈을 흘긴 김희선이 리모컨으로 볼륨을 높였다.

"또 장면 놓쳤잖아요."

"그만 하시오."

윤수정이 말했으므로 김선호가 소파에 등을 붙였다. 다른 때 같으면 김선호는 이런 때 가만있었다. 그런데 김희선이 부모 모시고 산다는 말을 듣자 이번에는 울컥해버린 것이다. 윤수정이 없는 환경에서 김희선이 자신을 돌보면서 사는 장면을 떠올렸기 때문일 것이다. 윤수정이 말을 이었다.

"갈 사람은 가고 올 사람은 오는 겁니다. 억지로 되는 일이 아니더라구요."

"아, 시끄러!"

김선호가 소리치자 놀란 김희선이 둘을 번갈아 보았다.

"왜 그러세요, 정말 두 분 싸우신 거 아녜요?"

"아니다."

윤수정이 머리를 저었지만 김선호는 옆모습을 보인 채 대답하지 않았다.

"아버지, 뭐, 기분 나쁘신 일 있어요?"

김선호에게 물었던 김희선이 숨을 들이켰다. 김선호의 눈에 눈물이 가득 고여 있었기 때문이다.

그때 김선호가 헛기침을 했다.

"내가 요즘 신경과민이 되었어, 여러 가지로 말이다."

김희선이 김선호의 시선을 받고는 희미하게 머리를 끄덕였다. 윤정이 사건을 떠올렸기 때문이다. 그것을 식구들은 다 알고 어머니만 모른다. 아버지 입장으로 어머니가 안쓰럽고 답답할 것이었다.

"아휴, 시간이 해결해주겠지요."

위로한답시고 그렇게 말한 김희선이 자리에서 일어섰다. 연속극을

방에서 보려는 것 같다. 김희선이 제 방으로 들어갔을 때 윤수정이 머리를 돌려 김선호를 보았다.

"시간이 해결해주다니, 무슨 말이래요?"

"다 시간이 해결해주잖여?"

시큰둥한 표정을 지은 김선호가 멀거니 TV를 보았다. 화면에서 며느리가 두 명의 시어머니를 만나고 있다. 김선호가 혼잣소리처럼 말을 이었다.

"그 말은 얻다 갖다 붙여도 어울리는 말이니께."

"허긴."

길게 숨을 뱉은 윤수정이 김선호를 보았다.

"내 이야기, 절대로 자식들한티 하지 마시오, 잉?"

"알았어."

"답답하더라도 당신 혼자만 알고 계시오."

"글쎄, 알았다니까 그러네."

"고추 농사도 열심히 짓고, 내년에 고추밭 늘린다는 거, 그대로 합시다."

"…"

"나도 도울 텡게, 난 지금도 믿기지가 안 혀, 가끔 등만 아플 뿐인디."

"…"

"식욕 없는 것은 오래전부터 그렸고."

"나, 고추밭 정리할라네."

김선호가 낮게 말했지만 윤수정이 들었다. 숨을 들이켠 윤수정의 눈썹이 올라갔다.

"뭐라고 했소?"

198

"고추밭 정리한다고, 고추농사 지어서 별로 생활에 도움도 안 되고…"

힐끗 윤수정의 눈치를 살핀 김선호가 말을 이었다.

"당신허고 같이 둘이 여행이나 다니고 싶네, 당신 오래전에 프랑스 가보고 싶다고 했었지?"

윤수정은 시선만 주었고 김선호의 목소리에 차츰 열기가 띠어졌다.

"20년쯤 전엔가, 그때 소양 교장 관사에서 파리 에펠 탑 사진을 보면서 나한테 그랬어, 나는 그때 점심밥을 먹고 있었지…"

"…"

"당신은 옆에 앉아서 신문을 펴 놓고 에펠 탑 사진을 가리키면서 말했어, 아유, 여기 한번 가봤으면 원이 없겠다, 하고."

"…"

"난 대답도 않고 밥만 먹고 나왔지만 지금도 어제 일처럼 생생혀, 당신이 비스듬하게 앉아 있던 모습도…"

갑자기 목이 멘 김선호가 말을 그쳤고 다음 순간 눈물이 흘러내렸다. 머리를 돌린 윤수정이 그것을 보았다.

"어서 눈물 닦으시오."

윤수정이 낮게 말했지만 김선호가 서둘러 손바닥으로 얼굴을 닦았다.

"도대체 왜 그렇게 시도 때도 없이 눈물을 흘린대요?"

윤수정이 질책하듯 묻자 손바닥으로 얼굴을 쓸던 김선호가 숨을 들이켜고 나서 대답했다.

"글씨, 말이여."

"애들 앞에서 좀 조심하쇼."

"걱정 마."

"난 파리 안 가요."

"가자고."

"둘이 뭐 한대요?"

"아, 그, 에펠 탑, 베르사유 궁전…"

"경복궁도 제대로 안 봤는데 넘의 나라에는 뭐 하러…"

"그래도 비행기 타고…"

"이 아까운 시간에 애들하고 떨어져 있으란 말이요?"

순간 숨이 막힌 김선호가 심호흡을 했을 때 윤수정이 말을 이었다.

"그냥 삽시다."

"뭘 하고?"

"그냥 살다가 갈라요."

윤수정이 잔잔한 표정으로 김선호를 보았다. 김희선의 방에서 연속극 소리가 크게 울렸다. TV로 연속극을 보는 것이다.

"당신도 전처럼 그렇게 삽시다. 내가 아프면 이야기할 테니까."

"가만있지는 못하겠어, 내가."

머리를 저은 김선호가 외면한 채 말했다.

"병도 소문내면 낫는다고 애들한테는 말 못 하지만 내가 사방팔방 돌아다녀 볼 테여, 지금 고추농사 할 때가 아녀."

다음 날 오후 3시, 전주역 앞 모나코 다방으로 김선호가 들어서자 김태수와 김동수가 자리에서 일어섰다.

"아버지."

둘이 거의 동시에 불렀으므로 다방 안의 시선이 모였다.

"어."

건성으로 머리만 끄덕인 김선호는 그냥 작업복 차림이다. 일할 때 신는 운동화를 신었고 야구 모자를 썼다. 그 차림이 수상한지 둘의 표정이 굳다. 김선호가 자리에 앉았을 때 마담이 득달같이 달려왔다.

"커피."

마담이 입을 열기도 전에 말한 김선호가 모자를 벗어 옆에 내려놓았다. 이제 앞쪽에 나란히 앉은 두 아들은 눈치만 본다. 아침 10시쯤 둘은 김선호의 전화를 받은 것이다. 급히 할 이야기가 있으니 바로 내려오라고 했는데 특히 어머니와 희선이에게는 연락하지 말라고 두 번, 세 번 주의를 주었기 때문이다.

"아버지, 무슨 일 있으세요?"

김태수가 먼저 조심스럽게 물었다. 다방에는 손님이 대여섯 명 있었는데 모두 나이든 노인이다. 커피 값도 한 잔에 1천 원이어서 노인들에게 적당했다. 마담이 다가와 커피 잔을 내려놓고 돌아갔을 때 눈만 껌벅이고 앉아 있던 김선호가 입을 열었다.

"내가 어제 네 엄마하고 병원에 다녀왔다."

순간 긴장한 둘이 몸을 굳혔고 김선호는 외면했다. 김선호가 말을 이었다.

"네 엄마는 나하고 둘이만 알자면서 신신당부 했지만 안 되겠다."

"…."

"너희들 엄마가 췌장암 말기야, 수술도 안 되고 몇 달 못 산다다."

"아이고."

김동수가 비명 같은 신음을 뱉었지만 김태수는 눈을 부릅떴다. 그때 김선호가 어깨를 늘어뜨렸다.

"내가 너희들 엄마하고 병원에 같이 가서 확인도 해보았다. 그런데…"

"어디 병원인데요?"

김동수가 어깨를 부풀리며 물었다. 병원이 병을 준 것 같은 태도다.

"전북대 병원."

김선호가 긴 숨을 뱉고 나서 말을 이었다.

"내과 유병식 교수야."

"제가…"

하면서 김동수가 엉덩이를 들었을 때 김태수가 팔을 잡아 앉히면서 김선호를 불렀다.

"아버지."

시선을 든 김선호를 김태수가 흐린 눈으로 보았다.

"어머니는 어떠세요?"

"그냥 지내."

"어떻게요?"

"네 엄마가 제일 중요하게 여기는 건 너희들한테 이걸 속이는 거야, 걱정시키지 않으려는 것이지."

"아이고."

김동수가 어깨를 들썩였고 김선호의 말이 이어졌다.

"그냥 살다가 가겠다는데, 내가 아무래도 안 될 것 같아서 너희들 둘한테는 이야기하는 거다."

"잘하셨어요, 아버지."

김태수가 말하더니 초점 없는 눈동자로 김동수를 보았다.

"야, 어떻게 하면 좋나?"

"그걸 내가…"

눈을 치켜뜬 김동수의 눈에서 마침내 눈물이 쏟아졌다. 그 얼굴을 가리지도 않은 채 김동수가 되물었다.

"내가 어떻게 알아?"

그러자 김태수의 눈에서도 눈물이 흘렀다. 손끝으로 눈물을 닦은 김태수가 김선호에게 말했다.

"아버지, 저희들이 의사 만나볼게요."

"어, 그래."

"만나서 자세히 듣겠습니다. 그러고 나서 방법을 연구해야지요."

그때 김동수가 손목시계를 보는 시늉을 하더니 엉거주춤 일어섰다.

"지금 4시도 아직 안 되었으니까 병원에 있을 거야."

"아버지, 너무 걱정하지 마세요."

따라 일어서면서 김태수가 김선호에게 말했다.

"먼저 돌아가 계세요, 저희들이 다시 연락드릴 테니까요."

"어, 그런데."

김선호가 손을 휘저으며 말을 이었다.

"네 엄마가 알면 안 된다. 그러면 큰일 난다."

두 아들은 건성으로 끄덕이며 먼저 나간다.

오후 6시 10분, 빈 고추밭 귀퉁이에 앉아서 멍한 표정으로 앞쪽 산기슭을 바라보던 김선호가 전화벨 소리에 깜짝 놀란다. 전화를 기다리려고 이곳에 와 있었던 것이다. 핸드폰을 든 김선호는 발신자가 김태수인 것을 보았다. 김선호가 심호흡을 하고 나서 핸드폰을 귀에 붙였다.

"응, 나다."

"아버지."

김태수가 억양 없는 목소리로 부른다.

"응, 그래."

"동수하고 병원에서 나왔습니다."

"그래."

"다 들었습니다. 사진도 보고요."

고추밭으로 까마귀 한 마리가 내려와 기웃거리더니 곧 날개를 펴고 날아갔다. 김태수가 말을 이었다.

"저희들이 바로 집에 가면 어머니가 눈치 채실 것 같아서 오늘은 그냥 돌아갈랍니다, 아버지."

"그려, 잘 생각했다. 근디…"

"예, 아버지."

"의사가 뭐라고 하데?"

"예, 아버지 말씀대로…"

"안 좋대여?"

"잘되겠지요."

김선호가 숨을 들이켰을 때 김태수가 서둘러 말했다.

"아버지, 동수 바꿔드릴게요."

그러더니 김동수의 목소리가 울렸다.

"아버지, 제가 먼저 한약을 좀 구해다 드릴게요, 아버지가 구한 것으로 하시지요."

"어, 그래."

"지금은 그러는 게 낫겠습니다, 아버지."

"오냐, 알았다."

"제가 모른 척하고 이번 주 토요일쯤 찾아뵐까 하는데요."

"어, 그래."

"잘 될지 모르겠어요."

"뭐가 말이냐?"

"어머니 앞에서 말입니다."

벌써 김동수의 목이 멘 것 같더니 목소리가 떨렸다.

"잘 안 될 것 같은데 걱정이네요."

"그럼 오지 마라, 너희들한테 말한 것이 알려졌다간 내가 큰일 난다."

"어쨌든 갈랍니다."

그 말을 듣더니 오히려 김동수가 불쑥 말했다.

"그때까지 한약도 좀 구해볼 테니까요, 아버지."

"알았다."

"아버지, 고생 많으세요, 그럼 형 바꿔드릴게요."

하더니 다시 김태수가 나왔다.

"아버지."

"어."

"지금 어디세요?"

"고추밭에 있어."

"아버지도 기운내세요."

"어."

"식사 거르지 마시구요."

"너희들한테 미안하다."

"아니, 왜요?"

"내가 혼자 알고만 있기가 너무 겁이 나고 외롭고 그러는구나, 그래서…"

"아버지."

"미안하다, 동수한테도 그 말 못했다."

"아버지 식사 거르지 마시고 기운 내셔야 합니다. 그래야 어머니
가…"

말을 멈춘 김태수가 한참 동안이나 잇지를 않았으므로 김선호가 마
무리를 했다.

"어, 그럼 들어가거라."

"예."

김태수의 대답 소리만 듣고 김선호는 핸드폰을 귀에서 떼었다. 어느
덧 저녁 그늘이 덮인 고추밭은 더 황량해졌다. 말라 죽은 가지가 어지
럽게 널렸고 산기슭의 잡초는 이미 누렇게 시들었다. 김선호는 밭 끝
쪽 잡초 위에 우두커니 앉아 산기슭을 보았다. 항상 보던 산기슭이 낯
설었고 을씨년스럽다.

"내가 먼저 가야는디."

김선호가 세운 무릎 위에 턱을 올려놓고 혼잣말을 했다.

"겁이 나서 그려, 혼자 어떻게 남아 있는단 말인가?"

그러다가 김선호가 머리를 저었다.

"내가 먼저 가면 태수 에미는 더 가슴이 찢어지겠지."

김선호의 얼굴이 일그러졌다.

"차라리 내 가슴이 찢어지는 게 낫지, 그래서 이런 일이 일어났는
가?"

바람이 불어와 낙엽 두어 개가 앞쪽으로 날아갔다. 찬바람이다. 벌써
11월 초가 되었다. 이윽고 김선호가 자리에서 일어섰다. 발을 떼던 김

선호는 밟은 땅이 단단해져 있는 것을 느꼈다. 다 새롭다.

다음 날은 병원에 가서 항암 치료 일정을 잡았는데 담당 교수는 어제 김태수 김동수를 만났는데도 시치미를 뚝 떼고 상대해주었다. 두 형제가 신신당부했을 것이다.

윤수정은 이 주일에 한 번씩 받는 항암 치료를 선선히 받아들였지만 질문은 모두 김선호가 했다. 이런 상황이 되면 의사의 비관적인 이야기나 낙관적인 이야기까지 얼른 듣고 얼른 나가고 싶은 것이 대부분의 인성(人性)이다. 비관적인 이야기는 다 듣고 싶지가 않으며 낙관적인 이야기는 끝에 비관적인 꼬투리가 붙을까 봐 얼른 나가고 싶은 것이다. 그러나 의사는 20분 동안이나 자세하게 증세와 대처법, 음식에 대한 조언까지 해주었다. 병실을 나왔을 때 둘은 의사에 대한 고마움에 상기되었지만 잠시 후에 병원 현관에 섰을 때는 얼굴이 굳어져 있었다. 의사가 몇 달 후에 끝나는 생명을 전제로 말해 주었다는 것을 깨닫게 된 것이다.

"다 쓸데없어."

그래서 김선호가 뱉듯이 말했다.

"내가 40년 제자를 가르쳤지만 예상대로 된 녀석이 하나도 없었어, 의사라고 다 맞는 게 아녀."

윤수정은 앞을 오가는 사람들만 보았고 김선호의 말이 이어졌다.

"사고뭉치가 국회의원이 되고 모범생이 교도소에 들락거리게 되었어, 사람 몸이라는 게 다 똑같은 것도 아녀, 다 다르게 작용하는 거여."

"아유, 고만하고 차 탑시다."

윤수정이 앞장서서 택시 정류장으로 걸으면서 말했다.

"난 가장 평범한 사람이오, 태수 아버지, 그러니까 의사 진단이 가장 잘 맞을 것 같소."

"아따, 말도 잘하네."

다른 때 같으면 웃으면서 말했겠지만 김선호가 버럭 화를 내었다.

"말하는 것이 심보가 비틀려 있어."

"미안해요."

"택시가 왜 없는 거야?"

택시 정류장에 택시가 없는 것에도 김선호가 화를 내었다.

"저기 입구에 차단봉 해놓은 거, 택시 못 들어오게 한 거 아냐? 나쁜 놈들 같으니."

그때 윤수정이 머리를 돌려 김선호를 보았다. 택시 정류장에는 둘뿐이다.

"정인이하고 연락은 되지요?"

"누구?"

되물었던 김선호가 숨을 들이켰다. 윤수정의 시선을 받은 김선호가 피하지도 못하고 입안의 침을 삼켰다. 윤정인이다. 갑자기 왜 그 사기꾼을 찾는가? 그때 윤수정이 가라앉은 표정으로 말했다.

"정인이를 통해서 제 애비한테도 연락이 될 것이고, 그렇죠?"

"왜 그러는데?"

김선호가 갈라진 목소리로 묻자 윤수정의 얼굴에 희미한 웃음기가 떠올랐다.

"재일이 한번 보려고요."

"…."

"이번에 그놈이 제 딸 시켜서 일 저지르다 만 것, 짐작했어요."

숨을 들이켠 김선호가 눈만 껌벅였고 윤수정이 말을 이었다.

"당신이나 애들이 내 앞에서 그 일 숨기고 있는 것도 다 알아요."

"…"

"며느리들한테는 말 안 한 것도 알고, 부끄럽고 고마웠지요."

"어, 그게…"

"내 말 들어요."

윤수정의 한마디에 김선호가 벌렸던 입을 꾹 다물었다. 다시 윤수정
의 말이 이어졌다.

"재일이가 보고 싶어요."

윤수정이 눈을 가늘게 뜨고 김선호를 보았다.

"내가 가면 이제 그놈은 영영 우리 집하고 인연이 끊기겠지요, 내가
있어서 사기도 치고 딸을 내세워서 돈도 뜯어가려고 했지, 내가 없어지
면 감히…"

"어, 그만."

김선호가 손을 들어 말을 막았다.

"어딜 가? 가는 것 좋아하네."

그때 택시 한 대가 다가와 섰는데 옆에서 주춤거리던 40대쯤의 부부
가 다가갔다.

"이보시오, 순서를 지킵시다!"

김선호가 소리치자 부부가 멈춰 섰다. 택시 문을 연 김선호가 윤수
정을 먼저 태우고는 앞쪽에 대고 버럭 소리쳤다.

"누구 맘대로 가?"

김선호가 차에 탔을 때 멈춰 섰던 사내가 투덜거렸다.

"그 아저씨 성질 고약허네."

놀란 택시 운전사가 차를 발진시켰고 윤수정은 더 입을 열지 않았다.

"아버지, 이거…"

정미소 앞에서 만난 김동수가 커다란 봉투를 보이면서 말했다.

"한약인데 제가 믿을 만한 한의사한테서 가져온 건데요."

"비싸냐?"

"아니, 그건 상관없고요."

김동수가 김선호가 끌고 온 경운기 짐칸에 봉투를 내려놓으며 말을 이었다.

"췌장암 환자를 여럿 완쾌시켰다네요, 제가 누굽니까? 확인도 했습니다."

"무슨 약인데?"

짐칸에 실린 봉투를 흘겨보면서 김선호가 물었다.

"요즘은 사기꾼들이 얼마나 많은 줄 아냐? 환자를 이용한 사기꾼들 말이다."

"그 사람은 아닙니다. 그랬다가는 의원 문 닫아야죠."

"글쎄, 무슨 약이야?"

"인삼에 녹용, 좋은 거 다 들어 있어요."

김동수가 주머니에서 접힌 쪽지를 꺼내 내밀었다.

"이거, 달이는 방법입니다. 간단해요, 하루 한 번 끓이고 남는 건 냉장고에 보관했다가 드셔도 됩니다. 우선 한 달분인데 제가 계속 약 델게요."

"이런."

쪽지를 받아 쥔 김선호가 길게 숨을 뱉었다.

"애썼다."

"아버지."

다가선 김동수가 김선호를 보았다. 눈이 번들거리고 있다.

"기운내세요, 아버지."

"이놈아, 니 어머니가 기운 내야지 내가 기운 낼 이유가 있냐?"

"아버지가 챙겨 주셔야지요."

"니 어머니는 쌩쌩혀, 지금도 날 잡으려고 한다."

"아버지."

"왜?"

"저, 집에 가서 어머니 보려고 했는데 지금은 안 되겠어요."

"왜? 늦었냐?"

오후 3시 반이다. 김동수가 정미소 앞에서 만나자고 해서 만나러 달려온 참이다. 그때 김동수가 손끝으로 눈을 닦고 나서 말했다.

"어머니 보면 눈물이 쏟아질 것 같아서요."

"알았다, 그럼 전화나 해라."

"조금 있다가 할게요."

어깨를 늘어뜨린 김선호가 문득 머리를 들고는 김동수를 보았다.

"아, 참, 니 어머니가 외삼촌을 보고 싶다고 하는구나."

"예?"

눈물에 젖었던 김동수의 눈이 번쩍 치켜떠졌다. 금방 살벌한 표정이 되다.

"왜요?"

"니 어머니가 윤정인이하고 니 외삼촌이 사기를 치려고 했던 걸 알아."

"예에?"

"나한테 그랬어, 다 알고 있다고, 너희들한테 부끄럽고 고맙다고…"

"…"

"며느리들한테 말 안 한 것도 고맙다고 하더라, 니 엄니가 본래 여우 처럼 눈치가 빨랐지 않냐?"

그때 다시 손등으로 눈물을 닦은 김동수가 김선호를 보았다. 닦았어 도 눈에서 눈물이 쏟아지고 있다.

"아버지, 보면 뭐 하신대요?"

"자기가 가면 그놈이 두 번 다시 우리한테 나타나지 않을 것 아니냐 고 하더라, 자기가 있어야 사기도 치고 딸을 내세워서 돈도 뜯어가려고 하지, 없어지면 나타날 것이냐고…"

"아이고, 어머니는 참."

쏟아지는 눈물을 닦은 김동수가 마침 옆으로 사람이 지나가자 몸을 돌려 피했다. 곧 다시 몸을 돌린 김동수가 김선호를 보았다.

"형하고 상의해서 찾을게요, 금방 끌고 올 수 있어요, 아버지."

"근데 그놈한테는 니 엄마 아픈 거 이야기할 필요 없다."

"그럼요."

"이건 내 생각인데."

길게 숨을 뱉은 김선호가 김동수를 보았다.

"그놈 니 외삼촌을 집으로 데려오는 게 어떻겠냐?"

"예?"

"그놈이 여기서 함께 살도록 말이다. 내가 말하면 그놈은 싫다고 할 것 같지는 않다만."

"아버지가 결정하시죠, 저희들은."

"네 형하고 상의해라, 난 기운이 없어서 똑같은 말 네 형한테 못 하겠다."

어깨를 늘어뜨린 김선호가 김동수를 보았다.

"고맙다, 약 잘 먹이마."

그리고는 두 부자가 잠시 서로를 보았다.

"이거 내가 사온 거야."

약 봉투를 마루에 놓으면서 김선호가 이마의 땀을 씻는 시늉을 했다.

"대전의 아는 사람한테 부탁했어."

약 봉투에 대전 한의원 주소가 적혀 있는 터라 하는 수 없다.

"대전요?"

마루에 앉아 마늘을 까던 윤수정이 김선호를 보았다. 의심쩍은 시선이다. 봉투를 끌어당긴 윤수정이 숨을 들이켰다.

"많네."

"한 달분이야, 먹고 차도가 나면 다시 가져오기로 했어."

"이 한의원 잘 알아요?"

"내 제자가 소개시켜줬어."

다시 김선호를 흘겨본 윤수정이 약을 한 봉지 빼어 보았다.

"이게 하루분인가?"

"아침에 다려서 하루 세 번 마시는 거야. 내가 다릴 테니까 놔둬."

"아이고 귀찮겠네."

"낫기만 한다면야 하루 열 번도 달이지."

오후 4시 반이다. 더 이상 윤수정이 캐묻지 않는 것을 다행으로 여긴 김선호가 서둘러 약봉투를 들고 안방으로 가면서 말했다.

"희선이한테는 당신 보신하는 약이라고 혀."

윤수정이 마늘을 까면서 대답하지 않았으므로 김선호가 다시 주의를 주었다.

"걔가 당신 닮아서 눈치가 빠르니께 다른 얘기 말라고."

그때 윤수정이 머리를 들고 방에서 나오는 김선호를 보았다.

"참 애들한테 재일이 이야기 했어요?"

"응?"

제풀에 놀란 김선호가 우물쭈물하다가 대답했다.

"좀 있다 해야지, 내가 약 때문에 오늘은 바빠서."

"동수한테 말하면 될 텐데."

"그렇군."

조금 전에 정미소 앞에서 동수를 만나 한약을 받아온 터라 김선호는 정신을 가다듬었다. 윤재일이 이야기도 다 했지만 도둑이 제 발 저리다고 했다는 소리를 내놓지 못했다.

"세상이 다르게 보여요."

윤수정이 혼잣소리를 했지만 김선호는 덜컥 심장이 내려앉는 느낌을 받는다.

"그게 무슨 말이여?"

"오늘 사는 것이 귀허게 느껴지고 시간이 빨리 가는 것 같아요."

"허."

갑자기 목이 멘 김선호가 헛기침을 했다. 윤수정이 마늘을 내려놓고 옆쪽에 앉은 김선호를 보았다.

"우리 애들 참 착허지요?"

"그, 그게."

심호흡을 한 김선호가 자리에서 일어섰다.

"아, 그럼, 착하다마다."

"어디 가시오?"

"약단지 찾으러, 어디 있더라?"

"창고 위쪽인디, 내가 찾지."

자리에서 일어서던 윤수정이 움직임을 멈추더니 허리를 굽힌 채 손을 등에 붙였다.

"왜 그려?"

놀란 김선호가 묻자 윤수정이 허리를 펴면서 길게 숨을 뱉었다.

"이젠 괜찮아요."

같이 토방으로 내려온 윤수정이 앞장서 걸으면서 말했다.

"나, 당신 고생시키지 않을라요."

"무슨 말이여?"

"좀 심해지면 약이건 뭐건 다 끊을 생각이오."

"무슨 말을 그렇게 혀?"

버럭 소리를 친 김선호가 멈춰 섰다.

"내가 어떻게 되는 꼴 보고 싶어?"

놀란 철수가 꼬리를 말더니 제 집으로 들어가 머리만 내놓았다.

"왜 소리를 지르고 그래요?"

창고로 들어가면서 윤수정이 김선호를 흘겨보았다.

"아직 반년이나 남았다고 하잖어요?"

"시끄러!"

다시 소리를 친 김선호가 창고에 따라 들어갈 생각을 버리고 토방에 쪼그리고 앉았다. 그러고 보니 윤수정이 췌장암 통고를 받고 나서 김선

215

호도 세상이 다르게 보이는 것 같았다. 윤수정 말마따나 시간이 왜 이렇게 빨리 지나는지 모르겠다. 그리고 다 새롭고 허전하다. 걸핏하면 목메어 눈물이 난다. 이러다가 어떻게 되는 것이 아닌가 하고 불안해지기도 한다. 그리고 무엇보다도 윤수정이 어떻게 되었을 경우를 생각하면 그 다음에는 아무것도 생각이 나지 않는 것이다. 그것이 무엇이겠는가? 세상 끝이다.

"알았다. 아버지 바꿔줄게."

통화를 끝낸 최혜영이 핸드폰을 건네주었지만 김태수는 앞쪽 TV를 향한 채 움직이지 않았다. TV를 보는 것도 아닌 것이 눈동자의 초점이 흐려져 있다.

"대근이 전화 받아."

최혜영이 목소리를 높였을 때 숨을 들이킨 김태수가 핸드폰을 받았다.

"어."

김태수가 목소리를 내었더니 곧 김대근이 소리치듯 말했다.

"아버지, 여기 멋져요, 어제는 하루 종일 시내 돌아다녔어요."

일요일 오후 5시, 김태수는 집에서 스페인 마드리드에 있는 김대근의 전화를 받고 있다. 마드리드는 지금 오전 10시일 것이다. 김대근의 목소리가 이어졌다.

"아버지, 스페인에 일주일쯤 더 있다가 포르투갈 거쳐서 영국으로 갑니다."

"…"

"유럽이 볼거리가 많아서 일정이 열흘쯤 늦춰졌어요, 할 수 없죠 뭐."

김태수는 수학여행 때 어머니가 돈이 없다고 말할 때의 얼굴을 떠올렸다. 왜 이런 때 어머니 얼굴이 생생하게 떠오를까? 그때 김대근이 서두르듯 말했다.

"아버지, 저, 아침 먹어야 돼요, 저한테 할 말 없으시죠?"

그 순간 김태수는 김대근이 할아버지는커녕 할머니 안부도 묻지 않았다는 것을 떠올렸다. 저절로 어깨가 부풀려졌고 이가 물렸다. 잠자코 핸드폰을 귀에서 뗀 김태수가 통화정지 버튼을 누르고는 최혜영에게 건네주었다.

"대근이 돌아오라고 해."

불쑥 제 입에서 나온 말이 남의 목소리 같았지만 김태수가 똑바로 최혜영을 보았다.

"응?"

핸드폰을 받아 쥔 최혜영은 무슨 말인지 못 알아들은 것 같다. 건성으로 묻고 시선이 다시 TV로 돌아간다.

"귀국하라고 하란 말이야."

김태수가 목소리를 높이자 최혜영이 눈을 크게 떴다.

"무슨 말이야?"

"귀국하라고 해, 다음 주까지."

김태수가 똑바로 최혜영을 보았다. 이런 후레자식은 키워 봤자다. 제 할머니 안부도 묻지 않는 놈, 세계 여행? 개 같은 놈, 무럭무럭 화가 치밀어 오른 김태수가 이어서 소리치듯 말했다.

"지금까지 든 경비가 천팔백이야, 더 이상 감당 못 해."

"아니, 여보, 그건 우리가…"

"돌아오라고 해, 집안 사정을 좀 알아야지, 장남이란 놈이, 싸가지가 하나도 없는 놈, 그런 놈을 뼈 빠지게 번 돈으로 세계 유람을 시킬 수 없다고."

"아니, 갑자기…"

경비야 처음부터 예상했던 것이고 이유가 있다. 그러나 김태수의 기세가 너무 사나웠기 때문에 최혜영이 정색했다. 영근이와 서현이는 학원에 갔기 때문에 집에는 둘뿐이다.

"아니, 여보, 회사에 무슨 일 있어?"

"없어."

"솔직히 말해봐, 과천 부동산 정리한 것으로도 안 돼?"

"이번 두바이 오다가 터졌어, 회사는 괜찮아."

"그럼 왜 그래?"

"아, 글쎄, 돌아오라고 해!"

다시 버럭 소리치면서 최혜영을 노려보았던 김태수가 숨을 들이켰다. 갑자기 목이 메었기 때문이다. 그래서 황급히 머리를 돌렸지만 아차, 눈에서 갑자기 눈물이 쏟아졌다. 외면한 채였지만 한쪽 얼굴이 최혜영에게 드러났다. 눈물을 본 최혜영이 놀라 자리에서 일어섰다. 그러고는 얼굴을 돌린 쪽으로 돌아왔지만 김태수가 다시 외면했다. 그러나 그동안 얼굴은 다 보였다. 눈물은 계속 쏟아졌고 김태수가 서둘러 손바닥으로 닦는다.

"왜 그래? 응?"

바짝 붙어 앉은 최혜영이 이제는 다그치듯 물었다.

"무슨 일 있어?"

"없다니까 그러네!"

김태수가 벌떡 일어서다가 최혜영이 셔츠를 당기는 바람에 다시 앉았다.

"말해! 무슨 일이야!"

김태수가 손바닥으로 이제 꼼꼼하게 눈을 닦았다. 눈물은 흐르지 않는다. 최혜영이 움켜쥔 옷자락을 흔들었다.

"왜 갑자기 울고 그래! 응? 무슨 일이야! 당신…"

그러다가 최혜영이 숨을 들이켜고 나서 떨리는 목소리로 물었다.

"지난번 건강검진 받은 거야?"

오후 6시 반, 서재에 있던 김동수가 핸드폰의 진동을 듣고 발신자를 보았다. 최혜영이다. 벽시계를 올려다 본 김동수가 핸드폰을 귀에 붙였다. 서재에는 김동수 혼자뿐이다.

"예, 형수님."

"저기, 저녁 드셨어요?"

"예, 조금 전에…"

김동수의 이맛살이 조금 찌푸려졌다. 최혜영이 직접 전화를 해온 적이 드물기 때문이다. 더구나 요즘처럼 심각한 상황에서 예감이 좋지가 않다. 그때 최혜영이 말했다.

"저기, 대근 아빠가 무슨 일 있는지 궁금해서 전화 드렸어요."

순간 심장에서 쿵, 소리가 울리는 느낌이 들었으므로 김동수가 심호흡부터 했다. 예감이 맞는 것 같다. 그 일, 어머니하고 관련된 일인가?

"왜 그러시는데요?"

김동수가 가라앉은 목소리로 물었다. 형은 임기응변은 뛰어나지만 욱, 하는 성질이 있다. 그리고 나보다 성격이 여리다. 그때 최혜영이 말했다.

"갑자기 울어요, 저, 그런 거 처음 보았어요, 지금까지 별일 다 겪었지만 그렇게 소리 없이 우는 거요."

"…"

"막 눈물을 쏟더니 외국에 있는 대근이를 불러들이라네요, 화를 내면서요, 저는 영문도 모르겠어요."

"…"

"글쎄 왜 그러냐고 물어도 대답도 않고 방으로 들어가 문을 잠가 버리네요. 그래서 혹시 지지난주에 건강검진을 한 것이 이상이 있나 했더니 검진은 받지 않았더라구요."

"…"

"저, 속상해 죽겠어요, 종근 아버지는 무슨 일인지 아세요?"

"글쎄요, 저도…"

"그래서 전주 어머님한테라도 전화를 해볼까 하다가 먼저 종근 아버지께 연락드렸어요."

"그, 그러실 필요가…"

"네?"

"아니, 전주에까지 물어보실 필요는 없다는 생각이 들어서요."

김동수가 손바닥으로 이마에서 번져 나온 땀을 닦았다.

"그러시면 괜히 또 어머니 아버지가 걱정하실 것 같아서요, 하하하."

마지막 웃음은 헛웃음이다. 놀란 후라 허세를 부린 것인데 최혜영이 고분고분 대답했다.

"그러네요, 말씀드렸다가 걱정만 끼쳐 드릴지도 모르겠네요."

"형이 특별한 일은 없는 것 같습니다만 제가 바로 연락해보지요, 형수님."

"그래주신다면 고맙고요."

"아이구, 형수님도, 조금만 기다려주세요, 제가 형한테 연락해보고 다시 전화드리겠습니다."

"정말 고맙습니다, 종근 아버지."

"아닙니다."

"종근 엄마하고는 어제 통화 했어요."

"예, 압니다."

"그럼 전화 기다리겠습니다."

"예, 형수님."

핸드폰을 내려놓은 김동수가 전원이 확실하게 꺼진 것을 확인하고 나서 어깨를 부풀리며 말했다.

"아, 정말, 왜 눈물을 쏟고 난리야?"

그러고는 다시 핸드폰을 들고 버튼을 눌렀다. 신호음이 다섯 번 울리더니 곧 김태수가 전화를 받는다.

"응, 웬일이냐?"

김태수의 가라앉은 목소리를 들은 김동수가 입맛부터 다셨다. 추궁할 생각이 날아갔기 때문이다. 그러나 말은 해야 한다.

"형, 울었어?"

"응?"

"금방 형수한테서 전화가 왔잖아? 형이 울었다고."

"이런 빌어먹을."

"무슨 일 있느냐고 물어보는데 당황했어."

"에이, 참."

"궁금해서 어머니한테 전화하려다가 나한테 먼저 했다는 말을 듣고 간 떨어질 뻔했어."

"뭐야? 이 예펜네가…"

"형수가 무슨 잘못이야? 형이 대책 없이 그러니까 그렇지."

"…."

"형, 어떻게 이야기 하지? 내가 형수한테 다시 전화하기로 했다구."

"…."

"무슨 방법 없을까? 뭐, 회사 핑계를 대는 게 어때?"

김태수가 묵묵부답이어서 김동수는 형이 또 우는 것이 아닐까 의심했다.

김동수가 김태수의 전화를 받았을 때는 오후 7시 반이다. 서재에서 기다리고 있던 김동수가 서둘러 핸드폰을 귀에 붙였다.

"어, 형, 어떻게 되었어?"

김태수가 알아서 처리하겠다고만 해서 궁금했고 불안하기도 했다.

"응, 끝냈다."

"어떻게?"

"내가 요즘 갱년기여서 그랬다고."

"갱년기 좋아하네."

기가 막힌 김동수의 얼굴이 일그러졌다.

"그랬더니 믿어?"

"어쩌겠어? 믿어야지."

"좀 조심해, 형."

"알았다, 그런데 참 힘들구나."

"숨기기가?"

"아냐, 이 자식아, 그쯤은…"

김동수도 숨을 들이켰고 둘은 핸드폰을 귀에 붙인 채 잠깐 입을 다물었다. 이윽고 김태수가 먼저 입을 열었다.

"하지만 대근이는 다음 주에 귀국 하라고 했다."

"어? 왜?"

"그냥."

"아니, 왜, 넉 달 예정으로 떠난 애를 두 달밖에 안 되었는데…"

"그런 싸가지 없는 놈은 다시 안 보내."

"왜? 걔가 어때서?"

"그냥."

"형수는 뭐래?"

"내가 그런다니까 어쩔 수 없지 뭐, 오라고 해야지."

"어머니 때문에 그런 거야?"

불쑥 김동수가 묻자 김태수는 입을 다물었다. 눈을 가늘게 뜬 김동수가 핸드폰을 고쳐 쥐었다.

"형, 그것 때문이야?"

"글쎄, 그 싸가지 없는 놈이…"

결심한 듯 김태수가 말을 이었다.

"지금 마드리드에 있다면서 제 엄마한테 별 이야기를 다 하고 나한테도 이야기를 했는데…"

"…"

"즈그 할머니 할아버지 안부 한마디 물어보지 않는구먼, 그 후레자식이."

"…"

"야, 그런 놈 키워서 뭐하냐? 내가 돈 갖다 바치는 종이냐? 글쎄 뿌리를 알아야지 뿌리를…"

"형."

"우리 어머니는 너하고 내가 수학여행 겹쳤을 때 돈 없어서 못 보내면서 가슴이 미어졌을 거다. 그런데 나는 뭐냐?"

"형."

"몇천만 원 뿌리면서 세계일주 여행을 보내? 그래서 우리 어머니 가슴을 더 찢어지게 해?"

"형."

"지 할머니가 어떤지 안부도 물어보지 않는 싸가지 없는 놈을?"

이제는 어깨를 늘어뜨린 김동수는 입을 다물었고 수화구에서 가쁜 숨소리만 울렸다. 이번에는 김동수가 먼저 입을 열었다.

"형, 화요일에 시간 있어?"

"왜?"

"윤, 아니, 외삼촌하고 연락이 되었어."

"…"

"윤정인한테 문자를 보냈더니 문자로 연락이 왔어, 지금 강릉에 있대."

"누가?"

"외삼촌이."

"윤정인이는?"

"모르지."

둘은 다시 잠깐 입을 다물었다. 부녀는 경찰에 연행되었다가 이틀간 조사를 받고 풀려나왔다. 사기 미수는 확실하지만 피해자가 될 뻔한 김태수 형제가 처벌은 원하지 않았기 때문이었다. 그러나 김태수 형제는 윤재일 부녀를 만나지도 않고 헤어졌다. 다시 김동수가 입을 열었다.

"화요일 오후 3시에 대전에서 만나기로 했어, 무슨 일이냐고 자꾸 묻기에 할 수 없이 지난번 사기 미수 사건에 합의서를 써낼 것이 있기 때문이라고 했지."

"…"

"그랬더니 두말 않고 오겠다는군, 내가 그런 사람 약점을 잘 알지."

"네 생각은 어떠냐?"

김태수가 불쑥 물었지만 무슨 말인지 안 김동수는 긴 숨부터 뱉었다.

"글쎄, 아버지는 외삼촌을 어머니 옆에 두는 것이 낫다고 생각하시는지 모르지만 끝까지 애를 먹이지 않을까?"

김동수가 목소리를 낮추고 말을 이었다.

"어머니 상태를 알게 되면 그 양반 대책 없이 날뛰게 될 텐데 말이야, 난 별로 도움이 안 될 것 같아."

오후 3시 5분에 나타난 윤재일은 말끔한 양복 차림이었다. 대전 용문동의 허름한 커피숍 안이다. 윤재일이 정한 커피숍이었는데 외진 곳에다 파출소가 좀 멀었다. 김동수가 위치를 보더니 그렇게 김태수에게 말해준 것이다.

"어, 너도 왔냐?"

김동수 혼자만 나올 줄 알았던지 윤재일이 김태수를 보더니 당황했다. 얼굴이 대번에 굳어지더니 커피숍 안을 다시 한 번 둘러보았다.

"앉으세요."

인사는 김태수가 했다. 만나자고 한 김동수는 외면한 채 입맛만 다시고 있었기 때문이다. 마주보고 앉았을 때 정신을 수습한 윤재일이 어깨를 펴더니 다가온 종업원에게 차를 시켰다. 11월인데도 아이스커피를 시켰고 진하게 타라는 말을 두 번이나 했다. 그러더니 의자에 등을 붙이고는 김태수를 보았다. 김태수가 윤재일한테는 만만했다. 김동수처럼 대놓고 눈을 부라리지는 않았기 때문이다.

"그래, 합의서를 써야 한다고? 지난번에 다 끝난 일 아니냐?"

김태수가 눈만 깜박했더니 윤재일의 목소리에 짜증기가 섞여졌다.

"내가 법을 잘 아는데 일사부재리의 원칙이라는 것이, 그것은…"

"일사부재리 좋아하시네."

김동수가 불쑥 끼어들었으므로 윤재일이 숨을 들이켰다. 김동수는 대학교수다. 상대 교수지만 윤재일은 김동수 앞에서는 가급적 아는 척을 못 하는 버릇이 들었다. 더구나 어렸을 때부터 성질이 지랄인 놈인 것을 아는 것이다. 김동수가 눈을 치켜뜨고 윤재일을 보았다.

"사건은 아직 끝나지 않았고 현재 집행유예 상태란 말씀입니다. 그만해두시죠."

"아, 글쎄…"

"뭐요? 일사부재리? 그 뜻이나 알고 말씀하시는 거요?"

"너, 얻다 대고 그런 말버릇이냐?"

"사기 미수범한테 사기 피해자가 될 뻔했던 대학교수가 말하고 있습니다."

"너, 내가 누구라고…"

"잠깐만요."

그때 김태수가 두 손을 저으면서 나섰다. 마침 종업원이 차를 가져왔으므로 셋은 입을 다물었다. 종업원이 몸을 돌렸을 때 김태수가 윤재일에게 물었다.

"지금 강릉에 계세요?"

"그건 알아서 뭐하게?"

"거기 사시는 집이 있어요?"

"아니, 글쎄, 왜 그러는데?"

"아, 그냥요."

"내가 동가식서가숙 한다."

"정인이 하고는 같이 안 계세요?"

"너, 호구 조사하려고 나 만나자고 했냐?"

김태수가 입맛만 다셨더니 윤재일이 말을 이었다.

"합의서 써 준다면서? 빨랑 끝내고 헤어지자."

"내, 참."

김동수가 혀를 차면서 김태수를 보았다.

"형, 그만둡시다."

김동수의 시선을 받은 김태수가 어깨를 부풀렸다가 내리면서 윤재일을 보았다.

"외삼촌."

그 순간 윤재일이 커피 잔을 들려다가 놓았다. 이맛살이 조금 찌푸려졌고 눈동자가 흔들렸다. 그때 김태수가 말을 이었다.

"외삼촌, 지금 누구하고 사세요?"

"아, 글쎄, 왜 그러는데?"

이제 윤재일의 목소리도 낮아졌다. 외삼촌 소리에 조금 흔들린 것 같다. 그때 김태수가 길게 숨을 뱉었다.

"아, 어머니가 외삼촌이 보고 싶다고 해서요."

순간 숨을 들이켠 윤재일이 시선을 내렸다. 김태수가 말을 이었다.

"이번 사건은 어머니는 모르시거든요, 우리가 말 안 했습니다. 어머니 속상하실까 봐서요."

"…."

"정인이가 폐 끼치기 싫다고 갑자기 사라진 것으로 만들었거든요, 그랬더니 어머니가 굉장히 서운해 하십니다."

"…."

"그래서 자꾸 외삼촌하고 정인이를 찾으십니다. 그래서 그런 겁니다."

"…."

"동수는 그런 말 하면 외삼촌이 안 오실 것 같다고 생각했는지 합의하자고 부른 것 같네요."

그때 머리를 숙이고 있던 윤재일이 머리를 들었다. 그 순간 김태수는 숨을 들이켰다. 윤재일의 눈에서 눈물이 흘러내리고 있었기 때문이다. 윤재일이 손등으로 눈을 닦고 나서 말했다.

"내가 누님 많이 괴롭혔지."

어깨를 부풀렸다가 내린 윤재일이 말을 이었다.

"누님은 심성이 참 착하지."

그때 김동수가 헛기침을 했다.

"우리 어머니가 착한 분이지만 바보는 아닙니다."

9장 고향

"형, 찜찜해."

윤재일과 헤어지고 둘이 남았을 때 김동수가 말했다. 방금 윤재일이 커피숍을 나간 것이다.

"잠깐만."

자리에서 일어선 김태수가 김동수에게 말했다.

"너, 쫌만 여기서 기다려라, 내가 저 양반 좀 만나고 올 테니까."

"왜?"

"차비라도 좀 주려고."

"미쳤어?"

김동수가 눈을 크게 떴다가 곧 따라 일어섰다.

"같이 가, 그러면."

앞장 선 김태수가 서둘러 커피숍을 나왔고 계산을 한 김동수는 조금 쳐졌다. 오후 3시 반, 그들은 윤재일과 나흘 후인 토요일 오후 3시에 다시 이곳에서 만나기로 한 것이다. 그날 같이 문촌 마을에 가기로 했기 때문이다. 계산을 치른 김동수가 밖으로 나왔더니 왼쪽에 김태수가 보였다. 김태수 앞에 구부정한 자세로 걷는 윤재일의 모습도 보였다.

"저 양반은 참."

김태수의 뒷모습에 대고 투덜거렸지만 김동수는 형의 따뜻한 마음에 가슴이 조금 젖어왔다. 서둘러 걸었더니 윤재일을 부른 김태수와 거의 동시에 다가가 섰다.

"무슨 일이냐?"

윤재일이 의심쩍은 표정으로 둘을 번갈아 보았으므로 김동수는 입맛부터 다셨다. 그때 김태수가 물었다.

"외삼촌, 지금 강릉 가신다고 했지요?"

"응, 고속버스가 8시까지는 있어, 그런데 왜?"

김태수가 지갑을 꺼내더니 5만 원권 지폐를 세어서 건네주었다. 김동수가 세는 것을 보았더니 6장, 30만 원이다.

"이거 차비 하세요."

"원, 이런."

냉큼 손부터 내밀어 돈을 잡은 윤재일의 시선이 김동수를 스치고 지나갔다. 얼굴에 계면쩍은 웃음이 떠올라 있다.

"고맙구나, 내가 형편이 어려워서 받는다."

말이 끝나기도 전에 돈은 이미 바지 주머니에 들어가 있다. 주머니에 돈이 들어간 후이기 때문인지 윤재일의 말이 더 유창해졌다.

"내가 조카들인 너희들에게 정말 면목이 없다. 내가 경멸 받아도 싸다. 그런 나한테 이렇게 대해줘서 고맙게 생각한다."

"괜찮습니다."

김태수는 그렇게 대답했지만 김동수는 딴 곳을 보았다. 그때 윤재일이 머리를 끄덕이며 말했다.

"내가 네 어머니한테 전화를 한다고 전해라."

"예?"

놀란 김동수가 김태수를 보더니 윤재일에게 물었다.

"언제요?"

"내일쯤 하지."

"옛날 핸드폰이 되세요?"

"아니, 다른 핸드폰으로."

"알겠습니다. 어머니께 말씀드리지요."

대답은 김태수가 했다.

"어쨌든 토요일에 다시 뵙지요. 그리고 같이 집에 가십시다."

"그러자."

다시 발을 뗀 윤재일이 이제는 밝은 얼굴이 되어 손까지 흔들며 멀어져 간다.

"옛날 핸드폰은 사기 치다가 버린 것 같군."

윤재일의 뒷모습에 대고 말한 김동수가 김태수를 보았다.

"형, 웬 돈을 30만 원이나 줘? 돈 많아?"

"야, 그래도…"

"버릇된다고, 다음에 25만 원 주면 서운해 한단 말이야."

"알았다, 다음에는 네가 줘라."

"난 한 푼도 못 줘."

"그나저나 내일 전화한다는데 어머니가 놀랄 것 같은데."

"오늘 미리 이야기를 해야지."

"네가 해라."

"왜 내가 해?"

김동수가 짜증을 냈다.

"형이 해."

"알았다."

입맛을 다신 김태수가 발을 떼면서 말을 이었다.

"아버지한테는 네가 해."

"알았어."

"나, 그냥 서울 올라갈란다."

"그래."

"제수씨나 애들 못 보겠다."

"알았어."

둘은 말없이 용운동 인도를 정처 없이 걷다가 택시 정류장 앞에서 멈춰 섰다. 김동수도 택시를 타고 온 것이다. 오후 4시도 안 되어서 초겨울의 날씨는 맑고 청명하다. 그때 하늘을 올려다본 김동수가 목멘 목소리로 말했다.

"우리 어머니도 저 하늘 보고 있겠네."

아버지를 맡은 김동수가 자초지종을 말했을 때는 오후 6시경이다. 그때는 김태수가 서울행 KTX에 앉아 있을 시간이었고 아버지는 저녁 먹기 전에 마실 나가 있을 것이었다.

"그 놈이 니 어머니한테 전화를 한다고?"

듣고 난 김선호가 되묻더니 입맛을 다시는 소리를 냈다.

"그놈이 나한테는 전화 안 한다더냐?"

아차, 하는 심정이 된 김동수가 서두르듯 말했다.

"하겠지요."

순간 싸가지 없는 윤재일이 아버지한테 다시 찍히면 어쩌랴 하는 생각도 들었다. 그때 김선호가 다시 물었다.

"너희들, 니 외삼촌한테 어머니 이야기는 안 했지?"

"그러믄요, 아버지, 저희들이 어린애입니까?"

"태수가 니 어머니한테 전화를 한다고?"

"예, 저는 아버지한테 알려 드리고요."

"애쓴다."

"아버지가 고생이시죠."

"니 엄마가 밥을 안 먹어."

그 순간 숨을 들이켠 김동수가 물었다.

"약은 드세요?"

"내가 꼬박꼬박 먹인다."

"병원에도 가셔야 됩니다. 항암 치료도 계속 받으셔야 돼요."

"그러려고 한다."

"요즘은 좋은 약도 많이 나와요, 아버지."

"…."

"어머니가 기운을 차리시게 해야 됩니다."

"안다."

"아버지도 기운내시구요."

"그런데 말이다."

"예, 아버지."

"네 외삼촌은 불렀지만 말이다."

"예."

"네 어머니는 좋아하겠지, 옆에 두면 안심도 될 것이고."

"그렇죠, 다른 건 우리가 감당해야지요."

"그런데 희선이는 어떻게 하나?"

그 순간 심장이 철렁 내려앉는 느낌이 들었으므로 김동수는 숨을 골랐다. 동생 김희선을 생각하지 못하고 있었던 것이다. 그때 김선호가 말을 이었다.

"걔도 눈치가 여간 아니다. 내가 네 엄마 약을 끓이니까 자꾸 묻고 네 엄마한테도 말을 걸어."

"어떻게 하지요?"

다급한 김에 말이 그렇게 나와 버렸다. 그때 김선호가 길게 숨을 뱉는 소리를 내더니 말했다.

"내가 말해야 될 것 같다."

"어머니한테는 말 안 하시구요?"

"글쎄, 그것이."

"저희들한테처럼 말 안 하시는 것이 나을 것 같은데요, 아버지."

"그런데 희선이는 같이 살지 않냐?"

김선호의 말에 억양이 줄어들었다. 김동수는 숨을 죽였고 김선호가 말을 이었다.

"희선이가 예민한 애라 지 감정을 숨기지 못할 것 같구나, 니 어머니도 금방 알아챌 것 같고."

"그럼 말 하신다구요?"

"니 어머니한테 먼저 말해봐야겠다. 니 외삼촌까지 온다면 더 복잡해질 테니까 말이다."

"어머니한테요?"

"그것이 니 어머니 병보다도 더 신경이 쓰여."

"그러네요."

"희선이한테 말하면서 이 기회에 우리 식구가 다 아는 것으로 하면 어떨까 한다. 니 엄마도 처음에는 화를 내겠지만 곧 이해하겠지."

"예."

"넌 어떻게 생각하느냐?"

"아버지, 저는…"

감당하기가 부담이 되었으므로 김동수가 심호흡을 했다. 집의 서재에서 문을 안에서 걸어 잠그고 있는 터라 조금 전에 정영아가 문을 당겼다가 돌아갔다. 그때 김선호가 다시 말을 이었다.

"니 외삼촌이 곧 온다니 이 기회에 니 엄마한테 말해야겠다. 너희들이 다 알고 있다고 말이다. 그리고 희선이한테도 이야기를 하는 것이 낫겠다."

"아버지."

"응."

"조금 후에 형이 어머니한테 외삼촌 이야기를 할 겁니다."

길게 숨을 뱉은 김동수가 말을 이었다.

"제가 지금 바로 형한테 연락을 할게요. 아버지가 그 말씀 다 하신다구요."

"…"

"형이 외삼촌 온다는 이야기를 하고 나서 하시죠, 내일 저녁때쯤이나 말씀입니다."

그러고는 김동수가 생각난 것처럼 말했다.

"희선이한테는 제가 말하지요, 아버지가 다 하시지 마세요, 제가 내일 점심때 전주 가서 희선이 만나겠습니다."

"어머니, 접니다."

핸드폰을 귀에 붙인 김태수가 심호흡을 했다. 오후 8시 10분, 김태수
도 서재에서 문을 걸어 잠그고는 전화를 한다.

"아이구, 웬일이냐?"

윤수정의 반기는 목소리를 듣자 김태수가 침부터 삼켰다.

"어머니, 외삼촌 만났는데요."

"응?"

놀란 윤수정이 되묻고는 가만있었으므로 김태수가 말을 이었다.

"동수하고 같이요, 외삼촌이 이번 토요일에 문촌리에 온답니다."

"…"

"저희들이 오후 3시에 만나가로 했어요. 그래서 같이 갈 겁니다."

"…"

"별일 없으시죠?"

"으응."

"어머니, 기쁘지 않으세요?"

그렇게 물었다가 아차, 했지만 이미 엎질러진 물이다. 그때 윤수정이
대답했다.

"욕봤다."

"아니, 저희들이야…"

"그놈이 이번에도 병원에서 사기 치려다가 도망갔지? 내가 다 알아."

"어머니, 그것은…"

김동수한테서 어머니가 알고 있다는 이야기를 들었지만 김태수는

가슴이 철렁 내려앉았다. 그때 윤수정이 말을 이었다.

"그놈이 제 딸하고 짜고 그랬지? 나쁜 놈, 내가 니 아버지한테는 이야기 했어."

"…"

"너희들 아니었다면 이번에도 또 사기를 당했겠지, 그 나쁜 놈한테."

"어머니."

"그런데도 만나서 데려와 준다니 고맙구나, 내가 너희들 어미로 해준 것도 없이…"

"어머니, 왜 그러세요?"

마침내 김태수가 목소리를 높였다.

"왜 그렇게 마음 약한 소리만 해요?"

"고마워서 그런다."

"아버지 거기 계세요?"

"저녁 먹고 가게에 갔어."

"희선이는요?"

"미경이하고 같이 있다."

"식사는 하셨지요?"

"응."

"뭐 드셨는데요?"

"밥."

"아, 글쎄…"

숨을 들이켠 김태수가 약 이야기를 하려다가 삼켰다. 김동수가 약 지어서 보냈다는 이야기를 들었지만 조심해야 한다. 그때 윤수정이 말했다.

"참, 대근이는 잘 있냐?"

"예, 그것이…"

대근이를 불러들였다고 말을 하려던 김태수가 마음을 고쳐먹었다. 그런 일로 이야기 길게 끌 필요가 없는 것이다.

"예, 어머니."

"객지에 나가면 고생인데 잘 먹기나 하는지 모르겠다."

"어머니, 그럼 토요일에 뵈어요."

"그래, 자고 갈 거지?"

"아, 그럼요."

인사를 마친 김태수가 핸드폰을 귀에서 떼고는 길게 숨을 뱉었다. 답답했으므로 서둘러 서재를 나왔더니 소파에 앉아 있던 최혜영이 김태수를 보았다. 눈길이 차갑다.

"문 잠그고 뭐해?"

"뭐하긴?"

버럭 목소리를 높인 김태수가 최혜영을 노려보았다. 마침 아이들은 학원에서 돌아오지 않았다.

"여자한테 전화했다, 왜?"

"왜 그렇게 화를 내?"

최혜영도 눈을 크게 떴다.

"정말 이상하네, 내가 물어본 게 잘못이야?"

"시끄러!"

"요즘 왜 짜증만 내? 딴 생각 하는 것처럼 멍하게 있다가 애꿎은 애나 불러들이고."

"시끄럽다니깐!"

"도대체 왜 그래?"

"이 여자가 정말!"

"말 좀 해봐, 나도 못 참겠어."

"참지 못하면 어쩔 건데? 응?"

김태수의 목소리가 높아졌다.

"어쩔 거야! 응?"

"정말 이 남자가?"

"뭐야? 이 남자! 너, 말 다 했어?"

김태수가 어깨를 부풀리면서 최혜영을 노려보았다. 눈을 치켜뜬 얼굴은 붉게 상기되었다. 이를 악물고 있어서 마치 원수를 만난 것 같은 표정이다. 그것을 본 최혜영의 가슴도 터질 것처럼 부풀었다. 애꿎은 화풀이가 대근에 이어서 자신에게로 쏟아진다는 생각에 김태수가 원수처럼 보였다. 여기서 김태수의 욕설 한마디면 도화선에 불이 붙는다. 그렇다고 김태수는 물러나고 싶지 않았다.

핸드폰을 내려놓은 윤수정이 길게 숨을 뱉었다. 문득 자신이 죽었을 때 자식들은 별로 외롭지는 않을 것이라는 생각이 들었으므로 또 가슴이 미어졌다. 당장은 슬퍼하겠지만 다 처자식이 있는 가장이다. 하다못해 희선이도 제 딸이 있다. 남은 것은 불쌍한 남편 하나뿐이다. 요즘 들어서 김선호가 천방지축 두서없이 나다니는 것이 떠오르자 윤수정의 어깨가 더 늘어졌다. 자꾸 뭘 잊어버리고 한 말을 또 하는 것이 모두 자신 때문인 것 같다. 오늘도 핸드폰을 두 번이나 잊어버렸다가 찾았다. 한 번은 철수 밥 주다가 개집 안에 놓았고 또 한 번은 경운기 짐칸에서 찾았다. 그럼 이 집에서는 미경이, 희선이하고 세 식구가 살게 될 것인가? 희선이는 재혼하지 않으려고 하겠지, 착한 아이니까 늙은 아비 혼자 두고 가지는 않을 것 같다. 그런데 쟤가 지 딸 돌보는 것도 벅차해하는데 아버지를 챙길 수 있을까? 김선호가 음식에 소탈한 것 같아도 맵거나 짠 것은 가리는 양반인데 희선이는 또 다르다. 서울에서 입맛을 버렸는지 조미료를 많이 넣고 짜고 매운 음식을 모녀가 밝힌다. 건넌방에서 미경이와 희선이가 이야기하는 소리가 들려왔다. 거실의 TV를 꺼놓아서 집이 조용한 편이다. 그럼 앞으로 다섯 달 남은 건가? 배를 손바닥으로 쓸어보면서 윤수정이 생각했다. 참, 하느님은 얄궂기도 하시지, 석 달 전에 괌에 가족 모두가 가서 그렇게 행복하게 보내도록 해주시더니 이런 운명을 주셨군, 윤수정은 이것이 '벌'이나 '불행'이라고 생각해본 적이 없다. 기쁜 일이 있으면 궂은일이 올 때도 있다는 인간사(人間事), 다 한 번씩 겪는 운명이라고 생각하고 있는 것이다.

"하느님, 부처님, 우리 태수 아버지가 제 명대로 살게 해주십시오."

저절로 윤수정의 입에서 그런 말이 나왔다.

"제발 맘 상해서 병이 나지 않게 해주십시오."

다시 속에 있는 말이 나왔다. 췌장암 선고를 받고 마음속으로만 씹고 있었던 말이다. 한 번 소리로 뱉어지자 계속해서 말이 나온다.

"우리 태수 동수가 지 처자식들하고 제 명대로 살게 해주십시오."

"우리 희선이가…"

그때 목이 멘 윤수정이 말을 그치고는 우두커니 건넌방 쪽을 보았다. 오늘은 둘이 도란도란 이야기를 하고 있다.

"아이구, 저것이 남편 복이 없어서…"

윤수정이 한탄했다.

"또 잘못 만나면 어떡한다냐? 미경이까정 있는데…"

"지 불쌍헌 년이 시골에서 늙은 아버지 수발까지 들며 산단 말이냐?"

길게 숨을 뱉은 윤수정이 손바닥으로 방바닥을 쳤다.

"저 영감은 딸내미가 주는 밥이 그냥 넘어갈까? 저 영감 비실거리는 모습이 눈에 선하구먼."

"아이고, 내가 먼저 가는 것이 미안허네, 어쩔꼬."

그때 토방에서 인기척이 났으므로 윤수정은 손끝으로 눈을 닦았다. 마실 나갔던 김선호가 돌아온 것이다. 김선호는 막걸리를 마셨는지 트림 소리를 내며 대청을 건너왔다.

"TV도 안 켜놓고 뭘 헌디야?"

그때 건넌방 문이 열리면서 김희선이 밝은 목소리로 물었다.

"아버지, 술 드셨어요?"

"응, 막걸리, 니 엄마는 자냐?"

"방에 계시는가 봐요."

그때 윤수정이 문을 열고 밖으로 나왔다.

"아니, 방에서 뭘 혀?"

김선호가 붉어진 얼굴로 말을 이었다.

"창수가 베트남에서 다옥이 오빠를 불러들이기로 혔다는구먼."

"잘혔네."

윤수정이 머리를 끄덕였다.

"다옥이가 맘 붙이고 살겠네요."

"다옥이 오빠가 자식이 셋이나 있대야. 여그서 기반 굳히고 일 년쯤 후에 데꼬 온다는구먼."

"아이구, 식구가 늘어나겠네."

"저녁때 약 먹었어?"

김선호가 묻자 윤수정이 쓴웃음을 지었다.

"아이구, 내 정신 좀 봐, 태수 전화 받느라고 못 먹었네."

"약 어딨어? 뎁히게."

"저그 찬장 위에."

"내가 뎁힐게요."

김희선이 앞질러 찬장으로 가면서 웃었다.

"아이구, 요즘 아버지가 엄마 챙기는 거 보기 좋네요."

"어, 그러냐?"

어정쩡하게 서 있던 김선호가 되묻더니 윤수정을 힐끗 보았다. 윤수정이 외면한 채 말을 이었다.

"태수하고 동수가 이번 토요일에 온답디다."

"오빠, 웬일이야?"

김희선이 웃음 띤 얼굴로 다가와 앞쪽 자리에 앉았다. 오후 1시 반, 전주 고사동의 커피숍 안이다. 점심을 먹고 만나기로 해서 김희선은 직원들하고 점심을 먹고 나온 길이다. 종업원에게 커피를 시킨 김희선이 김동수를 보았다. 네 살 차이여서 김희선은 반말을 썼다가 경어를 쓰기도 한다.

"너, 사무직으로 옮겼다면서?"

김동수가 묻자 김희선이 웃었다.

"응, 출세했지 뭐, 아웃렛 사장이 여자야, 나한테 잘해."

"잘됐다."

"미경이가 고등학교 졸업할 때까지 근무할 수 있겠어, 물론 아웃렛

이 망하지 말아야지."

그래놓고 김희선이 짧게 웃었다. 김희선은 계산대 점원으로 입사했다가 한 달 만에 경리부 직원으로 정식 채용된 것이다. 학력과 경력도 참조를 했겠지만 김희선의 성실한 자세가 인정을 받은 것이다. 김동수가 머리를 끄덕였다.

"네가 밝아져서 좋다."

"이제 오빠들이 나한테 돈 보내지 않아도 돼, 내가 그 말 하려고 했는데 잘됐어."

"그건 됐고."

"아냐, 큰 오빠한테도 말할 거야, 이젠 절대로 못 받아."

김희선이 눈을 크게 뜨고 김동수를 보았다.

"지금까지 해준 것만 해도 난 넘치도록 받았어, 오빠."

"나, 토요일 오후에 형이랑 집에 간다."

"들었어, 오빠."

"외삼촌도 함께 갈 거야."

"응?"

놀랐던 김희선이 물었다.

"외삼촌하고 연락이 되었어?"

"응."

김희선한테도 윤재일 모녀의 사기 행각을 말해주지 않은 것이다. 그래서 김희선은 윤정인이 폐 끼치지 않으려고 아이 데리고 사리진 줄로만 안다. 그때 김희선이 물었다.

"정인이는?"

"걘 안 오고."

"상규는 어때? 괜찮대?"

"그것이."

와락 짜증이 난 김동수가 눈을 치켜뜨고 김희선을 보았다.

"희선아, 내가 너한테 이야기할 것이 있어."

김동수의 눈치를 본 김희선이 침을 삼켰다. 심호흡을 한 김동수가 말을 이었다.

"희선아, 잘 들어."

김동수가 긴장한 김희선을 똑바로 보았다.

"아버지하고 형하고 상의했는데 이젠 너한테도 알려주기로 했다."

"…"

"어머니가 췌장암 말기야, 수술도 못 해."

김희선이 시선만 주었고 김동수의 말이 이어졌다.

"지난번 병원에 가서 판정 받았어, 나하고 형도 병원에 가봤고."

"…"

"아버지가 어머니 약 달여 주시지? 그 약이야."

"…"

"병원에서는 6개월쯤 사실 수 있대."

"잠깐."

김희선이 날카롭게 말을 잘랐으므로 지나던 종업원이 돌아보았다. 눈을 치켜뜬 김희선이 김동수를 쏘아보았다.

"오빠, 장난이지?"

"잘 들어, 그리고 정신 똑바로 차려, 그래야 어머니도 흔들리지 않으신다."

"장난하지 마."

"너, 가볍게 처신해서 집안 분위기 엉망으로 만들지 말란 말이야, 아버지도 최대한 인내하고 계시니까."

"웃기네."

"어머니도 내색 안 하고 견디는 중이시란 말이다. 네가 흔들리면 다 무너져."

"…"

"외삼촌은 그래서 부른 거야, 어머니가 보고 싶다고 하셔서 말이다."

"…"

"외삼촌? 지난번 윤정인이 아들 병원 사건, 다 사기다. 부녀가 짜고 사기를 치려다가 우리한테 잡혔지, 그 아이, 윤정인이 아들 아냐, 윤정인이가 간병인으로 간호하면서 에미 행세를 한 거다. 나쁜 년."

"…"

"그런데 부녀를 경찰에 넘겼다가 어머니 생각해서 풀어준 거다."

"…"

"그랬다가 어머니가 보고 싶다고 해서 데려올 거란 말이야."

"어머니는…"

김희선이 말꼬리를 잡았다. 두 눈동자의 초점이 멀어져 있다.

"췌장암, 거짓말이지?"

"어머니한테 이제 우리 자식들이 다 알고 있다고 해야겠다. 아버지만 알고 계셨는데."

어깨를 늘어뜨린 김동수가 긴 숨을 뱉었다.

"어머니가 아버지만 알고 있으라고 하셨거든."

"…"

"이젠 다 안다, 다."

그때 김희선이 머리를 숙였다. 그런데 몸이 고꾸라지듯 의자 속에 처박힌다.

"희선아."

놀란 김동수가 자리에서 일어나 김희선에게 다가갔다. 김희선은 쓰러지더니 얼굴이 하얗게 되어서 늘어져 있다.

"희선아!"

어깨를 흔들자 종업원이 달려왔다. 주위 테이블의 손님들이 웅성거렸다.

"물수건!"

경황 중에 김동수가 소리쳤다. 종업원이 달려갔을 때 김동수가 김희선의 뺨을 가볍게 쳤다.

"희선아!"

그때 옅은 신음을 뱉으면서 김희선이 눈을 떴다. 늘어졌던 머리가 조금 들리면서 숨을 들이켰다.

"희선아!"

그때 종원업과 카운터에 있던 여자까지 달려왔다. 종업원의 손에 물수건이 쥐어져 있다. 물수건을 받아 쥔 김동수가 김희선의 이마에 붙였다. 그러자 김희선이 진저리를 치더니 몸을 일으켜 앉았다.

"희선아!"

당황한 김동수가 김희선의 어깨를 한손으로 움켜쥐고 흔들었다. 이제 김희선의 눈동자가 움직였다.

"괜찮아?"

"으응."

숨을 들이켠 김희선이 이마의 물수건을 떼려는 시늉을 했다.

"괜찮아."

"119 부를까요?"

카운터의 나이든 여자가 묻자 김희선이 먼저 대답했다.

"아뇨, 괜찮아요."

"가자, 택시라도 타고."

김동수가 말하자 김희선이 머리를 저었다.

"괜찮다니까, 오빠. 내가 깜박 했어."

둘러섰던 종업원과 주인이 주춤거리다가 물러섰고 주위의 시선도 옮겨졌다. 김동수가 김희선의 옆에 서서 물었다.

"너, 병원 안 가도 돼?"

"응, 잠깐 머릿속이 텅 비어진 것 같아서."

그러더니 김희선이 몸을 일으켰다.

"오빠, 나가."

"응?"

놀란 김동수가 앞장서 걷는 김희선의 뒤를 서둘러 따랐다. 계산대에서 계산을 한 김동수가 김희선의 팔을 잡고 밖으로 나왔다.

"오빠."

인도로 나온 김희선이 머리를 돌려 김동수를 불렀다. 차분한 표정이다.

"왜?"

"엄마, 정말이야?"

"응."

발을 뗀 둘은 나란히 걷는다. 김동수가 김희선의 팔 한쪽을 끼고 걷는 중이다. 그때 김희선이 혼잣소리처럼 말했다.

"그래서 엄마가 일하다가 가끔 나를 물끄러미 보았구나."

"희선아, 너, 괜찮아?"

"괜찮아, 오빠."

천천히 발을 떼면서 김희선이 말을 이었다.

"울 엄마, 어떻게 한대?"

"…"

"불쌍한 울 엄마."

"…"

"내가 걱정만 시켜주고."

"…"

"그래서 나한테 남자 안 만나냐고 물어 보았구나."

"…"

"아버지는 펄쩍뛰고, 부모를 위해 희생할 필요가 없다면서…"

"희선아, 회사 오늘 쉬어라."

"아니."

머리를 저은 김희선이 멈춰 섰다. 그러고는 창백해진 얼굴로 김동수
를 보았다.

"오빠, 나, 어떻게 해야지?"

"토요일 우리 셋이 다 갈 테니까 그때 함께 어머니한테 이야기 하자."

"…"

"우리도 아버지한테만 듣고 모른 척 하고 있었는데 이젠 안 돼, 다
안다고 해야겠어."

"외삼촌 온다면서?"

"외삼촌한테는 말 안 하는 게 낫지, 아버지도 그렇게 말씀하셨다."

"…"

"어머니한테는 차분하게 대해, 차분하게."

"여섯 달 남았다고 했어?"

"의사 말이지만 의사 말은 비관적으로 말하는 습성이 있어, 그래야 생색이 나거든."

"…"

"요즘 좋은 약이 많아, 내가 미국에 있는 내 동기한테도 연락했어, 거기 신약이 나온 게 많대."

"…"

"돈이 얼마가 들든 산다고 했어, 그리고…"

"오빠."

그때 김희선이 김동수를 보았다. 김동수는 숨을 들이켰다. 김희선의 눈에서 눈물이 흘러내리고 있었기 때문이다. 눈만 크게 뜬 채 울음소리도 내지 않고 눈물이 쉴 새 없이 흘러내리고 있다.

토요일 오후 3시, 용운동 커피숍에 들어선 윤재일은 커다란 트렁크를 2개나 들고 있었다. 여행자 차림이 아니라 아예 이사 가는 사람 같았다. 그것을 본 김태수와 김동수가 먼저 서로의 얼굴부터 보았다. 저렇게 나올 줄은 둘 다 예상하지 못했기 때문이다.

"어서 오세요."

그래도 김태수가 먼저 인사를 했다.

"가방 들고 오시느라고 힘드셨겠어요."

"어, 내가…"

앞쪽에 앉은 윤재일이 겨울인데도 이마의 땀을 손등으로 닦았다.

"동가식서가숙하는 처지라 짐을 맡길 데가 있어야지."

"차에 싣고 오셨어요?"

"차? 내 차가 어딨냐?"

쓴웃음을 지은 윤재일이 다가온 종업원에게 커피를 시키더니 말을 이었다.

"지금은 운전도 안 한다. 다 옛날이지."

"제가 차 가져왔으니까 제 차에 싣고 가시면 돼요."

김동수가 말했다. 종업원이 커피를 가져오자 김태수가 입을 열었다.

"저기, 외삼촌, 정인이는 어디 있습니까?"

"왜?"

"아니, 어머니가 정인이 물어보실 것 아닙니까? 갑자기 연락도 뚝 끊어버렸는데 궁금하실 것 아녜요?"

"걔, 지금 대전에 있다."

"대전에요?"

놀란 김태수가 되물었고 김동수는 눈만 치켜떴다. 윤재일의 얼굴에 쓴웃음이 떠올랐다.

"그래, 조금 전에도 통화했다. 내가 누님한테 간다니까 잘됐다고 하더라."

"지금 뭐 합니까?"

김동수가 묻자 윤재일이 외면했다.

"뭐하긴? 놀지."

"어디 사는데요?"

"고시텔."

김동수와 김태수가 다시 마주보았다. 헛기침을 한 김동수가 윤재일을 보았다.

"외삼촌, 어머니가 외삼촌을 보시면 당연히 정인이도 보시고 싶을 겁니다. 그런데 정인이 걔, 어머니에 대해서 미안한 감정이라도 갖고 있는 겁니까?"

"다 내가 시킨 거다."

입맛을 다신 윤재일이 외면했다.

"걔는 죄 없어."

"왜 죄가 없어요? 걔는 양심도 없습니까?"

"야, 동수야."

김태수가 말렸을 때 윤재일이 외면한 채 말했다.

"보지도 못한 고모한테 무슨 감정이 있겠냐? 하지만 나한테 고모 보고 싶다고는 하더라."

"보고 싶다고요?"

김동수가 묻자 윤재일이 머리를 끄덕였다.

"너희들도, 시간이 지나니까 처음으로 혈육의 정을 느꼈다고 하더라."

"…"

"내가 할 말이 없더라, 그 혈육의 정이라는 것도 나 때문에 사기꾼이 되어서 떨어지게 되었으니."

"…"

"내가 죽일 놈이지."

다시 김태수와 김동수가 얼굴을 보았다. 이러다가 윤재일은 다시 사기를 치는 것이다. 아마 죽을 때까지 사기를 칠 것이라고 언젠가 김동수가 말한 적이 있다. 그때 김태수가 다시 입을 열었다.

"외삼촌, 정인이한테 연락하시죠, 언제 한번 제가 만나자고 하세요."

"안 나올 거다."

쓴웃음을 지은 윤재일이 김태수를 보았다.

"걔가 나 안 닮았어, 부끄럼을 타고 자존심이 강해."

이제 둘은 입을 다물었고 윤재일이 말을 이었다.

"사기 미수로 고발당했다가 겨우 풀려나왔는데 무슨 얼굴로 너희들을 보겠냐?"

"…."

"나야 철면피니까 이렇게 나왔다만 걔는 안 그래, 그래서 내가 미안하다."

그때 입맛을 다신 김동수가 김태수를 보았다.

"형, 시간 되었는데."

"응?"

손목시계를 본 김태수가 길게 숨을 뱉더니 자리에서 일어섰다.

"외삼촌, 가시죠, 가방은 저희들이 들겠습니다."

자리에서 일어선 김태수가 먼저 가방 하나를 쥐었으므로 김동수는 할 수 없이 나머지 가방을 쥐었다.

"어이구, 왜 이렇게 무거워?"

김동수가 투덜거리자 윤재일이 쓴웃음을 지었다.

"네가 원고지가 든 가방을 들었구나, 거기 원고지가 가득 들었다."

"웬 원고지요?"

김동수가 묻자 윤재일이 어깨를 치켜세웠다.

"내가 내 자서전을 쓰고 있거든."

"거시기."

벽시계를 본 김선호가 헛기침을 했다. 오후 3시 40분, 마루방에는 김 선호와 윤수정 둘뿐이다. 토요일이었지만 미경이가 과외를 하러 전주 시내에 있고 김희선은 오후 5시에 끝난다. 두 모녀는 오후 6시쯤 집에 돌아올 것이다. 윤수정이 머리를 들자 김선호가 입을 열었다.

"유진이 이모가 내일부터 오기로 했어, 당분간은 왔다 갔다 하면서 세끼 밥이나 차려 주기로 했어."

며칠 전부터 말이 오간 이야기라 윤수정은 대답하지 않았다. 유진 이모란 박복수의 죽은 며느리 동생을 말한다. 아직 서른여섯의 젊은 나 이였는데 이혼해서 여섯 살, 네 살짜리 남매를 키운다. 죽은 언니네 시 아버지 집에 어머니하고 두 자식까지 데리고 온 터라 처음에는 동네에 서 희한하게 여겼지만 금방 적응이 되었다. 그런데 시골에서 마땅한 일 자리가 없어서 이집 저집 삯일을 해주며 살았는데 이번에 김선호에게 서 한 달에 60만 원을 받고 집안일을 도와주기로 계약을 한 것이다.

"집에 할 일이 뭐가 있다고, 내가 지금도 할 수 있는데."

윤수정이 혼잣소리처럼 말했지만 목소리가 흐리다. 그리고 요즘 허 리가 끊어질 것처럼 아프다가 말다가 하는 것에 더럭 겁이 났기 때문이 기도 했다. 아직 그런 이야기는 김선호한테 하지 않았다. 한다면 대책 도 없이 난리를 피울 것이 뻔했기 때문이다. 그때 김선호가 다시 헛기 침을 했으므로 윤수정이 머리를 들었다.

"무슨 말 할라고 그러쇼?"

"거시기."

어깨를 부풀렸다가 내린 김선호가 벽시계를 보고 나서 불쑥 말했다.

"애들이 다 알아."

"뭘 말이요?"

했다가 윤수정이 김선호를 향해 돌아앉았다. 개던 빨랫감이 손에서 떨어졌다.

"아니, 그럼…"

"그래, 내가 다 얘기했어."

"아니, 그럼 희선이도…"

"희선이한테는 그제 동수가 얘기했어."

"그래서 그년이…"

"왜?"

"아니."

윤수정이 어깨를 늘어뜨리면서 외면했으므로 김선호가 무릎걸음으로 다가앉았다.

"이봐, 태수 엄마."

"아, 시끄럽소."

"알려야 돼, 도저히 나 혼자서 감당 못 하겠어, 그러고…"

"이젠 빨리 가는 일밖에 없고만."

"미친 소리 작작하고, 내 말 좀 잘 들어, 이제 곧 재일이가 올 거야, 애들한테 재일이한테는 말하지 말라고 했어."

"이걸 어떡해?"

윤수정이 혼잣소리처럼 말했다.

"미안혀서 애들을 어떻게 봐."

"뭐라고?"

김선호가 눈을 치켜떴다.

"당신 시방 뭐라고 혔어?"

윤수정이 움직이지 않았으므로 김선호의 목소리가 높아졌다.

"애들한티 미안허다고? 미안혀? 뭐가?"

집에 둘뿐이었으므로 김선호의 목소리가 더 커졌다.

"아픈 것이 미안혀? 왜? 우리가 왜 그렇게 생각혀야 되어?"

그때 김선호의 눈에서 눈물이 쏟아졌고 목이 메었다.

"이 불쌍헌 예펜네야, 지가 아픈 걱정보다도 자식 걱정, 자식한티 미안허다는 생각부터 허니, 이게 무신 꼴인가!"

"…"

"뭐가 미안혀! 엄니가 되어서 미안혀?"

김선호가 손등으로 눈을 씻더니 울었다. 마음 놓고 운다.

"아이고, 아이고, 이걸 어떻게 하노!"

"아이그 시끄러라."

혀를 찬 윤수정이 이맛살을 찌푸리며 김선호를 보았지만 눈에서는 눈물이 흘러내리고 있다.

"왜 저렇게 목소리가 크데야?"

"아이고, 아이고! 하느님도 무심하시지! 먼저 나를 데려가시지, 왜?"

"아이고 시끄러!"

윤수정이 빽 소리를 쳤으므로 김선호가 숨을 들이켜고 나서 손을 뻗어 빨래 갠 것 하나를 집더니 얼굴을 닦았다.

"아니, 내 속곳에다 얼굴 닦으면 어떻게 해!"

윤수정이 속치마를 잡아당기는 바람에 김선호는 빈손이 되었다. 자리에서 일어서 김선호가 딸꾹질을 하면서 방으로 들어갔다. 얼굴을 닦으려는 것 같다. 윤수정이 다시 빨래를 개기 시작하면서 벽시계를 보았다. 오후 4시가 조금 넘었다. 조금 있으면 두 아들이 동생 윤재일을 데리고 올 것이다. 또 조금 있으면 딸까지 온다. 윤수정은 손끝으로 눈물자국을 정성스럽게 닦았다. 다 온다.

"형님."

마루에 김선호와 윤수정이 나란히 서 있었지만 윤재일이 먼저 김선호에게 인사를 했다. 허리를 꺾어 절을 한 윤재일이 두 손을 모으고 말했다.

"죽을죄를 지었습니다."

"어서 올라와."

외면한 채 김선호가 말했을 때 윤재일의 시선이 윤수정에게로 옮겨졌다.

"누님."

그때 김태수, 김동수는 뒤쪽에 서서 어머니의 기색을 살폈다. 그런데 어머니가 윤재일을 건너뛰어 둘을 보았다.

"왔구나."

이것은 두 형제의 머릿속에서 똑같이 떠오른 생각이다.

'어머니는 우리가 알고 있다는 것을 안다.' 그 말을 풀이하면 이렇게 된다. 그러고 나서야 윤수정의 시선이 윤재일에게로 옮겨졌다.

"올라오너라."

마루방으로 올라온 윤재일이 다시 김선호와 윤수정의 사이에다 대고 큰절을 했다. 둘은 어정쩡하게 앉아서 절을 받는다. 김태수, 김동수 형제는 양쪽에 벌려서 앉았는데 잠깐 마루방에 정적이 덮였다. 그때 윤재일이 말했다.

"누님, 그동안 좀 여위셨네요, 식사는 잘하시지요?"

"응?"

놀란 윤수정이 손바닥으로 얼굴을 쓸어 보이면서 웃었다.

"잘 먹지, 별일 없다."

"얼굴색은 좋아지셨어요."

그때 김선호가 헛기침을 했다.

"너, 강릉에서 왔다구?"

화제를 바꾸려는 것이다. 그러자 윤재일이 고쳐 앉았다.

"예, 어쩌다 보니까 거기까지…"

"네 딸은 어딨냐?"

김선호의 목소리가 거칠다. 그때 윤수정이 말했다.

"됐다. 온 김에 며칠이건 몇 달이건 여기서 쉬었다 가거라."

"겨울인데 뭐 일거리도 없겠지요?"

윤재일이 능글능글 웃으면서 김선호를 보았으므로 김태수 형제가 다시 얼굴을 보았다. 오후 5시가 되어 가고 있다. 김태수는 문득 윤재일이 여기 오면서 하다못해 음료수 한 박스도 사오지 않았다는 것을 깨달았다. 경황 중에 자신도 잊고 있었던 것이다. 그것을 알았다면 윤재일 대신에 자기가 사다 줄 걸 그랬다는 생각이 난 것이다. 김선호가 귀신이 씻나락 까먹는 소리를 들은 얼굴로 외면했을 때 윤수정이 윤재일에게 물었다.

"정인이 어딨다구?"

"예, 저기."

숨을 들이켠 윤재일이 김태수를 보고 나서 대답했다.

"대전에 있습니다."

"아이구, 가까운 데 있네."

윤수정의 얼굴이 밝아졌다.

"걔도 여기 오라고 하지 그러냐? 얼굴도 한번 보게."

"바빠서요."

"일허냐?"

"예, 이것저것."

"걔도 안쓰럽지, 어미를 잃고."

"다 제 복이지요."

"애비라도 제대로 된 놈을 만났으면 좀 나을 텐데."

"아이구, 누님도 참."

윤재일이 입맛을 다셨을 때 윤수정이 길게 숨을 들이켜고 뱉었다.

"너, 조카들 앞에서 창피하냐? 그럼 그런 짓을 말아야지, 쟤들도 곧 나이 50이다."

"죄송합니다, 누님."

윤재일이 시선을 내렸지만 크게 죄송하다는 자세는 아니다. 그때 김선호가 말했다.

"저기, 대문 옆에 방을 치워놨어, 보일러를 작년에 놨는데 켜면 금방 따뜻해져."

"아, 지난번에 봤어요."

윤재일의 얼굴이 밝아졌다.

"그 방은 저 주실 줄 알았습니다."

"앉은뱅이책상이지만 하나 갖다놨어."

"아이구, 고맙습니다."

그러자 김동수가 나섰다.

"외삼촌이 자서전 쓰고 계신다네요, 원고지가 가득 든 가방 들고 오느라고 팔이 빠질 뻔했습니다."

"뭐? 자서전?"

눈을 크게 떴던 김선호의 입에서 입빠른 소리가 나왔다.

"무슨 내용인데? 사기꾼 백서라도 되는 거냐?"

"에이, 형님도."

"이제 누나 속 썩이지 마라, 부탁이다."

"죄송합니다."

그때 윤수정이 윤재일을 보았다.

"네가 중학교 때 글을 잘 썼지, 책도 많이 읽고, 너, 상 받은 거 기억나냐?"

"아뇨?"

윤재일은 당장 머리를 흔들었지만 윤수정의 시선은 떼어지지 않았다.

밤 8시 반, 이제 전주에서 김희선 모녀까지 돌아와 저녁을 마친 후다. 마루방에는 김선호와 윤수정이 윤재일과 함께 지난 이야기를 하는 중이었는데 가끔 윤재일의 웃음소리가 났다. 처음에는 그것이 속없는 사람의 웃음으로 들렸다가 김선호도 전염이 되었는지 따라 웃는다. 그러다 보니 윤수정도 웃게 되었고 마침내 마루방 분위기가 밝아졌다. 김동수가 먼저 마루방을 나와 김태수를 불러내었고 눈치 빠른 김희선이 곧 오빠들을 따라 밖으로 나왔다. 셋은 대문 밖 꼬부라진 길가의 바위에 제각기 걸터앉는데 철수가 따라와 길 복판에 엎드렸다. 이곳에서도 마루방의 웃음소리가 희미하게 들린다. 유리문 하나를 열어놓았기 때문이다.

"아따, 저 양반 웃음소리도 크네."

김동수가 투덜거렸지만 비아냥대는 분위기는 아니다.

"저런 분위기가 필요하긴 해."

우두커니 반대편 산기슭을 보면서 김태수가 말을 받았다.

"하지만 저 양반도 곧 알게 되겠지."

"일부러 알려 줄 필요는 없어, 형."

"어머니가 좋아하시는구먼."

다시 김태수가 혼잣소리처럼 말하더니 긴 숨을 뱉었다.

"우리 어머니가 왜 저렇게…"

김동수가 숨을 들이켜더니 입을 다물었고 김태수의 시선이 김희선에게로 옮겨졌다. 주위는 어둡고 골짜기의 바람 끝은 차다. 김희선은 아까부터 철수만 바라본 채 입을 열지 않았다.

"희선이 네가 어머니 옆에서 마음고생이 많겠다."

김태수가 말했을 때 김희선이 손끝으로 눈을 닦았다. 눈물이 흘렀던 모양이다.

"아녜요, 오빠, 내가 무슨…"

"어머니도 이제 우리 모두가 알고 있다는 걸 아시니까 익숙해지실 거다."

김태수가 산기슭을 향한 채로 말을 이었다.

"네가 어머니 상태나 집안 분위기, 그리고 필요한 것이 있으면 언제라도 우리한테 연락해줘야겠다."

"…"

"나도 이런 일이 처음이라…"

갑자기 목이 멘 김태수가 헛기침을 하고 말을 멈췄을 때 김동수가 말했다.

"한약을 먹되 항암 치료하고 병행해도 되는가를 내가 알아볼 테니까, 내가 약은 대겠어."

김동수가 번들거리는 눈으로 김희선을 보았다.

"우리 어머니, 이대로 보내드릴 수는 없어, 그놈들이 무슨 신(神)처럼 6개월입니다, 하면 네, 네, 하고 받아들일 수는 없단 말이야."

"…"

"희선아, 안 그러냐? 응? 2년 아니, 1년이라도 더 엄마를 살려야겠다."

그때 김희선이 두 손으로 얼굴을 감싸 안고 울기 시작했다. 소리를 내고 우는 바람에 두 형제가 놀라 마루방 쪽과 김희선을 번갈아 보았다. 마루방에서 다시 윤재일의 웃음소리가 났다. 놀란 철수가 일어나 꼬리를 엉덩이 사이에 끼었다가 슬슬 흔들기 시작했다.

"희선아."

김동수가 부르자 김희선이 딸꾹질을 하면서 울음소리를 죽였다. 어느덧 김태수도 흐르는 눈물을 손바닥으로 닦아내고 있다. 그때 김희선이 앓는 소리를 내더니 말했다.

"우리 엄마 불쌍해서 어떡해?"

둘은 숨만 들이켰고 김희선의 말이 어둠 속에 울렸다.

"꿈에서 그렇게 행복하다고 하더니, 이게 무슨 일이야?"

"…"

"내가 울 엄마한테 미안해서 어떻게 해?"

딸꾹질을 하고 난 김희선이 두 손바닥으로 얼굴을 덮었다.

"그리고 보니 아버지는 요즘 자꾸 허둥거리고 뭘 잊어 먹고 경운기 위에 앉아서 우두커니 대문만 바라보았어."

그러더니 김희선이 다시 소리 내어 울었으므로 김태수와 김동수도 따라 울었다. 철수가 이제는 꼬리를 엉덩이 사이에 넣고 집으로 휘청거리며 들어갔다. 이윽고 먼저 머리를 든 김태수가 말했다.

"견디어야 돼."

어깨를 부풀린 김태수가 말을 이었다.

"그래서 나중에 우리가 후회하는 일이 없도록 해야 된단 말이다."

"희망을 버리면 안 돼."

이번에는 김동수가 말했다.

"최선을 다해야 된다고."

얼굴의 눈물을 닦은 김동수가 심호흡을 허더니 김태수를 보았다.

"형, 어떻게 생각해?"

"뭘?"

"이제 식구들한테도 다 말해야 되지 않겠어?"

눈만 크게 뜬 김태수를 향해 김동수가 말을 이었다.

"형은 오해를 받고 지칠 텐데 말이야, 이젠 다 말해야 돼."

그때 김태수가 머리를 끄덕였다.

"네 말이 맞다."

마루방 문이 활짝 열리더니 박미경이 뛰어 나왔다. 마당을 달려온 박미경의 뒤를 철수가 따라온다. 문이 열렸을 때부터 시선을 주고 있던 셋에게 박미경이 소리쳤다.

"할아버지가 들어오시래요."

박미경의 활기 띤 목소리가 골짜기 안까지 스며드는 것 같다. 분위기가 전염된 듯 철수가 짧게 한 번 짖었다.

"어, 그래, 가자."

자리에서 일어선 셋이 제각기 얼굴과 매무새를 다듬으면서 마루방으로 들어섰다.

"응, 바람 쐬고 있었냐?"

윤재일이 웃음 띤 얼굴로 그들을 맞았다. 그때 김태수가 안쪽 벽에 기대고 앉은 윤수정을 보았다. 그들을 부른 김선호는 주방에 서 있다. 마루방에는 어느새 술상이 차려져 있었는데 소주병과 저녁에 먹던 찌개가 놓였다. 술잔은 두 개뿐이다. 몸을 돌린 김선호가 자식들을 보았다.

"너희들 어머니가 부른 거다."

"왜요? 어머니?"

자리에 앉으면서 김동수가 물었다. 마루방에는 소파가 없다. 벽에 TV만 붙여졌고 방석이 구석에 쌓여서 앉고 싶으면 아무 곳에나 방석을 들고 가 앉으면 된다. 김동수는 김희선과 나란히 벽에 기대앉았고 김태수는 옆쪽 벽에 윤수정과 정면의 위치를 잡았다. 그때 김선호가 김치 그릇을 들고 술상 앞에 앉았다. 이제 모두 앉은 셈이다.

"누님, 애들한테 할 이야기 있다면서요?"

술잔을 든 윤재일이 말하자 윤수정이 양쪽 벽에 붙어 앉은 자식들을 보았다. 김선호가 앉은뱅이 밥상 위에 놓인 소주잔을 들었다. 김태수는 김선호가 시선을 주지 않는 것을 보고 긴장했다. 김동수와 김희선은 잠자코 윤수정에게 시선을 줄 뿐이다. 그때 윤수정이 말했다.

"다 알게 되었다니 할 수 없는 일이구나."

윤수정이 차례로 김동수, 김희선, 김태수의 얼굴을 보았다. 세 자식은 숨을 죽였고 김선호는 들고 있던 소주를 한 모금에 삼켰다. 윤수정이 길게 숨을 뱉고 나서 윤재일을 보았다. 윤재일은 김선호 앞에 앉아서 막 비워진 잔에 술을 따르는 중이다.

"재일아."

"예, 누님."

"내가 너한테도 말해줘야겠다."

"무엇을요?"

그때 당황한 김선호가 헛기침을 했고 윤재일은 눈만 끔벅였다. 그러나 세 자식은 굳어진 채 움직이지 않았다. 윤재일의 시선을 받은 윤수정이 말을 이었다.

"내가 시방 췌장암 말기여, 그래서 널 부른 거다."

"예?"

되물었지만 아직 말뜻이 윤재일의 머릿속에 전달되지 않았다. 방 안에 숨소리도 들리지 않았고 다시 윤수정의 말이 울렸다.

"6개월쯤 산다고 의사가 그러더라만 이제 한 달쯤 지났으니 다섯 달 남은 셈인가?"

"아니, 그것이…"

윤수정의 얼굴에서 시선을 뗀 윤재일이 김선호를 보았지만 외면한 얼굴이다. 다시 벽에 붙어 앉은 세 조카들을 둘러본 윤재일이 숨을 들이켰다. 이제 얼굴이 누렇게 굳어졌다.

"누님."

"내 말 들어."

말을 자른 윤수정이 똑바로 윤재일을 보았다.

"내가 죽으면 넌 이 매형이나 조카들하고 인연이 끊기겠지, 니가 어디 내 무덤이 있는 지나 알겠냐?"

"어머니!"

그때 김희선이 날카롭게 윤수정을 불렀다. 얼굴이 붉게 상기되었다.

"왜 벌써 그런 말을 해!"

윤수정이 쓴웃음을 지은 얼굴로 김희선을 보고 나서 다시 윤재일에게 말했다.

"재일아, 나하고 몇 달만 같이 살자."

이제 윤재일은 입을 다물었고 윤수정의 말이 이어졌다.

"네가 네 매형하고 밭일도 같이 거들고 한약도 다려라, 일하는 아줌마가 오지만 니 매형 할 일이 많아."

"…"

"이제까지 니 매형하고 나한테 죄진 것 갚으란 말이다."

"정말이요, 누님?"

마침내 윤재일이 다시 물었는데 목소리가 갈라져 있다. 윤수정이 대답하지 않자 다시 윤재일이 세 조카들을 둘러보았다. 그중에서 김태수가 윤재일의 시선을 받았다.

"예, 정말이요, 외삼촌."

"6개월이라고 했어?"

김태수가 다시 외면했을 때 그때서야 김선호가 입을 열었다.

"니 누님이 너한테 마지막 기회를 주는 거다, 이놈아."

술잔을 든 김선호가 윤재일을 똑바로 보았다.

"그저 네 좋은 모습만 품고 가려는 것이니까, 이놈아, 그런 시늉이라도 혀."

김선호의 목소리가 떨렸다.

그날 밤, 김희선은 제 방에서 윤수정과 같이 잤다. 윤수정이 김희선의 방으로 온 것이다. 안방은 김선호와 두 아들의 차지가 되었다. 밤 11시 20분, 김희선이 윤수정의 허리를 뒤에서 껴안고 물었다.

"엄마, 아파?"

"응, 이젠 자주 아프다."

"얼마나?"

"허리가 끊어지는 것 같아."

"얼마나 계속되는데?"

"한 20초."

김희선이 윤수정의 등에 얼굴을 붙이더니 가만있었다. 윤수정은 본래 몸매가 가늘었지만 더 마른 것 같다. 가슴이 미어지는 느낌이 든 김희선이 눈을 감았다. 그러나 윤수정의 등은 따뜻했다. 그때 윤수정이 말했다.

"희선아."

"응?"

"내가 서동리 부안 아줌마한테 전화로 물어봤어."

"누구?"

"부안 아줌마라고 내 동갑내기가 있어, 넌 잘 모를 거다."

윤수정이 벽을 향한 채 말을 이었다.

"그 아줌마 옆집에 살던 시누가 작년에 췌장암으로 갔다는 말을 들었거든."

"…"

"그래서 증세를 물어보았단다."

윤수정이 긴 숨소리를 냈다.

"나하고 똑같아."

"…"

"허리가 끊어질 것같이 아프대, 그것이 점점 심해져서 나중에는 진통제를 먹어야 한단다."

"…"

"몸은 마르고 뼈만 남는다는구나, 나중에는 밥도 못 먹고."

"엄마."

"진통제를 안 먹으면 아파서 비명을 지른대, 그래서 죽기 전 두 달 동안은 제대로 이야기도 못 했다는구나."

"엄마."

김희선이 윤수정의 몸을 껴안고 등에 얼굴을 문지르며 울었다.

"엄마, 엄마는 아냐, 아니라고."

"그게 겁이 나는 게 아니란다."

"엄마."

"아픈 건 어쩔 수 없지만 너희들하고 말도 못 한다는 게 정말로 싫단다."

"하느님."

김희선이 윤수정의 등에 입을 붙이고 소리쳐서 크게 들리지는 않았다.

"우리 엄마가 왜! 왜! 왜!"

"희선아."

윤수정이 다시 김희선을 불렀다.

"네가 옆에 있어서 좋아 엄마는."

"엄마, 엄마."

"우리 희선이가 행복하게 잘 사는 걸 보고 가야는데."

"엄마, 제발."

"네가 아버지하고 둘이 남을 생각을 하니까 가슴이 미어져."

"가면 안 돼."

눈물로 범벅이 된 얼굴로 김희선이 윤수정의 허리를 부둥켜안았다.

"동수 오빠가 한약 더 좋은 거 가져온댔어."

"…"

"한약 먹고 나은 사람들 많아, 엄마."

"…"

"희망을 가지면 낫는대, 엄마."

"오냐."

"엄마, 내 말 잘 들어야 돼. 희망, 희망, 응?"

"오냐."

그때 허리에 격심한 통증이 온 윤수정이 이를 악물었다.

"하느님."

저절로 신음이 터진 윤수정이 가슴을 껴안은 김희선의 손을 움켜쥐었다.

"하느님, 하느님."

"엄마, 왜?"

"아니다."

윤수정이 기를 쓰고 참았을 때 통증이 조금씩 가라앉았다. 얼굴이 땀으로 범벅이 되었지만 김희선이 귀찮을 것 같아서 윤수정은 손바닥으로 땀을 씻었다.

"희선아."

"응?"

"재혼 안 할 거냐?"

"절대로 안 해."

김희선이 윤수정의 등에 묻은 머리를 흔들었다.

"아버지하고 살 거야."

"나 때문이냐?"

"아냐."

마침내 김희선이 다시 윤수정의 등에 얼굴을 묻고 흐느껴 울었다.

"엄마, 기운 내, 엄마."

"오냐, 알았다."

"우리 엄마를 왜!"

"희선아."

마침내 윤수정도 어깨를 떨며 울었다. 오랜만에 흐느낌이 찾아왔으므로 윤수정의 울음이 더 커졌고 김희선도 따라 울었다.

"아버지 과음하신 거냐?"

상반신을 일으킨 김태수가 묻자 김동수도 따라 일어났다.

"응? 소주 한 병 반쯤 드신 것 같은데?"

김선호는 코를 심하게 골고 있다. 김태수가 자리에서 일어섰으므로 김동수가 올려다보았다.

"형, 어디가?"

"밖에 나가서 술 한 잔 더 해야겠다."

"어디서?"

"밖에 아무데나, 거기서 대근 엄마한테 전화나 해야겠다."

"전화?"

"응, 어머니 얘기 해주려고."

"잘 생각했어."

따라 일어선 김동수도 주섬주섬 옷을 입기 시작했다. 밤 11시 40분이다. 집은 조용하다. 옷을 먼저 입은 김태수가 핸드폰을 챙겨 들더니 나가면서 말했다.

"나, 먼저 나간다."

마루방으로 나온 김태수가 냉장고를 열고 소주 한 병을 집어 점퍼 주머니에 넣고는 밖으로 나왔다. 철수가 얼른 꼬리를 치면서 따라 나왔다가 대문 앞에서 주춤거리다가 돌아섰다. 김태수가 알은척을 안 했기 때문일 것이다. 집 앞 모퉁이를 지나면 산비탈로 꺾어지는 산길이 있다. 한 사람이 다닐 수 있는 밭두렁 길이다. 20미터쯤 걷자 곧 비탈 밑의 아늑한 귀퉁이에 닿았다. 김태수는 소나무 둥치에 등을 붙이고는 앞쪽을 보았다. 여기서는 집이 보이지 않는다. 앞쪽에 아버지가 매일 경운기를 몰고 다니는 소로가 구부러져 있다. 소주병을 꺼낸 김태수가 마개를 뜯고 병째로 세 모금을 삼켰다. 아버지, 외삼촌과 함께 소주 한 병쯤을 마셨지만 말짱했다. 식도를 타고 내려가는 알코올 기운을 느끼면서 김태수는 핸드폰을 꺼내 들었다. 버튼을 누르자 신호음 세 번 만에 최혜영이 전화를 받는다. 자고 있지 않았던 것이다.

"여보세요."

최혜영의 목소리는 가라앉아 있다. 오늘 김동수와 함께 전주 아버지한테 간다고만 했더니 아무 말 안 했지만 다른 때 같으면 어머니 아버지 용돈이라도 챙겼을 것이다. 대근이는 이틀 후에 귀국할 것이고 지난번 다툰 후로 필요한 말만 하면서 지내고 있다. 최혜영이 가만있었으므로 김태수가 입을 열었다.

"여기 문촌 마을 집이야."

"…"

"집 밖 산비탈로 나와서 전화한다고."

"…"

"혼자 있어, 동수는 집에 있는데 좀 있다 밖으로 나올 거야."

그러고는 김태수가 소주 세 모금을 삼키고 소주병을 입에서 떼었다.

"술 마셔?"

그때서야 최혜영이 물었지만 김태수가 말을 이었다.

"우리 가족이 곰에 있을 때, 참 행복했어."

"…"

"몇 년 된 것 같은데 고작 석 달 전이야."

"술 많이 마셨어?"

다시 최혜영이 물었고 김태수가 말을 이었다.

"신은 왜 이러시나 모르겠어, 이해가 안 돼."

다시 세 모금 소주를 삼킨 김태수가 트림을 했을 때 최혜영이 짜증 난 목소리로 또 물었다.

"무슨 일 있는 거야?"

"어머니가 췌장암이란다."

"…"

"6개월이란다. 이젠 5개월 남았대."

"…"

"불쌍한 우리 어머니, 내 수학여행비가 없어서 보내주시지도 못하고 40년도 더 지났는데도 가슴속에 상처로 묻어두고 계셨던 우리 어머니."

마침내 김태수가 전화기에 대고 흐느껴 울었다.

"아이고, 불쌍한 우리 어머니, 어머니."

"…."

"이걸 어떻게 한단 말이냐, 아이고."

"여보."

"아이고, 우리 어머니, 어머니."

"여보, 여보."

최혜영의 목소리에도 울음기가 섞여 있다.

"여보, 진정해."

"혜영아, 이거 어떻게 하냐? 어머니가 오늘은 떠나기 전에 외삼촌까지 불렀구나."

"나, 내일 갈게."

최혜영이 소리치듯 말했으므로 김태수가 심호흡을 했다. 정신이 난 것이다.

"기다려! 여보."

다시 최혜영이 소리쳤을 때 앞쪽의 경운기 길에서 인기척이 났다.

"형, 거기 있어?"

그때 검은 덩어리가 달려왔다. 철수다. 철수의 뒤를 따르는 김동수의 모습이 보였다.

"여보, 들어?"

다시 최혜영이 소리쳐 물었으므로 김태수는 잠자코 김동수에게 핸드폰을 내밀었다.

"네가 말해, 오지 말라고."

그러고는 김태수가 얼굴의 눈물을 닦았다.

다음 날 오전 7시 반에 세수를 하고 집밖으로 나갔던 김동수가 정영아의 전화를 받았다. 일요일 아침이어서 아이들도 집에 있을 것이다. 어젯밤 최혜영하고 통화를 했던 소나무가 정면으로 바라보이는 위치다. 심호흡을 한 김동수가 전화기를 귀에 붙였다. 인간은 죽기 전의 일순간에 지난 수십 년간의 일생이 주르르 파노라마처럼 눈앞을 스쳐 지난다고 한다. 지금 핸드폰을 귀에 붙이는 김동수가 그 짝이다. 정영아의 애인 윤택상 얼굴부터 그동안의 갖가지 사연, 그리고 결국 어머니의 중재로 다시 화합하게 된 현재까지의 장면이 스치고 지나갔다. 아, 어머니, 가슴이 미어진 김동수의 눈에 눈물이 고였을 때 정영아가 물었다.

"어머니 옷 드렸어?"

그 순간 김동수의 가슴이 뜨끔했다. 어제 문촌 마을에 간다고 했더니 정영아가 어머니 드리라고 카디건을 차 트렁크에 넣어놓았던 것이다. 외삼촌 원고지 가방을 들고 오느라고 카디건을 잊었다.

"아, 드려야지."

그랬더니 정영아가 짜증을 냈다.

"뭘 하고 아직도 안 드렸어? 난 맞나 안 맞나 걱정하고 있었는데?"

기가 막힌 김동수가 숨만 쉬었을 때 정영가가 말을 이었다.

"지금 드려, 그거 좋은 거야, 안 맞으면 바꾸게."

"…"

"내 말 들어?"

김동수가 우두커니 앞쪽 산비탈을 보았다. 어젯밤 저곳에서 최혜영의 울음소리를 들었다. 물론 전화상으로였지만 최혜영은 어머님이 불쌍하다고 서럽게 울었다. 아마 울다가 지쳐서 늦잠 자는 바람에 정영아한테는 말 못 한 것 같다.

"여보세요?"

다시 정영아가 불렀을 때 김동수는 최혜영한테서 듣는 것보다 자신이 먼저 말해줘야겠다는 생각이 났다.

"내 말 잘 들어."

불쑥 그렇게 말했더니 심상치 않은 분위기를 느꼈는지 정영아가 가만있었다. 김동수가 산비탈을 바라보았다.

"어머니가 췌장암 말기야."

"먼 소리야?"

"의사가 6개월 남았단다."

"글쎄 누구 어머니가…"

했다가 정영아는 숨을 들이켰다. 그러고는 가만있는 것이 말을 꺼내기가 겁난 것 같다. 김동수가 흐려진 눈으로 앞쪽을 보았다.

"그래서 형이랑 내려 온 거야, 이제 어머니는 항암 치료만 받아야 돼, 수술은 못 해."

"아이구머니."

정영아가 가늘게 말했는데 비명소리 같다.

"내가 요즘 자주 전주 내려온 것도 그것 때문이었어, 어머니가 자식들 걱정 안 시키려고 아버지한테만 알고 있으라고 했거든."

"어떡해."

"그랬다가 어제 다 알게 되었어."

"아이구, 우리 어머니."

정영아가 울기 시작했다.

"우리, 어머니, 어떻게 해, 어떻게 해."

"울지 마, 시끄러."

"아이구, 엄마."

울지 말라니까 정영아는 더 시끄럽게 울기 시작했다. 아예 목을 놓고 울었으므로 김동수는 아이들이 들을까 봐 걱정까지 되었다.

"시끄럽다니까!"

소리를 치자 짧은 메아리가 일어났다. 어느새 철수가 뒤에 붙더니 앞쪽을 향해 한 번 짖었다.

"어머니, 어머니, 어머니."

너무 섧게 우는 바람에 이제 김동수의 눈에서도 눈물이 흘러내렸다.

"아이구, 우리 어머니…"

몸부림을 치면서 우는 것 같던 정영아가 갑자기 울음을 뚝 그치더니 소리쳤다.

"나 갈래! 기다려!"

그러더니 전화가 뚝 끊겼으므로 김동수가 핸드폰을 귀에서 떼었다.

"이런 염병할 예펜네."

투덜거렸지만 걱정은 되지 않는다. 얼굴을 훔치고 집에 들어갔더니 집안일을 거들기로 한 유진이 이모가 바깥 부엌에서 나왔다. 뒤를 따라서 김희선이 나오더니 김동수에게 말했다.

"오빠, 서울 큰 올케가 내려온다고 방금 전화 왔어."

"응?"

놀란 김동수가 엉겁결에 말을 받았다.

"나도 조금 전에 종근 엄마 내려온다는 연락 받았는데."

김희선의 시선을 받은 김동수가 어깨를 늘어뜨렸다.

"얘기했더니 막무가내다."

"큰오빠도 그랬어."

"어머니는 아시냐?"

"큰오빠가 말했더니 아무 말 안 해."

김동수가 마루방으로 들어가려다가 말고 김희선에게 말했다.

"네가 엄마한테 가서 종근 엄마 이야기도 해라."

그리고는 김동수가 다시 몸을 돌렸다.

<2권 끝>